NIC PIZZOLATTO

DAQUI ATÉ O MAR AMARELO

e outros contos

TRADUÇÃO DE ALEXANDRE RAPOSO

intrínseca

TÍTULO ORIGINAL
Between here and the yellow sea

COPIDESQUE
Marina Góes

PREPARAÇÃO
Agatha Machado

REVISÃO
Cristhiane Pacanowski | Pipa Conteúdos Editoriais
Lara Freitas
Milena Vargas

DIAGRAMAÇÃO
Henrique Diniz

DESIGN DE CAPA
Aline Ribeiro | alineribeiro.pt

CIP-BRASIL. CATALOGAÇÃO NA PUBLICAÇÃO
SINDICATO NACIONAL DOS EDITORES DE LIVROS, RJ

P769d

Pizzolatto, Nic, 1975-
Daqui até o Mar Amarelo e outros contos / Nic Pizzolatto ; tradução Alexandre Raposo.- 1. ed. - Rio de Janeiro : Intrínseca, 2021.
304 p. ; 23 cm.

Tradução de : Between here and the yellow sea
ISBN 978-65-5560-111-4

1. Contos americanos. I. Raposo, Alexandre. II. Título.

21-68542 CDD: 813
CDU: 82-34(73)

Camila Donis Hartmann - Bibliotecária - CRB-7/6472
07/01/2021 07/01/2021

[2021]

EDITORA INTRÍNSECA LTDA.
Rua Marquês de São Vicente, 99, 3º andar
22451-041 — Gávea
Rio de Janeiro — RJ
Tel./Fax: (21) 3206-7400
www.intrinseca.com.br

Sumário

PÁSSAROS-FANTASMA

Então a cidade ingressa em outro maio apático e escaldante. Pais fazem caretas enquanto puxam seus filhos pelo Museu da Expansão para o Oeste, e barcaças gemem Mississippi abaixo. Algo explodiu na fábrica da Dowling Industrial e os gases estão tingindo os pores do sol com tonalidades de roxo e laranja-plutônio.

Trabalho das onze da noite às seis da manhã. O parque está deserto e fico de vigia em uma janelinha aberta em uma parede de aço, a cento e noventa e dois metros de altura. A leste, trinta e seis hectares de grama e árvores; a oeste, pontes sobre o rio e as luzes da cidade de St. Louis. Faço a patrulha sob um céu roxo (não dá para ver as estrelas este mês), e, após vasculhar a propriedade com meu binóculo oficial do Serviço de Parques dos Estados Unidos, me espremo para fora da janela e salto do topo do Arco de St. Louis.

Uso uma Perigree II — uma mochila fechada a velcro, fabricada pela Consolidated Rigging, que comporta um paraquedas com um velame ACE de 22 metros quadrados — e meu equipamento é preto: capacete, joelheiras e cotoveleiras, um lenço preto sobre o nariz e a boca, mas nos olhos levo o vidro azul dos óculos de visão noturna NVT de quarta geração. O arco é feito com aço de Pittsburgh e chamado de "O Portal para o Oeste", e, quando estou com uma das pernas pendurada para fora da janela e ventos fortes atingem meu rosto, posso escolher olhar para o bosque escuro lá embaixo ou para a janela do outro lado, onde arde St. Louis. Nesse instante, sinto que é como estar montado sobre a interseção adormecida dos sonhos de um país. Gichin Funakoshi nos diz que a verdade está nos sonhos.

O vento sopra tão forte e tão alto que parece que você vai se desintegrar. Três segundos de queda livre, mais uns quatro guiando o velame para baixo. Às vezes giro durante a descida, como água entrando pelo ralo.

Na base do arco, o Museu da Expansão para o Oeste tem as dimensões de um campo de futebol americano. Deixo guardados no salão uma mochila e meu uniforme, que visto após cada salto, emergindo segundos depois como Ethan Landry, guarda-florestal. Nessas ocasiões, sempre preciso que a escuridão silenciosa me lembre de que o parque está fechado e de que estou sozinho.

O velho elevador de funcionários range e chacoalha conforme me leva para cima.

Um rádio toca música e ouço intervalos na estática da caixa de chamadas de emergência, feita de metal preto. As horas rastejam rumo à manhã. Como eu não bebo mais, mato o tédio com a leitura. Leio textos como *O livro dos cinco anéis*. *Hagakure: o livro do samurai*. *Tao-Te-Ching*. Gostei dos escritos do Alce Negro e de alguns ensaios de Emerson, mas a mente oriental me parece muito mais tangível. Tangibilidade, penso eu, é o mais importante. Encontrar um caminho e trilhá-lo.

O que, mais do que qualquer outra coisa, explica os meus saltos. A definição literal de BASE jumping é pular de paraquedas de um objeto fixo (edifício, antena, ponte ou terra), mas, para mim, significa apurar os sentidos e se juntar ao vazio. O grande samurai Miyamoto Musashi diz que é necessário anular o eu e se tornar uno com *Mu*, o vazio no coração da existência para o qual tudo retorna. Assim, o guerreiro encontra a vida na morte. É mais difícil do que parece, e só cheguei perto uma vez. Há três anos, descendo de caiaque o rio Buffalo, no norte do Arkansas, capotei e fui levado pela correnteza. Bati em uma pedra, o caiaque se chocou contra mim, quebrou meu tornozelo, chicoteou, me arrancou um molar e desapareceu correnteza abaixo. Acossado pelas ondas, engolindo água e quase cego de dor, agarrei-me à pedra, sabendo que, se eu fosse arrastado, seria o fim de tudo. Na margem do rio, vi um esquilo olhando para mim. Ele inclinou a cabeça, como se perguntasse o que eu achava que estava fazendo. Então, subiu em uma árvore com movimento em espiral e desapareceu em meio aos galhos. Lembro que nesse instante fui tomado por uma sensação de calma, de placidez, e pensei: *Esta é a minha morte. Interessante.*

Aquele momento foi um vislumbre do verdadeiro universo, uma procissão galáctica que seguia em frente sem mim. O que Dogen chama de "As Dez Mil Coisas". Meu tornozelo ficou bom, mas depois disso passei a sentir falta de alguma coisa no rafting e, então, descobri o paraquedismo, que por sua vez me levou ao BASE jumping. Comecei a praticar rafting porque um dos princípios básicos que ensinam na reabilitação é que, se você pretende permanecer sóbrio, precisa ser uma pessoa fisicamente ativa.

Mas, se nada disso fizer muito sentido, digamos apenas que, nas horas em que estou de vigia, meu relacionamento principal é com a gravidade, e que, a cada noite sem lua, ficamos íntimos por volta das três da manhã.

E estamos em maio. O céu assume tons de verde e ametista e, como já disse, não dá para ver as estrelas. À noite, o bosque perde a profundidade, torna-se plano e parece se estender em uma única planície, como os pastos de grama alta da fazenda onde cresci. Os dois refletores na parte inferior do arco não representam problema:

eu caio entre eles. Embora não haja lua esta noite, estou um pouco preocupado com esse estranho brilho no céu, uma vez que o BASE jumping é efetivamente ilegal nos Estados Unidos. Muitos jumpers saltam em parques nacionais, e os guardas-florestais são, tradicionalmente, suas nêmesis. A ironia de minha vida é tão óbvia que nem penso nisso como uma ironia.

Antes de saltar, vasculho o parque com o binóculo: grama cortada, vislumbres de pinheiros e choupos de folhas largas, passarelas de concreto convergindo a leste, no Antigo Tribunal. Um brilho. Atrás de uma árvore, identifico um lampejo. Aproximo o zoom e vejo ao menos duas pessoas agachadas nas sombras. Estou prestes a acionar o alarme pelo rádio, mas, então, vejo a origem do brilho: lentes de vidro. Um deles está olhando para o arco com um binóculo. As três horas trouxeram uma novidade esta madrugada. Dispo o equipamento de salto e me transformo em guarda-florestal.

O elevador me leva para baixo e eu me esgueiro por entre as árvores, me agachando por trás de arbustos altos. Encontro três pessoas: dois garotos e uma garota, todos muito jovens, e me lembro de que devo pegar leve com eles. Aos vinte e oito anos, ainda recordo a emoção de invadir propriedades à noite. Eu tinha uma namorada que adorava explorar lugares proibidos. Com nossos nervos à flor da pele, Mabel me guiava por espaços escuros repletos de tubos de vapor e placas sinalizando entrada proibida; escadas que levavam a telhados e que findavam em um beijo. Desligo a lanterna e me aproximo, porque ouço vozes e quero saber o que estão dizendo.

Um rapaz de óculos, robusto e bochechudo, está conversando com um garoto mais magro, de boné de beisebol e casaco impermeável.

A garota observa o arco com o binóculo. Então, ela o afasta dos olhos e interrompe os dois:

— Acho que vi um guarda lá em cima.

Um gemido humano corta o ar. Olho em volta e vejo contornos de sombras por toda parte. Além desse arvoredo, há várias pessoas no parque, ao menos uma dúzia delas. Vejo um jovem casal deitado de costas, a menina apontando para o céu. Outro casal dando uns amassos contra um pinheiro explica o gemido que ouvi há pouco. Vejo que esbarrei em um sonho de juventude e luxúria. Por vários motivos, fico irritado com o fato de esses jovens se intrometerem em meu momento sagrado e necessário.

Ligo a lanterna e recorro a minha voz mais grave:

— O que está acontecendo aqui? O parque está fechado.

Todos se sobressaltam e encurralo os três sob meu feixe de luz. Folhas farfalham e ouço passos pesados correndo pelo bosque.

O rapaz com o casaco impermeável ergue as mãos, então as baixa lentamente e dá um passo à frente.

— Hum, oi. Sabemos que o parque está fechado. Pedimos desculpas. Estamos fazendo um trabalho. Somos todos alunos da Universidade de Washington.

A garota me observa por sobre o ombro do rapaz.

Ainda estou com raiva e, quando o garoto ingressa em meu círculo de poder, imagino vários ângulos de *kokyu nage* que poderia usar para arremessar seu corpo sobre os arbustos.

— Vocês estão invadindo.

— Cursamos uma matéria chamada "Mitos e Lendas Americanas Modernas", e estamos fazendo nosso trabalho final... sabe...

Agora quem fala é a garota:

— Há essa lenda urbana que diz que, em noites sem lua, algo sai voando do arco. — Não consigo ver a cor de seus olhos, mas percebo que são claros. — Frank acha que é um sujeito de paraquedas, mas, pelas descrições, parece ser um pássaro-fantasma.

— O quê?

— Pássaros-fantasma. Espíritos do trovão nativo-americanos. Gigantescos, negros e de olhos brilhantes. As pessoas os veem há séculos.

— Nada sai voando do arco.

Frank (creio eu) objeta:

— Conheço três pessoas que, mesmo sem se conhecerem entre si, me disseram terem visto uma coisa sair voando do arco. Os três a descreveram como algo inteiramente negro, com olhos vermelhos e incandescentes. Outra conexão? Não havia lua em nenhuma dessas noites. Pesquisei a respeito. E cento e noventa e dois metros é um salto de BASE jumping absolutamente plausível. Não tem como você vigiar tudo o tempo todo.

— Escutem, meus jovens, *vocês estão invadindo*. Isso é ilegal. Isto aqui é propriedade do governo.

— Pedimos desculpas. Sério. Foi só... você sabe.

— Queríamos ver se era verdade.

— Não é — digo. — Vocês precisam sair do parque.

Eles se afastam, murmurando desculpas. A garota se volta e olha para mim. Um rosto de feições suaves: olhos, lábios. Então, os estudantes desaparecem.

Marcho de volta ao escritório me lembrando de minhas próprias experiências na universidade. Fui a primeira pessoa da minha família a fazer faculdade, e lembro que os alunos de lá eram como esses jovens de hoje: bronzeados, sorridentes, andando de mãos dadas pelos pátios de pedra, e todos tinham cortes de cabelo e roupas diferentes das minhas. Descobri que eu não sabia falar, me vestir, nem mesmo sorrir.

Lembro que me senti uma fraude naquele primeiro ano, imaginando conspirações acontecendo ao meu redor, mas eu tinha um colega de quarto que comprava muita maconha e que me ensinou maneiras de relaxar e esquecer o resto do mundo. Sinto um ligeiro arrepio na coluna quando recordo esses dias, antes de eu descobrir a necessidade de ter controle de minha vida e encontrar meu caminho.

Enquanto o elevador me leva para cima, o olho de minha mente continua reprisando o olhar de despedida da garota. Miyamoto diz que o verdadeiro *bushi* se separa do desejo, mas, em meio às sombras desta noite, os olhos dela arrancaram algo de meus pulmões que desceu até um lugar atrás de meu abdome, onde o *chi* é armazenado, e sou levado a pensar em Mabel, de modo que passo o resto do turno praticando meditação orientada. Em posição de lótus, fecho os olhos e me concentro no Triângulo Azul onde armazeno o eu sem ego, tentando não pensar no sorriso de Mabel ou na covinha na base de sua coluna, no gosto de seu suor ou na água roxa da banheira que a cobriu em nossa última noite juntos. Um ruído de interferência sibila para fora do comunicador de emergência, e bloqueio esse som.

A manhã é inundada pela luz branca do sol, e ouço St. Louis despertar enquanto desço de elevador. As aves e as barcaças acordam, todas as coisas chamando por todo o resto. Há uma garota ao pé do arco usando uma blusa branca sem mangas. O vento sopra seu cabelo castanho contra o rosto, e, mesmo antes que ela possa afastá-lo, já sei quem é.

— O parque só abrirá às nove — informo.

Ela olha para mim com olhos verde-claros e seu cabelo castanho tem mechas com tons alaranjados.

— Posso ajudá-la, senhora?

— É você, não é? — diz ela.

— Perdão?

O vento continua brincando com seu cabelo.

— Você é o pássaro-fantasma, certo? Sabia que há um site sobre você?

A manhã fica cada vez mais barulhenta e ofuscante.

— O quê?

Se eu continuar mentindo, quais serão minhas chances? Ela é muito menor do que eu, e considero aplicar-lhe uma compressão de nervo *yonkyo* para deixá-la inconsciente. Mas o problema persistiria quando despertasse.

— O que você quer?

— Vou dizer em um segundo.

Ela olha ao redor do parque e, então, para o arco.

— Podemos conversar em outro lugar?

Uma lanchonete que cheira a manteiga e a cobertura de bolo. Ela usa muita prata e pulseiras de corda em um dos braços; sardas escuras mancham seu nariz e as maçãs do rosto. Seu nome é Erica Gleason, e ela está me contando a história dos pássaros-fantasma para explicar algo que ainda não revelou o que é.

— Em nossa aula, um dos mitos que estudamos é como, em todas as culturas ao longo da história, as coisas inexplicáveis que as pessoas veem geralmente são pretas e em forma de ave, pássaros enormes com olhos que brilham no escuro. Possuem nomes diferentes, mas muitas teorias insistem que os nomes são irrelevantes.

— Erica...

— Quero dizer, anjos, demônios, monstros, o que seja.

— Erica. — Eu me inclino sobre a mesa. — O que você quer?

Ela perde um pouco do ímpeto e me sinto instantaneamente culpado por tê-la interrompido. Erica toma um gole de café e olha pela janela. Pessoas passam apressadas sob os semáforos. Buzinas soam, freios guincham. Normalmente estou na cama a essa hora, me preparando para dormir o dia inteiro.

Ela se vira para mim.

— Eu só estou dizendo que fiquei desapontada quando descobri que era apenas você.

— A propósito, como descobriu?

Ela inclina a cabeça e mexe o café.

— Pela forma como agiu... Vi um sujeito todo vestido de preto olhando para mim com um binóculo de uma janela no arco. — Ela me lança um olhar reconfortante. — Eu não contei para ninguém.

— Certo. Então, o que você quer?

— Muito bem, o negócio é o seguinte. — Ela baixa a colher. — Eu quero que você me ensine.

— Ensinar o quê?

— BASE jumping.

Tento explicar que não é assim que a coisa funciona.

— Você não pode simplesmente sair e começar a praticar BASE jumping. Demora anos para acumular o conhecimento necessário para fazer o primeiro salto. É um processo de aprendizado contínuo. Ainda escapo por pouco, às vezes.

— Já saltei de paraquedas.

— Quantas vezes?

— Duas.

— Meu Deus. — Estou errado ao descrever seu cabelo como castanho. É mais como trigo queimado, com reflexos vermelhos e acobreados. Prossigo: — Este esporte não é sobre provar alguma coisa para alguém. É muito pessoal. Pessoas morrem. Muita gente experiente acaba gravemente ferida ou morta. Por que você quer fazer isso?

— Por que *você* faz isso? — pergunta ela, e a imagem de Mabel flutuando sem vida sob bolhas de sabonete de lavanda surge em flashes na minha mente.

— Em primeiro lugar, você precisa dominar o paraquedismo. E, mesmo que domine, há outras pessoas que podem lhe ensinar BASE jumping.

— Olha só, eu não contei para ninguém, ok? Eu não denunciei você nem nada. Por que está conversando comigo sobre isso, então? O que você está esperando?

Ela sabe que, só de estar debatendo aquilo, quer dizer que eu já aceitei. Pulseiras tilintam em seu punho; seus lábios são finos e claros; suas clavículas se espalham como a sombra de um albatroz sobre seu peito e eu penso: *Triângulo Azul, Triângulo Azul.*

Em meu apartamento, a secretária eletrônica pisca, indicando a existência de diversas mensagens — o que me deixa incomodado, porque não sei quem poderia ter ligado. Após dez meses em St. Louis, meus conhecidos se restringem a um senhorio, um carteiro e dois guardas-florestais que pensam que sou louco por trabalhar nesse meu turno. Em seu livro *Hagakure*, Tsunetomo diz que há um profundo poder no homem solitário.

Ouço a voz de meu pai na máquina: "Ethan, é o seu pai. Eu não consigo encontrar sua mãe, filho, e tenho tentado falar com você. Você precisa recolher os cavalos."

A mensagem seguinte é de uma hora mais tarde, sua voz lenta e gutural articulando as palavras: "Ethan, é o seu pai. Eu não consigo encontrar sua mãe, filho, e tenho tentado falar com você. Você precisa recolher os cavalos. Parece que vai chover." Três outras mensagens dizem mais ou menos a mesma coisa, além de sugerir que eu colha algumas batatas e cenouras para minha mãe preparar uma sopa de legumes. Nossa fazenda foi vendida há algum tempo, depois que minha mãe morreu.

Ligo para o Green Grove e falo com a enfermeira-chefe a respeito das mensagens. Ela me põe em espera, então volta e explica que uma enfermeira temporária estava trabalhando no andar de meu pai ontem, por isso ele pôde fazer tantos telefonemas. Ela pede desculpas pelo inconveniente. Em meu quarto, deito sobre uma esteira de bambu no centro do cômodo e ponho uma máscara de dormir sobre os olhos para bloquear a luz do sol que atravessa as cortinas. Tento imaginar uma praia em que as batidas de meu coração estejam coordenadas com o romper das ondas, mas em vez disso vejo meu pai em uma manhã em particular, durante meu primeiro verão em casa depois do início da faculdade: ao amanhecer, eu e minha mãe o encontramos de pé em um matagal, protegido apenas por um cobertor, olhando para o sol. A luz o envolvera naquela manhã. No início, pensamos que ele estava brincando, mas nos anos seguintes eu me perguntei o que, exatamente, ele estaria vendo.

O oceano em minha mente se torna o canto de toutinegras e carriças ao amanhecer na fazenda de meu pai, e, então, Erica começa a falar sobre espíritos eternos disfarçados de aves enquanto desabotoo sua blusa branca. Incapaz de dormir, o que realmente quero fazer é saltar de algum lugar.

Começamos um programa de treinamento AFF, um curso de queda livre avançado. É um programa de sete passos, projetado para ensinar conceitos básicos de paraquedismo; depois disso, ela fará vinte saltos, até se tornar uma mestra paraquedista iniciante. Ela tem dinheiro para isso. Seu pai é advogado da Dowling Industrial. Começamos em um pequeno Cessna monomotor cujo interior fede a alumínio e gasolina. Nossos bancos estremecem e afundam; o motor tosse. Além da porta, um brilho ofuscante. Enquanto estamos esperando a autorização para o salto, Erica olha sua linha estática e diz:

— Aqui vamos nós. Gerônimo.

— Não diga isso. É o que todo mundo diz.

— O que você diz?

— Banzai — admito, relutante.

Ela balança a cabeça e mantém o olhar firme, bancando a durona, sem manifestar estupefação, animação ou medo.

Um salto a 3.800 metros nem sequer se parece com uma queda. É mais como estar no centro de uma explosão fria. Você pode ver a curvatura do planeta, a superfície esférica que o puxa para baixo. Vejo o corpo de Erica rodar, macacão vermelho-claro, membros perfeitamente arqueados para trás. Ela encolhe, atravessa algumas nuvens brancas e eu a perco de vista. Fecho os braços junto ao corpo e mergulho. A uns 250 quilômetros por hora, vejo seu velame, um quadrado vermelho e pregueado bem abaixo de mim. Minhas bochechas ondeiam com o vento.

No chão, ela não consegue parar de sorrir, olhando para cima em direção ao espaço que acabamos de atravessar. Ela aplaude, ri e sugere que tomemos alguns drinques. Explico que sua reação se deve apenas ao pico de adrenalina e que não bebo.

O ar de maio é espesso e pesado, preso sob esse vapor roxo que temos aturado. À noite, eu me preocupo. Vasculhando o terreno do parque, imagino quem estaria lá fora, esperando por mim. Erica me falou sobre um site: "Homem-Pássaro de St. Louis". Na página, há a figura de um pássaro negro com presas e olhos de fósforo flamejantes, além de um fórum e uma seção com depoimentos de pessoas que me viram. É possível encomendar uma camiseta.

Não há como comparar o paraquedismo ao BASE jumping. Ao saltar de um avião, você não consegue ver muito bem o solo, pois está muito alto. *Mu*, o vazio, não é tão imediato; você não pode sequer vislumbrá-lo, e o abraço da gravidade é mais como um puxão lânguido do que uma pancada violenta. Pressiono as mãos contra o vidro, pondero a queda, e a vida onírica de uma cidade adormecida parece terrivelmente distante enquanto meu reflexo me olha de volta da janela e feixes de luz paralelos brilham na base do arco, como uma escada zen.

Cinco saltos mais tarde, Erica me conta que sua mãe é artista plástica, dá aulas em casa e perdeu o seio esquerdo há três anos por causa de um câncer. Estamos tomando sorvete e passeando pelo shopping porque ela quer comprar sapatos novos.

— Sabe, eu realmente esperava que você fosse um animal desconhecido, como um pássaro-fantasma — diz.

— Eu sei. Você acredita nesse negócio?

Ela dá de ombros e lambe o sorvete, balançando a sacola da Foot Locker.

— Acho que sim. Provavelmente. Sempre haverá coisas que desconhecemos. Na década de 1920, no Texas, várias pessoas viram um pássaro preto do tamanho de uma cidade empoleirado na lua. Eu adoro essa história.

Ela limpa o caramelo do lábio com um dedo que lambe enquanto sorri para mim, e meu *chi* se choca contra meu diafragma como se eu tivesse engolido uma pequena bomba.

Ela entra de férias, então começamos a saltar com mais frequência. Três vezes por semana. Está escurecendo quando deixamos o aeródromo. Ela diz que seu pai tem trabalhado dobrado ultimamente. A Agência de Proteção Ambiental está infernizando a Dowling Industrial.

— O que é esse negócio, afinal de contas? — pergunto, apontando para o céu cor de lavanda.

Ela pega minha mão e paramos de andar.

— Não sei.

***

A princípio, me sinto envergonhado, porque não tenho nenhum móvel em meu apartamento e minha cama é uma esteira de bambu com um cobertor fino por cima. À fraca luz de uma janela, a penugem em seu torso e sua barriga é de um louro reluzente. O suor se acumula em uma poça salgada em seu umbigo. Sua pele é mais escura e ela pesa menos que Mabel.

Certa ansiedade se dissipa à medida que progredimos. A sensação do toque é boa. Como eu me lembrava, embora diferente.

— Me conte sobre sua primeira vez — diz ela, o rosto corado e reluzente, as pontas de seus cabelos grudando em meu peito.

Então falo sobre meu salto da Bethel Bridge, no Cypress Park. Não menciono minha curiosidade perversa naquela manhã fria, a ideia clara que tive enquanto balançava o pé para fora da ponte: a de agarrar a mochila do paraquedas durante toda a queda e nunca liberar o velame.

— Falando sério — diz ela. — Por que você começou a fazer isso?

Dou de ombros e finjo sonolência. Não menciono aquela vez há quatro anos quando comprei meio grama de heroína, nem a noite em que Mabel usou a droga, desmaiou e mergulhou na água do banho que compartilharíamos quando eu voltasse para casa.

Quero explicar que não estou apenas atrás de emoções, que o arco é a ligação entre a civilização e a vida selvagem, que lá eu habito um espaço entre espaços, onde cidade e floresta estão separadas por uma perfeita geometria de aço sólido. Mas não falamos mais, e, quando fecho os olhos, fissuras escarlates em brasa irrompem e quebram a perfeita simetria de meu Triângulo Azul.

Na manhã seguinte, ligo para meu pai, no Green Grove. Ele faz as mesmas perguntas quatro vezes.

***

Erica quer que eu conheça sua mãe e "veja uma coisa". Posso adivinhar o que é.

O cabelo de Carol é da mesma cor que o da filha, embora o corte seja bem mais curto. Ela me pergunta como é trabalhar para o Serviço de Parques e olha para mim com gentileza enquanto explico que sou um amante da natureza. Erica fica em silêncio. Quando se olham, as duas não mantêm contato visual por muito tempo, e percebo algumas semelhanças em seus rostos. Carol me pergunta sobre meus hobbies enquanto exibe uma expressão distante nos olhos. Sua voz parece trêmula; distraída, ela mexe em um brinco, como se estivesse preocupada com alguma coisa, mas não quisesse incomodar ninguém. Lembro que ela perdeu um seio quando adoeceu.

No quintal há um jardim bem-cuidado, atravessado por um regato pequeno e borbulhante. Inspiro profundamente e confesso:

— Não quero que você faça isso.

A boca de Erica se abre, mas, antes que ela possa responder, digo:

— É muito perigoso.

Tento segurar sua a mão.

Ela cruza os braços e dá um passo para trás.

— Eu sou boa. Do que você está falando? — Na janela da cozinha, vejo a parte de trás da cabeça de sua mãe. — Que história é essa?

— É muito cedo. É muito cedo e é muito perigoso. Eu não quero que algo aconteça com você.

O que não menciono é que não posso lidar com a ideia de matar outra garota.

O regato gorgoleja entre nós.

— Não — diz ela. — Eu vou continuar. Pode esquecer. Eu vou continuar.

Então, ela cancela nosso último salto de 10 mil pés, e sei que não entraremos mais em aviões. Ela me leva até o quarto, onde seu equipamento está esparramado pelo chão.

— Era isso que você queria me mostrar?

É um velame ACE 240 e uma mochila Perigree II. Preta.

— Igual à sua — diz ela, movendo-se em minha direção. — Sei como fazer isso. E vou fazer. Mas estou pedindo que me ajude.

— Por favor, Erica, qual é.

Ela permite que eu segure sua mão.

— Vou saltar de qualquer jeito, ok? Com ou sem sua ajuda para montar isso aqui. Mas eu confio em você. — Ela pousa a cabeça em meu peito. — Vou fazer isso, mas confio em você, está bem?

Assinto.

Rodo a Perigree II no chão, os tirantes para baixo, e arrumo as linhas solenemente. É um negócio desanimador. Divido os grupos de linhas e empurro o *slider* para cima, em direção ao velame, garantindo que a borda de ataque esteja apoiada em meus joelhos, e a borda de fuga, voltada na direção oposta à minha. Erica senta na cama, olhando por cima de meu ombro. O quarto tem o cheiro dela, uma menina jovem e viva: uma combinação de flores e pó de arroz, hidratante e frutas.

Ajeito o tecido entre os grupos de linhas, de dentro para fora. Faço o mesmo com todas as células do velame. É como dobrar um acordeão. A ideia é manter todos os pontos de fixação das linhas voltados para o centro do embrulho, com o tecido dobrado para o exterior. A cama range atrás de mim, e as unhas dela acariciam a parte de trás de minha cabeça. Redefino as dobras anteriores com cuidado, então ergo o centro da borda de fuga e a firmo com o polegar. Em seguida, alinho a cauda e dobro-a ao redor de si mesma. Acondiciono as linhas no bolso da cauda e ponho o velame dentro da mochila. Então eu respiro.

Ela beija o topo de minha cabeça.

— Obrigada.

Dormimos separados essa noite, e passo duas horas em posição de lótus, com as costas retas, mentalmente definindo meu círculo de poder, tentando reconstruir meu Triângulo Azul.

Início da alvorada. Falso amanhecer após a lua baixar no horizonte. Finalmente os gases em suspensão começaram a assentar, de modo que, embora o céu exiba um índigo razoavelmente normal, sob a Betel Bridge paira uma névoa espessa e opalescente, com pontos brilhando em roxo e cor-de-rosa. Ela veste calças pretas largas e uma camiseta sem mangas, a Perigree pendurada às costas, joelheiras e cabelo escondido sob o capacete. Também estou com meu equipamento.

Olhamos para a névoa que brilha e ondula sob a ponte. Pinheiros e arbustos imóveis.

— Não dá para ver o chão — digo.

Ela está olhando para baixo.

— E daí? Contarei até três, certo? Vou ver o chão quando chegar lá.

— Eu não faria isso.

Minhas mãos começam a se contorcer quando ela sobe no parapeito.

— Erica...

— Você não precisa fazer isso. Mas eu vou. Vejo você lá embaixo.

Ela está com a respiração curta e superficial, e não consegue parar de olhar para o abismo. Seus olhos estão em pânico, e me fazem lembrar dos de sua mãe. Então, quando percebo a semelhança, entendo o que há entre nós, o que a deve ter trazido até mim e por que estamos aqui.

— Erica, espere. Se você pensa que isso vai fazer com que não sinta mais medo, está enganada. O medo não acaba. Nunca.

Ela parece confusa e balança a cabeça.

— O quê? Eu não... eu nunca disse isso. — Seus olhos permanecem fixos no nevoeiro. — Eu nunca disse isso.

Os ruídos de fundo aumentam: pássaros cantando, coisas raspando nas árvores e farfalhando na grama. A ponte começa a estremecer por causa de automóveis distantes.

No topo do parapeito, Erica agarra o pilotinho com os nós dos dedos brancos. Ela olha para mim e finge um sorriso.

— Certo. Vejo você lá embaixo.

Ela inspira profundamente e pula, deixando um espaço vazio no lugar onde atravessou o nevoeiro.

Corro até o parapeito e olho para baixo. Não, escute, o que quero dizer é que aquilo que pensamos ser um gesto de liberdade é, na verdade, um sintoma de nosso encarceramento. Mas ela já se foi. Não consigo ver além da neblina, e o buraco que ela abriu já está se fechando, então subo no parapeito.

O que mais posso fazer além de segui-la?

Antes dos seres humanos, havia aqui um rio profundo, que transportava toneladas de vida entre oceanos. Agora a névoa sob a ponte esconde apenas um desfiladeiro de seixos frios e secos. Um jardim sob o gás roxo. Sinto rochas se chocarem contra meus pés quando aterrisso.

Ela está de joelhos, o velame ondulando a seu redor. Meu paraquedas se estende atrás de mim como uma bandeira negra. Nós nos sentimos minúsculos entre as heras e as samambaias gigantes que crescem nas paredes irregulares do abismo. Eu a ajudo a se levantar e começo a desatar seus tirantes. Erica está tremendo. Ela se posiciona atrás de mim para desatar os meus. Uma lágrima escorre por trás de seus óculos de proteção. Ela diz que pensou que ia morrer. As alças se desprendem e me sinto livre do peso morto do paraquedas.

Prometemos nunca mais fazer isso.

***

Compro um colchão de gel que promete se moldar aos contornos de minha coluna. Compro lençóis de algodão. Erica me traz mais travesseiros do que uma pessoa necessitaria durante toda a vida. Mudo minha agenda de modo a trabalhar apenas três turnos noturnos.

Erica quer que eu lhe ensine artes marciais, e passo a usar minha sala vazia para lhe mostrar o que sei de aikido. Todos os movimentos de *kokyu nage* sempre acabam em luta corporal e com os dois imundos no tapete.

No trabalho, ainda desfruto da paisagem, mas, quando contemplo *Mu* e o objetivo do *bushi* de se unir ao vazio, meus pés ficam pesados. Sinto uma ligeira vertigem quando olho para baixo da janela de meu escritório. Começo a me perguntar se minha relação com a gravidade ainda existe, uma vez que "gravidade", afinal de contas, é apenas um nome atribuído a determinado fenômeno. Em vez disso, pondero que o isolamento é a física que rege este universo: massa atrai massa porque a singularidade não é natural, seja ela senciente ou não, e a unidade básica da vida não é o um, mas o dois. Planetas e luas se formam, e as pessoas se apegam a eles porque algo no cosmo deseja ter companhia. Sob o arco, um leve tom lilás no ar é tudo o que resta da densa nuvem que deformou nosso céu nos últimos dois meses. A Dowling Industrial acabou resolvendo seu problema com a Agência de Proteção Ambiental pagando cinco milhões de dólares e instalando um novo sistema de ventilação capaz de sugar os olhos da cabeça de uma pessoa.

Perto do fim de julho, o pai de Erica abandona a mãe dela.

***

O saguão do Green Grove é enganosamente antisséptico. O papel de parede e o carpete cor-de-rosa são legais, mas as plantas são de plástico e música de elevador toca ao fundo. A Sra. Teschmaucher, a enfermeira-chefe, se aproxima com simpatia. As enfermeiras do Green Grove usam uniformes azul-claro com aventais azul-marinho e têm cheiro de enfermeiras: álcool e sabão em barra.

Ela segura meu braço enquanto passamos por idosos sorridentes que olham para cima como se houvesse a possibilidade de eu ser alguém que um dia amaram.

— Eu só quero que você esteja preparado — diz ela, dando um tapinha em meu cotovelo.

O quarto de meu pai é um espaço de onze metros quadrados, com paredes de cor bege e carpete salmão. Duas cadeiras altas formam um V à esquerda da televisão, instalada sobre uma cômoda de madeira padrão. Em uma das paredes há uma estante com fotos minhas, de minha mãe, de meus avós, uma Bíblia e algumas flores. A cama é arrumada no estilo militar, os lençóis tão esticados quanto a lona de um trampolim. Meu pai sempre arrumou a própria cama, e me pergunto se certas coisas nunca mudam, movimentos tão precisos que jamais podem ser esquecidos.

Ele está sentado em uma cadeira de balanço, vestindo roupão e pijama, olhando pela janela do outro extremo do quarto.

— Jacob? — chama a Sra. Teschmaucher, me guiando em sua direção. — Ethan está aqui. Seu filho, Ethan.

Ele tira o olhar da janela e se vira para mim. O rosto de meu pai é uma extensão perdida de pele enrugada e manchas hepáticas; ele ainda tem um queixo marcante e o cabelo branco cortado à escovinha, rareando no topo. Seus olhos azuis vasculham o espaço onde estamos. Ele sorri lentamente e meneia a cabeça. Sua mão, com a pele seca e esticada, se estende e segura a minha.

— É bom ver você. É realmente muito bom ver você — diz ele, em um tom de voz emocionado que ninguém usaria a menos que estivesse fingindo.

— Oi, pai.

Ele volta a olhar pela janela e observa a área bucólica com jeito de parque no centro do complexo do Green Grove. A Sra. Teschmaucher e eu trocamos olhares, e, então, meu pai se vira para mim.

— Estou preocupado com a grama lá fora. Parece seca nesta estação.

Eu me agacho ao lado dele e olho pela janela.

— Não está tão ruim assim.

Ele tem o mesmo cheiro de sempre: vestígios almiscarados da colônia Brut que usa desde que me entendo por gente. Pouso um dos braços sobre seus ombros.

— Você conhece Susie Frenesi? — pergunta ele.

— Não — respondo.

Ele se vira para a janela e, então, olha para mim outra vez. Seus olhos brilham com súbita alegria.

— Bill? Onde você esteve?

Eu tinha um tio chamado Bill, irmão mais novo de meu pai.

— Por aí. Sabe como é.

— Estou preocupado com a grama lá fora.

No caminho para o saguão, a Sra. Teschmaucher diz que a deterioração prosseguirá e que eu não devo ficar magoado por sua incapacidade de se lembrar de mim. Eu não estou magoado. É ele quem está sendo gradualmente despojado de tudo, sua identidade se esvaindo, os anos caindo como pele morta, preparando-se para uma nova primavera. Ao me afastar do prédio, vislumbro meu pai à janela de seu quarto, inspecionando a grama, e tenho uma súbita visão de *Mu* reivindicando-o, seu vazio brilhante puxando-o com hábil e sinistro domínio, sugando para sua luz tudo que um dia meu pai foi.

É um momento em que as coisas são tomadas.

Um momento em que encontro um folheto sobre o Dia da Ponte entre os livros de Erica. O Dia da Ponte é um encontro anual de adeptos de BASE jumping em Fayetteville, West Virginia. Durante um dia, em outubro, é permitido pular da New River Gorge Bridge.

Erica entra no quarto vestindo uma regata e calça jeans preta, o cabelo preso e as bochechas ligeiramente menos marcadas. Ela está mais magra.

Ergo e balanço o folheto.

—Você não vai fazer isso, vai?

Ela dá de ombros e começa a pegar roupas espalhadas pelo quarto e guardá-las nas gavetas.

— Ei.Você não vai fazer isso, não é?

Ela olha para mim, tomba sobre a cama e joga um dos braços sobre os olhos.

— Eu não sei. Estive pensando sobre o assunto.

— Achei que tivéssemos parado. Pensei que tivéssemos conversado a respeito.

Ela mantém o braço sobre os olhos.

—Você não precisa fazer nada que não queira — diz ela.

Sem mudar de posição, ela usa uma das mãos para pegar o controle remoto e ligar o aparelho de som. Pixies começa a tocar alto demais para mantermos uma conversa.

À noite, viro para um lado e para o outro sobre o colchão novo e obscenamente confortável. Meus pensamentos se concentram no corpo de uma menina caindo no espaço, com um paraquedas que se abre uma fração de segundo tarde demais para retardar sua queda. Ela se espatifa contra rochedos e pedregulhos, e o velame pousa delicadamente sobre seu corpo. Pessoas se aglomeram a seu redor e, quando a mortalha é puxada, o rosto que vejo é o de Mabel. Meu estômago dói, uma cólica que não sinto desde que parei de usar heroína, há quatro anos.

Durmo no chão.

É um momento de transição, quando os olhos do verão se fecham e se abrem no outono. O *I Ching* diz que meu yin dominante é Terra sobre Fogo, o que significa "Prejuízo para o Iluminado". Confúcio aconselha: "Será propício ser determinado e suportar o infortúnio."

A pedido de Erica, preparo o paraquedas para o Dia da Ponte. Então, explico que não podemos mais nos ver.

Ela fica furiosa.

— O quê? Você está falando sério? Só porque não vou fazer o que você quer?

Isso é dito para me provocar, mas em minha mente sou um perfeito Triângulo Azul e meu coração é um lento e constante arrebentar de ondas contra uma enseada.

— Porque eu não quero estar lá quando você morrer.

— O quê? Quando eu... — ela ergue os braços. — Ninguém *nunca* morreu no Dia da Ponte.

— Isso não é verdade. Em 1983 e 1987.

Erica leva as mãos aos quadris e me olha com falso desgosto.

— Dane-se. Eu não sou uma BASE jumper maluca. E olha só quem está falando. Qual é o seu problema?

Meu Triângulo Azul se mantém. Sou três linhas de ordem perfeita, pulsando com um belo brilho azul-safira.

— Não vou conseguir lidar com a perda de outra pessoa — revelo, e o que estou pensando é que *estou farto de todos desaparecerem.*

— Tudo bem, mas deixa eu ver se entendi direito. — Erica senta-se na cama e simula o formato de uma caixinha com as mãos. — Para evitar me perder, você está terminando comigo?

Eu não espero que ela entenda minha lógica. Ela me chama de covarde. Diz que sou eu quem está com medo. Dou as costas para sair e ela diz que sou como um viciado: já que não consigo lidar com a vida, eu me isolo com hábitos e ideias. Não olho para trás porque não há mais nada a ser dito.

O que dizer para alguém que você ama e que não admite o próprio medo?

Começo a passar de carro pelo Green Grove durante o dia, e vejo meu pai sentado à janela do quarto, observando os galhos das árvores farfalharem por causa dos esquilos. Não é sempre que penso nela.

Certo dia, meu pai não está em sua janela. Eu olho, faço o retorno e volto a passar em frente ao prédio. Em vez de meu pai, vejo apenas uma vidraça refletindo o sol. Sei que ele deve estar em outro lugar do asilo, mas mesmo assim paro para olhar, e, naquele quadrado plano e radiante de janela, talvez pela primeira vez, penso em meu pai com verdadeira clareza.

Volto ao antigo horário de trabalho.

Às três da manhã estou à janela, atando meus tirantes. Pelo vidro, o bosque está tranquilo e misterioso, estendendo-se sem limites na escuridão, enquanto do outro lado do arco brilha uma cidade, com vibração e movimento implícitos. Ergo o lenço sobre o nariz e baixo o vidro azul dos óculos de visão noturna; o mundo se torna uma impressão enevoada de espectros verde-esmeralda. Agora, não digo mais para mim mesmo que estou montado sobre os sonhos de minha cultura, mas que faço parte desses sonhos.

Sou como o pássaro negro gigante empoleirado na lua, uma ideia que existe entre o boato e a imaginação, a forma de algo que você deseja ver quando tem a chance de olhar para cima tarde da noite.

Agora, sou como um mito, um OVNI, um pássaro-trovão, e este papel tem suas próprias concessões, suas promessas de ritual e disciplina, enquanto lá embaixo, em algum lugar na floresta ou nos apartamentos defronte ao rio, com seus telescópios apontados para fora das janelas, as pessoas esperam para ver, prontas para me moldar de acordo com seja lá o que decidirem acreditar que sou. Abro a janela e deixo minha perna escorregar para fora. O vento me acaricia. Agarro o pilotinho.

Agora, sou um fantasma.

Banzai.

A vigília de Amy

I.

Duas horas antes de saber que o irmão estava morto, Amy tentou irritar North Godcheaux falando sobre a irmã. Amy trabalhava em uma farmácia à tarde, e North a buscava ao fim do expediente. Para evitar ser notado enquanto a esperava, ele estacionava a caminhonete a alguns quarteirões de distância. Ela dizia para a mãe que um amigo da escola lhe dava carona. Na caminhonete, o rapaz se manteve calado, quase sem olhar para Amy, e isso a irritou.

— Na noite passada, encontrei uma foto de você e Kara no baile de formatura — disse ela.

Ele parou de mastigar o palito de dentes.

— O que quer dizer?

— Nada. Eu estava no sótão, mexendo em uma caixa de fotografias, e encontrei.

— Por que está me dizendo isso?

— Por nada.

A caminhonete parou no sinal vermelho e ele ergueu as palmas para cima, de um modo que a fez se lembrar do padre DeBlanc no funeral de Nana.

— Por que você está me falando sobre ela?

Amy deu de ombros e, tendo irritado North, virou para a janela. Ele parecia outra pessoa na foto do baile de formatura. Seu rosto estava arredondado, o queixo liso, os cabelos cortados à escovinha. Agora, suas maçãs do rosto eram arestas proeminentes, cachos pretos saindo por debaixo do boné de pescador, e, àquela altura do dia, sua barba estava muito mais densa do que a de qualquer rapaz da Laughton High. Na foto, as mãos dele repousavam suavemente sobre os quadris da irmã de Amy. Kara, ela pensou, provavelmente parecia a mesma. Elas não se viam havia sete anos. Kara acabou indo para a faculdade, casou-se com um sujeito que trabalhava com computadores, e agora sua família tinha três casas em dois países. Às vezes, Amy ficava imaginando como eram as tais casas, provavelmente extravagantes, fúteis e tão bonitas que intimidavam os visitantes com seu mármore escorregadio e iluminação dramática.

North diminuiu a velocidade ao se aproximar de uma colina baixa. Passaram por um campo onde uma van abandonada repousava havia anos, apoiada sobre blocos de concreto em vez de pneus. Além da névoa cáqui do mato seco, duas garças brancas se empoleiravam sobre o velho automóvel.

— Eu só quero que a gente se divirta — disse North. — Não quero falar sobre ela.

Ele pousou a mão sobre seu braço.

Amy sabia que seu comportamento naquele dia — seco, distante — estava deixando North confuso, mas não sentiu pena do rapaz. Na véspera, ela descobrira que estava grávida, e tal conhecimento, não compartilhado, dava-lhe força, uma nova reserva de profundidade e peso. Ela olhou pela janela.

Plantas brotavam sobre todas as superfícies. O mato dividia em segmentos o concreto do chão do estacionamento. A grama abria veios no asfalto escuro da estrada. Carvalhos, pinheiros e sumagres cresciam nos espaços entre os prédios. Todas as construções pelas quais passavam eram térreas e exibiam manchas de infiltração cor de ferrugem nos cantos. Com mais de dois séculos, a cidade de Laughton continuava uma vastidão desolada, úmida e agreste. Amy se adequava àqueles espaços. Aos dezesseis anos, tinha coxas musculosas sob a saia jeans; uma garota sólida, compacta, com costas fortes e rosto largo e receptivo. Tinha cabelo preto e liso, com corte reto e uma boa tonalidade, o que pensava ser sua melhor característica.

Saltaram em um terreno arborizado, cercado por canaviais, além dos quais se erguia a torre estreita do relógio do tribunal, e, mais adiante, prados e pequenas gruas de petróleo que se moviam para cima e para baixo o dia inteiro, como aves se alimentando. Ela viu o trailer de North através das videiras.

Seu irmão mais velho, Christian, saía para caçar com North quando a caminhonete ainda era de um azul-celeste brilhante. A pintura agora tinha cor de poeira, quase cinza contra o pôr do sol avermelhado. A ferrugem corroía os cantos da caminhonete e a porta rangia ao ser aberta ou fechada. Amy percebeu que o polegar de North havia deixado uma mancha preta em seu braço. Ela olhou para a forma oval gordurosa antes de limpá-la com saliva.

Os odores se confundiam no ar dentro do trailer. Cigarro, gasolina, o cheiro forte dos limpadores químicos que North usava em seu trabalho. Ele baixou a cama embutida na parede e tirou a camisa. Sob a penumbra, Amy achou North mais parecido com o atleta que a irmã trouxera para casa quando Amy tinha seis anos de idade. Ele ficara mais magro nos dez anos que se passaram desde então, mais mirrado. Quando Amy tirou seu boné, o cabelo dele caiu ao redor do rosto e ela gostou do que viu. Amy tirou a camiseta e ele ergueu a saia de sua cintura. Ela pendurou o sutiã em uma das correntes que sustentavam a cama.

Amy tocou os braços de North, a umidade de sua pele, o gosto de cinzas em sua língua. A cama estremecia em suas correntes. O rosto dele estava levantado, olhos fechados com força. Amy observou-o de baixo. Nessas ocasiões, ela achava que ele estava pensando em Kara, mas era incapaz de se importar com isso. Ela também estava pensando em Kara, lembrando-se da noite em que viu os seios da irmã pela primeira vez. Lembrava-se daquela noite com frequência.

Kara estava de pé no banheiro, trajando apenas uma calcinha roxa, preparando-se para um encontro. Diante do espelho, passou hidratante na pele dourada, e seu torso reluziu. Seus seios projetavam-se com firmeza e curvavam-se para cima nas pontas. Seu cabelo louro estava penteado para trás. Kara acariciou a barriga e segurou os próprios seios quando se inclinou em direção ao espelho para inspecionar os dentes. Amy ficou ao lado dela com a escova de dentes pendurada na boca.

Kara perguntou se Amy também queria um pouco de hidratante e espremeu o tubo de Nivea nas mãos da irmã, que olhava para seus mamilos. Eram castanho-escuros, do tamanho de uma moeda de prata. Quando Kara apoiou um dos pés na tampa da privada e começou a esfregar o hidratante branco e brilhante nas pernas, Amy imitou a irmã. Sua mãe inserira cartões de oração na moldura do espelho do banheiro. Seus três filhos se deparavam com os rostos de São Miguel e da Virgem Maria todas as manhãs e todas as noites.

— Com quem você vai sair esta noite? — quis saber Amy.

— Com North Godcheaux. Você se lembra dele?

Kara olhava para o espelho enquanto falava. Ela soltou o cabelo e deixou-o cair. Então, acariciou a cabeça de Amy e foi para o seu quarto. Vestindo apenas a calcinha roxa, Kara topou com Christian no corredor, desviou-se dele e fechou a porta. Mais tarde naquela noite, um policial a levaria de volta para casa. Na época, Kara tinha dezesseis anos, Christian, quatorze e Amy, seis.

Imediatamente após terminar, North sentou-se na beira da cama e vestiu a calça jeans. Ele se levantou e foi até o banheiro. Amy fechou o zíper da saia e continuou deitada. Um raio de ouro esverdeado atravessava a estreita janela acima da cama, colorindo a mão que ela passava suavemente sobre a barriga.

Amy ainda não decidira se teria o bebê. A novidade da gravidez trouxera uma calma que ainda lhe parecia surpreendente. Havia clínicas em Beaumont capazes de acabar com a vida por pouco ou nenhum dinheiro, mas, por enquanto, aquele era o seu segredo, uma coisa que a tornava mais poderosa.

— Vou levar você para casa — disse North ao sair do banheiro.

Amy mal o ouviu. Ela estava tentando imaginar como seria o momento em que o bebê deixasse seu corpo, o que ela sentiria.

Quando estavam novamente na caminhonete, North perguntou:

— Alguma notícia de Christian?

Ele acendeu um cigarro.

— Nada desde a Páscoa — respondeu Amy.

Na última vez que tinham ouvido falar do irmão, ele estava praticando montanhismo em Washington. Christian passara três anos sem voltar para casa, e só retornou quando fraturou uma perna e um braço enquanto domesticava cavalos em Brenham, no Texas.

— Todo mês de outubro, quando tiro os arcos do armário, penso naquele veado. Em sua primeira caçada.

North dissera isso para Amy ao menos três vezes desde que começaram a sair, mas ela não achava que ele tivesse consciência disso. North era quatro anos mais velho que o irmão de Amy. Depois que Kara rompeu com ele no ensino médio, North manteve a amizade com seu irmão caçula, em uma flagrante tentativa de permanecer ligado à vida da ex. Mas uma amizade verdadeira se desenvolveu entre os dois rapazes, ou ao menos o tanto de amizade que Christian se permitia dedicar a alguém. North o levou para pescar e o ensinou a caçar com arco e flecha. Amy se lembra de quando, ainda menina, os viu sair durante a madrugada, antes do nascer do sol, vestindo macacões camuflados e empunhando arcos poderosos. Ela pensara neles pelo resto daquele dia, em sua aparência, os dois rapazes carregando suas armas e trajando roupas que pareciam cascas de árvore. Desejou ir com eles.

A caminhonete atravessou terrenos estéreis, repletos de mato e ervas daninhas, musgo pendurado nos galhos como lenços, embrenhando-se ainda mais no interior, passando por pântanos repletos de partasanas e ciprestes, aromas estagnados pairando por entre as cortinas de hera. A caminhonete parou no topo da rua. Ele a deixou sair e ela começou a descer a ladeira em direção à sua casa.

O bairro era um arranjo caprichoso de casas lineares fazendo fronteira com uma ampla extensão de mato e lama. Os pais de Amy compraram um dos cinco primeiros imóveis construídos ali, mas a ideia de uma comunidade planejada à beira do lago foi abortada quando o Corpo de Engenheiros desviou o rio Vermillion, transformando o pequeno lago do bairro em um charco coberto de mato ao fim da rua. O velho Cougar de sua mãe estava estacionado sob um carvalho no quintal, lugar de onde não saía havia mais de uma semana, até onde Amy sabia. O gramado ultrapassava os limites da varanda e da garagem. O mato irrompera através das lajes do acesso de veículos, separando as placas. A pintura castanho-avermelhada da casa de três quartos descascava nas laterais. A porta da frente era feita de madeira polida pesada, com cinco diamantes de vidro formando um diamante maior ao centro.

— Mãe? — chamou ela ao abrir a porta.

Amy morava sozinha com a mãe. Os pais tinham se divorciado menos de um ano depois de Christian ter ido embora.

Ela atravessou o vestíbulo, onde fotos emolduradas cobriam as paredes. Registros como os que Amy encontrara no sótão na noite anterior. As fotos de sua família não tinham conexão com sua própria vida. Desde criança, seu irmão e sua irmã eram considerados as duas pessoas mais bonitas de Laughton. Eram altos, tinham cabelos louros e pele bronzeada, rostos magros sobre ombros largos e quadris estreitos. O cabelo preto de Amy emoldurava um rosto em formato de coração, do tipo que as pessoas descrevem como "agradável". Seus quadris eram largos e os olhos, ligeiramente puxados, como se tivesse uma pitada asiática em seus genes. Eles eram azuis, e sua pele pálida enrubescia facilmente. Seus pais diziam que ela se parecia com uma das tias de seu pai, uma mulher que nunca vira. As fotografias no corredor — seu irmão, sua irmã e seus pais, a maioria tirada antes de Amy nascer — sempre carregaram acusações e a fizeram se sentir uma intrusa.

A mãe estava sentada na cozinha, vestindo uma camisola com estampa floral. Através das janelas da sacada, a noite projetava uma luz azul irregular sobre sua figura relaxada. Professora aposentada, sua mãe frequentemente se sentava ali, a Bíblia substituída por revistas de palavras cruzadas que resolvia enquanto fumava cigarros.

— Oi, mãe?

A cabeça da mãe estremeceu, as mãos pendendo junto ao corpo, um lápis amarelo no chão de linóleo. Amy ouviu um som abafado vindo do telefone sem fio sobre a mesa. Havia um cigarro queimado até o filtro, intocado, caído ao lado do cinzeiro. O cigarro manchara de preto o acabamento da mesa de madeira.

Quando sua mãe finalmente falou, começou a chorar.

— Christian morreu.

Amy tombou sobre uma cadeira. Ela disse "por que", embora tivesse a intenção de dizer "como". A mãe continuou chorando e baixou a cabeça sobre os braços dobrados em cima da mesa. Amy estendeu a mão e desligou o telefone, um gesto quase inconsciente. Ela olhou para a marca escura no tampo da mesa como se esperando que mudasse de tamanho.

II.

O sol brilhava intensamente no dia do enterro. Uma brisa forte vinda do golfo acariciava os poucos presentes com um ar salgado e consolador. Sentada, sua mãe trajava um vestido preto e sem forma, a testa franzida em algum tipo de rendição terminal. O pai de Amy, Arthur Placide, estava a vários metros de distância, as costas eretas em um terno cinza-escuro, a cabeça se inclinando de vez em quando. Por duas vezes, Amy viu as pernas dele falsearem e voltarem ao prumo. A esposa dele, Suzanne, ajudou-o. Ela era uma mulher pequena, extremamente magra, com a pele muitíssimo bronzeada e cabelo maltratado cor de laranja. Seu pai se casara com ela sem aviso, três anos após o divórcio. Agora ele era advogado de danos pessoais em Baton Rouge. Fora ele quem recebera o corpo e cuidara dos preparativos do enterro.

Christian estava dentro de um caixão marrom simples. Levou três dias para o corpo ser enviado de Washington.

— Eu não entendo — disse Amy para o pai. — Ele foi encontrado na rua?

O agente funerário cortara seu cabelo e raspara sua barba. Ela tentou se lembrar do irmão quando ainda eram crianças, mas só conseguia vê-lo como o adolescente compenetrado, o jovem com a cicatriz sobre o lábio.

— Como assim ele estava caído na rua? — insistiu ela, a voz esganiçada.

Ao todo, Amy contou dezesseis pessoas no enterro, a maioria amigas de longa data de sua mãe. North permaneceu mais afastado que os demais. Usava calça de veludo marrom-escuro e um blazer azul sobre uma camisa branca. Ela observou o vento soprar seu cabelo. O rosto dele ainda era bonito, e tirava algum proveito de sua magreza e do ângulo do sol. Amy chorou mais intensamente quando contou para ele o que acontecera com Christian.

Ela disse que não sabiam quem havia feito aquilo, mas que seu irmão fora esfaqueado. Tais palavras provocaram-lhe um choro convulsivo. Amy lembrou-se do irmão mostrando-lhe como montar armadilhas de caranguejo na época em que o rio Vermillion ainda corria para dentro do lago ao fim da rua de casa.

— Ei, Kara virá para o funeral? — perguntou North.

Amy deu de ombros.

— Acho que sim.

Após o ensino médio, Kara conseguira uma bolsa para a Universidade Metodista Meridional. Três anos depois, se mudara para São Francisco e ficara noiva de Jim, um empresário mais velho. Sua mãe havia passado um dia inteiro tentando descobrir um número de telefone para contatar Kara, já que, de início, os representantes do marido da filha mostraram-se incapazes ou relutantes em fornecer informações.

E Kara não comparecera ao funeral. O sol brilhava nos óculos do padre. Ele fez o sinal da cruz quando o caixão foi baixado. Sozinha, a mãe de Amy deixou cair um punhado de terra sobre o ataúde. Uma de suas amigas, uma professora de escola primária muito idosa, amparou-a pelo braço e pelo ombro enquanto ela jogava a terra.

Na noite em que Amy viu os seios da irmã pela primeira vez, um policial levou Kara de volta para casa, acordando a família durante a madrugada. Amy e Christian esgueiraram-se para fora de seus quartos e espiaram a porta da frente de um canto da sala. Viram o oficial conversar com seus pais ao lado de uma Kara calada, aparentemente furiosa. Suas vozes eram murmúrios para os ouvidos de Amy e Christian, mas ambos entenderam que o policial flagrara sua irmã em um carro com um garoto. Mas havia algo além disso, porque, pela descrição do homem, o garoto não parecia ser North Godcheaux. Quando o policial foi embora, o pai trancou a porta e deu um tapa no rosto de Kara. Ele disse que não a criara para ser amante de negros. Ele a xingou enquanto a mãe permanecia por perto, em silêncio, trajando uma longa camisola branca, mãos apoiadas nos quadris largos, cabeça baixa, punho fechado ao redor do rosário que levara para a cama.

Kara deu as costas para os pais, entrou no corredor, passou por Amy e Christian e bateu a porta de seu quarto. A mãe a seguiu, deixando o pai sozinho no vestíbulo. Advogado de grandes causas em uma cidade pequena repleta de advogados, o pescoço do Sr. Placide se curvara de tanto olhar para baixo ao longo da vida. Na maioria das noites, ele assistia à televisão sozinho na sala de estar, onde acabava dormindo em sua poltrona reclinável. Entrou no corredor e viu Amy e Christian. O pai não sabia o que fazer. Tinha a intenção de dizer algo para os filhos, algo a respeito de já ser muito tarde para estarem acordados, mas, em vez disso, deu um tapa na boca de Christian. Ele pareceu confuso por um instante, então mandou os dois para a cama e voltou para a sala de estar. Os dois ouviram a televisão ser ligada. Alguém disse algo, e então uma claque de gargalhadas encheu o cômodo.

Deitada no escuro de seu quarto, Amy sentiu medo de algo que ainda não sabia o que era, mas que seria pior do que o que acabara de acontecer. O quarto ao seu redor parecia diferente. Ela não reconheceu as formas nas paredes.

Recém-barbeado, o rosto de North brilhava. Quando chegou à igreja, Amy o viu vasculhar a multidão em busca de sua irmã, a garota que ele nunca superou. Sentiu a decepção que o tomou. Amy se lembrava de quando North entrara na farmácia um mês antes, comprara uma caixa de band-aids e, ao passar pelo caixa, disse "Ei, você não é a irmã da Kara?".

O pai apareceu ao seu lado. Amy estava de fora do círculo de pessoas ao redor de sua mãe, e ele se inclinou um pouco para a frente, pressionando-a contra o peito. Cheirava a gim.

— Vai ficar tudo bem, querida.

A mão dele bateu com força exagerada em suas costas.

Suzanne externou-lhe os seus pêsames.

— Ele era um garoto durão — disse o pai, voltando a cabeça para a mulher e mantendo a mão sobre o ombro de Amy. — Ele realmente era.

Amy assentiu. O irmão fora, de fato, isso. No fim da adolescência, depois de Kara sair de casa, Christian brigava muito. Por duas vezes, famílias de outros rapazes ameaçaram processá-lo. Aos dezessete anos, Christian precisou implantar dois dentes e ganhou uma cicatriz entre o nariz e o lábio.

— Vou até o fim com isso — disse o pai. — Vou descobrir o que aconteceu.

Ele ficou em silêncio por um instante, então se virou abruptamente para Suzanne, tentando sorrir.

— Eu batia muito nele. — Seu lábio inferior estremeceu. Seu rosto desabou lentamente, como uma criança que se dá conta de um joelho esfolado. — Batia mesmo.

Amy se afastou delicadamente de seu abraço.

— Eu batia nele — repetiu para a mulher, como se ela não estivesse acreditando no que ele dizia. Ela o amparou quando se afastaram.

Amy foi deixada a sós, observando as mulheres obesas e melancólicas que ofereciam consolo à mãe. O cemitério era pequeno, limitado por densas florestas. Ao longo da linha das árvores, a torre branca erguia-se contra o céu como um dedo indicador. North se aproximou da garota por trás.

— Você está bem?

— Não. Não mesmo.

A resposta foi curta porque Amy percebeu que, caso falasse mais, começaria a chorar.

— Onde está Kara?

Ela esfregou a ponte do nariz, emitindo um suspiro longo e frustrado.

— Na França. Disseram que ela não conseguiria um voo ou algo assim. Não sei.

North balançou a cabeça.

— Isso é a cara dela, não é? Quem não pode comparecer ao funeral do próprio irmão? Sinto muito, mas isso... isso não é certo.

Amy sentiu um surto de ódio tingir seu rosto.

— Você é tão burro.

— O quê?

— Sabe quantas vezes ela traiu você? Teve uma noite em que a polícia levou Kara para casa porque ela estava transando com um negro dentro de um carro.

North gaguejou e se encolheu.

— Do que você está falando?

— Nada. — Amy enxugou os olhos. — Só que... não quero falar com você agora, ok? Vá embora.

Ele tentou se aproximar, mas a garota ergueu a mão como se estivesse parando um ônibus.

— Por favor, vá embora agora.

Lágrimas quentes brotaram em seus olhos e ela deu as costas para North. Sua mãe ainda estava cercada de gente, e, no estacionamento,

Amy podia ver Suzanne ajudando seu pai a entrar no lado do passageiro de um velho Lincoln. O rosto de Christian no caixão estava calmo demais para ser ele. Ela se lembrou de quando, aos oito anos, viu o irmão lavando sangue das mãos no banheiro do corredor. Ele tinha um corte no olho e parara de se barbear. Na ocasião, Amy perguntou:

— Você está tentando ficar feio?

Ele não disse nada, apenas bateu a porta. Por fim, seus olhos se tornaram tão tempestuosos e intensos que o pai deixou de confrontá-lo fisicamente. As carpideiras começavam a se dispersar. Os campos de pedras e flores se esvaziavam de pessoas. Amy deveria dirigir o carro da mãe até o velório, que estava sendo organizado pela Sra. Abrams, a velha professora que estivera ao lado de sua mãe o dia inteiro. O dia ainda estava muito claro, um tipo de sol branco e flagrante que fazia as pessoas estreitarem os olhos, não importava para onde olhassem.

Amy dirigiu ao longo da pequena rua principal de Laughton, passou pelo supermercado, pelo Dollar General e pelo cinema de três telas. Fez uma curva em direção à escola. O conjunto de seis edifícios de tijolo e pedra foi onde Kara e North se conheceram, onde todos os anos Christian ganhava o prêmio de redação e onde Amy estava começando a cursar o último ano do ensino médio, com o mesmo anonimato diligente que assumira como principal característica havia muito tempo. Ela sentia como se a cidade e sua família fossem uma história já contada, que, após desempenharem seus papéis, saíram do palco, deixando-a sozinha em meio aos cenários.

Ela ficou do lado de fora do carro no estacionamento da escola. O campo grande e plano onde as equipes treinavam estava vazio, as traves dos gols como Hs solitários tombados no chão. Um bando de melros emergiu em meio à grama, subindo em uníssono e pairando acima do campo como uma oscilante impressão digital. O vestido cinza que Amy usava a fazia parecer mais magra. Ela passou as mãos sobre os quadris. Imaginou-os se expandindo caso decidisse ter o bebê. Qualquer pensamento a respeito de seu corpo levava a comparações com o corpo da irmã, mas naquele dia, ao pensar em Kara, pela primeira vez imaginou como seria ser observada a vida inteira. Amy sabia quão invasivo podia ser o olhar das pessoas. Ela compreendeu que foram aqueles olhares, sempre voltados para Kara, que tinham moldado sua irmã. Subitamente, fez sentido o modo como a beleza da irmã parecia vingativa, assim como o fato de passar metade do ano na França com seu marido rico, até mesmo a maneira como ela, em sã consciência, era capaz de perder o enterro do irmão. Não fazia aquilo porque se ressentia de sua família. Kara se ressentia do mundo, do modo como a estava sempre observando. Os melros pairavam acima do campo, indo e vindo, e Amy se perguntou por que não seguiam em frente. O sol se punha atrás das nuvens.

Ela traçou um círculo em sua barriga. Planejava se convencer gradualmente a abortar o bebê. Então, perguntou-se se seria possível que parte de Christian ressurgisse na criança. Haveria alguma chance de ter um filho louro de pele morena, uma criança cujos traços latentes existiam em algum lugar de seu próprio sangue? Amy imaginou o irmão piscando como uma corrente elétrica ao longo da escada de seus próprios cromossomos. As partes dele que eram dela, o sangue que compartilhavam. Imaginou uma explosão de estrelas, a vida de Christian dentro dela como a criação de uma pequena e rodopiante galáxia, e o pensamento aqueceu sua barriga. O bando de pássaros subiu e mergulhou, espalhando-se e desaparecendo em meio à vegetação.

III.

Na última vez que Amy viu Kara, a irmã tinha voltado para casa a fim de buscar um conjunto de malas de viagem que usaria em sua mudança para São Francisco. O pai tinha acabado de se mudar dali, e o único comentário de Kara a respeito do divórcio foi "Isso devia ter acontecido há mais tempo".

—Você também vai embora — dissera-lhe Kara. Então, apertou a pequena mão de Amy como se pretendesse que a declaração fosse encorajadora. —Você vai ver.

Mas Amy não queria ir embora. Ela não entendia por que todos partiam. Ali era seu lar. Do que mais precisavam?

Amy estacionou o carro da mãe debaixo do carvalho no quintal. Todas as luzes da casa estavam desligadas. Lá dentro, permanecia o cheiro familiar e passado de especiarias e pétalas de flores secas. As fotos no corredor. O tapete verde-acinzentado da sala, dois sofás cinza formando um L em um canto. Sombras pesadas, luz azul. Uma lâmpada atenuada, um ventilador de teto, dois crucifixos, estátuas de porcelana de Nossa Senhora olhando para baixo ao lado do coração exposto de Jesus. A luz da secretária eletrônica piscava rapidamente, indicando muitas mensagens. Amy inspirou em meio ao silêncio. Sentia-se trespassada pela história da casa, aquele peso que não a admitia. Não acendeu nenhuma luz.

A cozinha. Lembrou-se dos ovos mexidos de Christian. Ele tinha uns dez anos de idade quando adicionou geleia à receita. Após obrigá-la a provar a mistura, jogou tudo fora e ambos riram. Era difícil se lembrar do irmão sorrindo, e Amy ficou grata pela memória.

Então, lembrou-se de Kara passeando pela cozinha vestindo uma longa camiseta branca que pendia logo abaixo de sua calcinha, sentando-se à mesa do café da manhã e apoiando as pernas douradas sobre o colo de Christian enquanto ele comia cereal, a fala e os gestos do irmão tornando-se nervosos e desajeitados. Aquilo divertia Kara. Em casa, ela mantinha uma realeza felina, frequentemente se alongando e se reclinando com o olhar entediado de um gato doméstico. Às vezes ela enroscava um dos dedos no cabelo de Christian.

A bancada estava repleta de recipientes altos de vidro contendo pimentas imersas em azeite de oliva, um açucareiro de porcelana em formato de ganso e saleiros vermelhos e brancos.

O telefone ecoou no silêncio. Amy foi até a bancada e ergueu o fone do gancho.

— Amy?

A voz de North soava grave e triste.

— Oi.

— Você está bem?

— Não sei.

— Quer vir para cá? Quer que eu vá pegar você?

Amy apertou a barriga com a palma da mão. Imaginava os sons perdidos de sua família. Coisas que permaneceram ao longo dos anos, vozes acumuladas pelos cantos.

Ela pediu para que North não fosse buscá-la. Ele se desculpou pelo que acontecera no funeral, e ela disse que estava tudo bem. Amy pensou que talvez fosse possível, que desligariam o telefone e se veriam mais tarde, mas ele quebrou o silêncio, revelando-se:

— Quando você disse que... você disse que ela tinha me traído. Sabe, quero dizer...

— Ela traiu cada garoto com quem saiu, North.

— Mas você não tem como saber. Quero dizer, com quem e tudo o mais? Eu sempre achei que Kara tinha transado com Matt Clark, mas não podia provar.

Amy se sentou no chão, imersa em sombras, um brilho intenso se aprofundando na cozinha vazia e silenciosa.

— Acho que não devemos mais nos ver, North.

Ele gaguejou, argumentou. Disse que aquele fora apenas um dia ruim.

Amy pensou no que dizer. Ela deveria falar sobre o bebê. Ela deveria dizer que ele não gostava dela de verdade, que estava cego por algo que se fora. Ela deveria dizer tudo isso porque North não era inteligente o bastante para perceber por conta própria. Ele nem mesmo era o homem mais triste que ela conhecera. Mas lhe dera um filho. Ele lhe dera um bebê, e ela não voltaria a vê-lo.

Mas Amy não queria lidar com aquilo naquele momento e disse que ligaria para ele no dia seguinte. North protestou, mas ela o tranquilizou:

— Depois a gente conversa.

Amy desligou o telefone e voltou a se sentar no chão da cozinha.

Ela sabia que teria o bebê, admitiu para si mesma, sempre soubera. Porque merecia algo que fosse seu, um propósito e uma família. Ela disse para si mesma que o nascimento poderia finalmente dar início a sua própria história, que poderia representar o advento de sua verdadeira vida. Ela sentiu que poderia recuperar a família perdida. Sentiu que não precisava mais simplesmente esperar como aquelas noivas da guerra, de vigília em suas janelas. Aquilo iria passar, como passavam todas as outras coisas ali.

Amy se levantou e caminhou até a secretária eletrônica. Apertou o botão sob a luz vermelha que piscava e as mensagens foram reproduzidas no escuro. Amigos da família, o pároco oferecendo seus serviços para a mulher que comparecia às suas missas havia mais de quarenta anos. Então, ouviu uma voz estranha, feminina, que disse uma palavra a título de saudação: "Mãe."

Era a voz de Kara, distorcida e entrecortada pela velha fita da máquina. Ela se desculpou diversas vezes. Na mensagem, disse "oi" para Amy e também pediu desculpas à irmã. Pediu que ligassem para ela, que por favor ligassem, e deu instruções de como fazer chamadas internacionais. Sua voz soava breve, direta. Então veio o bipe indicando o fim das mensagens.

Amy ouviu a mensagem da irmã mais duas vezes, tentando reconhecer a voz. Queria telefonar para Kara e ouvir sua explicação para ter faltado ao enterro. Gostaria de lhe falar sobre a herança de homens assombrados que a irmã deixara para trás. Gostaria de perguntar: *O que aconteceu? Diga tudo o que aconteceu*. No escuro, sentou-se no sofá, as mãos sobre a barriga.

Pensou: em maio, assim que se formasse, poderia trabalhar mais horas na farmácia. Sua mãe poderia cuidar do bebê quando ela estivesse no trabalho. Amy começou a fazer planos, repetindo para si mesma, desta vez com mais certeza, que, sim, sabia que teria o bebê, sabia disso desde o momento em que o primeiro teste de gravidez revelou um ponto azul.

Amy se levantou, foi até a sala de estar e acendeu a luz. Então, foi de cômodo em cômodo, acendendo todas as luzes da casa.

A criança dependeria dela e agarraria seus dedos com as mãozinhas. O bebê dormiria sobre seu peito, suavemente acalentado pelo som de sua voz quando ela lhe falasse sobre seu dia. Uma vez mãe, pensou, certas frivolidades desapareceriam. Ela imaginou seus quadris se expandindo, seios inchando e caindo.

Imaginou seu cabelo curto, como o da maioria das mães que conhecia. A vaidade já a estava abandonando. Ela jamais se permitiria cultivar a própria beleza. Amy sabia que não podia se preocupar com coisas assim, não se pretendia recuperar tudo o que fora perdido.

1987, AS CORRIDAS

Branco e tão imponente quanto uma fazenda, com quatro andares altos e bandeiras tremulando na fachada, o Oaklawn os fazia parecerem pequenos. A polícia orientava o tráfego ao redor do edifício, soprando apitos à sua sombra. O pai dirigia um carro todo vermelho que tinha onze anos. O menino, Andru, sabia disso porque o pai comprara o Continental no ano em que ele nascera. Algumas moscas pretas voejavam sobre o piso do grande Lincoln, onde batatas fritas e restos de lixo chacoalhavam nas calhas. Ele geralmente via o pai dois fins de semana por mês, e, de fevereiro até meados de abril, costumavam ir juntos ao Oaklawn. Para o menino, que associava o lugar aos chefões mafiosos dos anos 1940 e 1950, o edifício era como uma cápsula do tempo. Ele gostava das histórias que o pai contava a respeito destes gângsteres: Lucky, Meyer, Bugsy, como eles se encontravam em Hot Springs para realizar conferências, dividindo fortunas durante banhos em fontes de águas termais ou comendo rosbife malpassado em uma das salas de jantar do Oaklawn. Ele imaginava homens usando chapéus fedora e sobretudos, deslocando-se entre a multidão, furtivamente carregando estojos de violino embaixo do braço. Era quase uma da tarde e eles estacionaram a alguns quarteirões de distância do hipódromo. O menino não estava prestando atenção ao que o pai dizia, mas depois perceberia que ouvira cada palavra.

— Para escolher o cavalo vencedor, precisamos pensar no princípio de que o futuro repete o passado. Ok? É a mesma coisa com os números. Você precisa ser matemático. Ok?

O pai, David, desligou o carro e ergueu o cigarro até a fresta de sua janela, por onde entrava uma leve brisa. Havia marcas pretas de queimado no estofamento vermelho junto ao vidro. Às vezes, se o menino se concentrasse, uma daquelas marcas se transformava em uma mosca preta e sobrevoava suas cabeças antes de pousar no mesmo lugar.

— Você entendeu? — A voz do pai estava ligeiramente rouca. Ele bateu o cigarro pela abertura da janela, provocando uma pequena chuva de faíscas cor de laranja dentro do carro.

— Sim — disse o menino, estreitando os olhos quando as fagulhas voaram em direção ao seu rosto.

David afastou as cinzas do terno gris, tirando pedaços de tabaco da camisa branca com costuras amareladas. Os cotovelos do terno estavam puídos, mas o conjunto estava muito bem passado e com um cheiro forte de Polo for Men, cujo frasco estava no banco de trás, junto a algumas roupas. Ele penteou o cabelo para trás. Em um dos dedos de sua mão grossa e peluda havia um grande anel de ouro com suas iniciais, DS, formadas por brilhantes.

— Ei, Dru? — disse ele. — Você não queria estar aqui?

O menino se aprumou, olhou para o pai e, então, em direção ao muro de tijolos além do para-brisa. Uma longa rachadura se alastrava pelo vidro.

— Claro. Quero dizer, tanto faz. Está tudo bem.

— Um monte de gente gostaria de visitar Hot Springs duas vezes por mês.

— Eu sei.

A voz do pai fez seu rosto corar.

— Estamos nos divertindo. Nós somos os caras, certo?

Ele bagunçou o cabelo castanho e espetado do filho.

O menino sorriu.

O sorriso foi tão forçado que enfureceu o pai. Andru se deu conta disso porque o homem trincou os dentes, saiu do carro e bateu a porta. Era um tipo de raiva misturada com pânico, visível em momentos assim, quando era confrontado com a evidência de que, para o menino, aquelas visitas eram algo a ser tolerado. O filho identificou medo e raiva no pai e queria aliviar a pressão, mas não conseguia tomar a iniciativa de dizer algo para acalmá-lo. Apenas uma década mais tarde ele entenderia que o medo fazia parte de seu pai, algo que crescia por conta própria dentro dele, sem precisar de nada para desencadeá-lo.

Havia um enxame de pessoas junto à pista de corrida, como índios ao redor de um forte em um daqueles filmes de John Wayne que o pai alugava para assistirem enquanto comiam pizza ou um balde de frango frito. Idosos, famílias, homens solteiros e as jovens garotas, as debutantes de Little Rock, trajando vestidos caros, cabelo e dentes brilhando ao sol. O menino os observava, como sempre fazia.

Agora, o pai não parecia mais furioso. Ele alisou o terno e passou a mão pelo cabelo preto, cheio e penteado para trás.

— Muito bem, meu rapaz. Um dia nas corridas. — E deu um tapinha no ombro do filho.

— É.

O menino olhou para o pai e viu a energia que ele sempre reunia quando se aproximavam da entrada. Naquele dia, parecia mais forte. Ele ficava endireitando os punhos da camisa enquanto caminhavam, tocando os botões nas mangas, fechando e esticando os dedos como se estivesse prestes a tocar piano. Deu uma piscadela para um policial.

Lá dentro, as pessoas se alvoroçavam, tiras de papel branco em mãos, olhos concentrados nos boletins de corrida, uma voz elétrica falando acima do barulho ininteligível. Muita gente olhava para cima, observando as estatísticas que passavam em dezenas de monitores. O pai comprou um boletim e começou a analisá-lo, os dois encostados contra uma parede. A luz no Oaklawn era fraca e artificial, tomada de fumaça e vozes.

— Não é incrível? Toda essa gente.

Antes que o filho pudesse responder, David ergueu a cabeça e começou a olhar ao redor, aparentemente examinando a multidão.

— Ei, vamos dar uma volta por aí.

Eles caminharam até o extremo oposto do primeiro andar, passando pela multidão agitada, mas, quando chegaram ao fim, perto da loja de suvenires, o pai se virou e guiou Andru de volta pelo caminho por onde vieram.

— Vamos.

Andava rápido, com uma das mãos às costas do filho, o boletim de corridas amassado em seu punho.

Caminharam até o padoque superior, onde mais pessoas se aglomeravam para ver os cavalos. O pai esticava o pescoço lentamente, observando a multidão, mordiscando o lábio inferior.

— Está procurando alguém? — perguntou Andru.

— Não. Não estou.

David observou o filho, a mão em seu casaco, o menino calmo, ainda um pré-adolescente de pele lisa sob o cabelo espetado.

— Ei, cara. Vou lhe fazer uma pergunta. O que você acharia se eu começasse a sair com uma mulher?

— Seria ok. Seria bom.

— Você não se importaria?

— Não. De jeito nenhum. De verdade, pai.

O tom de voz do pai endureceu.

— É, bem... Afinal, por que você se importaria?

— Pois é.

— Sua mãe tem o Frank, certo? Eu deveria ter alguém. Você não acha?

— Sim. É claro.

Olhando para ele, mais uma vez o pai pareceu a ponto de chegar ao limite daquela energia que o motivava, mas o ímpeto passou e ele começou a sorrir.

Meio constrangido, deu um aperto de mão no filho e disse em profunda gíria urbana:

— Você é do mal, cara. Você é do mal.

Eles deixaram o padoque e subiram ao mezanino. Mezanino era uma das palavras que Andru aprendera no hipódromo. Ele gostava dela. Parecia ter implicações secretas.

O pai o guiou por entre as multidões e de um lado a outro do mezanino. Então, subiram aos terraços inferior e superior, e, meia hora depois, pouco antes do início da primeira corrida, David disse para o filho que deveriam comer algo. Desceram ao térreo, onde havia um bar de ostras entre um restaurante e os guichês de apostas. Ao chegar lá, o pai sorriu aliviado. Therese estava de pé diante do bar de ostras, sugando uma concha entre os lábios.

Ela ainda estava distante quando pararam de andar. David se virou para Andru, emanando uma alegria febril.

— Você se lembra da Srta. Therese, não é? Ela ficou conosco uma vez.

O menino se lembrava da mulher que vira bebendo com o pai no restaurante do terraço superior havia uns dois meses, embora ela só tivesse ficado algumas horas com eles antes de cambalear até a porta e ir embora. Agora ela estava diante de um prato de ostras, conversando com um sujeito corpulento que usava um terno bege e tinha a pele avermelhada. Pareciam fazer parte de um pequeno grupo de pessoas vestidas com elegância.

O pai ajeitou o terno e arrumou o cabelo para trás.

— Ela já foi modelo. Já lhe disse isso? Em Nova York. E se apresentou em um palco. Não é incrível?

— É.

Eles pararam um segundo, olhando por entre a multidão enquanto Therese ria de algo que o homem de terno bege lhe dizia.

— Aquele é Bill Hays. Acho que eles já saíram juntos.

— Mas não saem mais?

— Não. Estão com um grupo de amigos. — Como se o menino tivesse refutado, David olhou para baixo e disse: — As pessoas ficam amigas, Dru. Como eu e sua mãe. Nós ainda somos amigos, certo?

— É.

Eles esperaram mais um pouco, em silêncio, e o menino ficou tenso, imaginando o que lhe seria exigido. Bill Hays arrotou contra o punho, limpou a boca com um guardanapo que deixou cair no chão e tocou o ombro de Therese antes de ir em direção a um guichê de apostas. David cutucou o braço do filho e disse:

— Vamos.

Therese era uma mulher alta, magra, trajando um vestido verde que descia abaixo dos joelhos, com lábios finos e cabelo curto perfeitamente cortado. Seu sorriso, suas sobrancelhas teatrais e a forma como sua boca sempre parecia estar prestes a contar uma piada transgrediam algum tipo de decoro. Mas, no geral, ela parecia seca demais, o cabelo louro-claro, completamente sem brilho, era como pó de giz. Therese acendeu um cigarro e exalou a fumaça contra a luz fraca, com um ar distante mesmo depois de avistar David e o filho indo em sua direção.

— Oi, Therese — disse o pai, sorridente.

— Oi — respondeu ela, erguendo uma das sobrancelhas.

— Você se lembra de Andru, meu filho? Ele a reconheceu de longe.

A mulher olhou para o menino e sua boca se franziu.

— Ei, Dru. Você não era assim tão alto na última vez em que nos vimos.

Therese virou a cabeça para o lado e tragou. Seus olhos voltaram para David, mas ela manteve o rosto de lado enquanto exalava a fumaça, os cílios parecendo aglomerados negros.

— Estávamos indo comer alguma coisa — disse o pai.

— Eu estava mesmo pensando em comer uma fruta. Talvez alguns caquis.

— Você quer caquis?

Ela parecia estar se divertindo. Seu perfume era tão forte que fazia arder os olhos do menino, que olhava da mulher para o pai, observando o espaço vazio que havia entre eles e a pequena festa em torno. Andru sabia que ele e o pai não faziam parte daquele lugar — e sentia que uma parcela daquilo que o pai estava fazendo envolvia ignorar o fato de o filho saber que não deveriam estar ali.

— É a minha fruta favorita. Não se vê bons caquis por aqui. Desde menina, sempre adorei caquis. — Ela sorriu para o garoto, e fumaça escapou por entre seus dentes. — E então, você acredita que já fui uma menina?

Andru corou.

A mulher piscou, e o menino olhou para o pai, que observava Therese com uma espécie de paciência apática.

Somente então Bill Hays voltou, sólido e iluminado em seu terno bege. Ele era mais alto do que todos em volta, pele bronzeada e botas de caubói de um couro fino e brilhante.

— E aí, Dave. O que me conta?

David pareceu encolher e inflar ao mesmo tempo. Sua cabeça se inclinou e se curvou, mas seus ombros se projetaram para trás, o peito estufado.

— Trouxe meu filho. Pensei em almoçarmos, assistirmos a algumas corridas.

Bill Hays olhou para Andru com simpáticos olhos verdes. O menino usava uma camiseta preta do Iron Maiden sob um casaco de couro e calça jeans, o cabelo era um rígido capacete de espetos.

— Você gosta de corridas?

O menino deu de ombros.

— Claro. Acho que sim.

Bill Hays sorriu e pousou a mão na curva das costas de Therese.

— Que grande fã de corridas de cavalo você tem aí.

David ficou inexpressivo, batendo o boletim de corridas contra a perna.

A festa começou a andar. Bill se virou para Therese e falou:

— Está na hora de subirmos.

Ela assentiu, jogou o cigarro fora, pegou a bolsa e piscou novamente para Andru.

— Não deixe que ele coloque você em apuros, ok?

— Ei, ei, pare com isso — disse David, rindo.

Algo na risada do pai enervou o menino. Era um som forçado, excessivo e ansioso.

Quando Therese e Bill viraram as costas, David começou a caminhar com eles.

— Então, onde vão ficar?

Bill sorriu.

— No Triple Crown Room. Vamos passar o dia lá.

— Ah.

Bill ergueu uma das mãos como faria um guarda de trânsito.

— Cuide-se, Dave.

Pai e filho ficaram parados enquanto a multidão passava por eles, os dois observando o homem de terno bege e a mulher esguia caminharem até o elevador com os amigos.

Andru não queria olhar para o pai, cuja decepção parecia sufocante. Em vez disso, olhou através das portas de entrada, para os carros e para a rua iluminada pelo sol, para as pessoas caminhando lado a lado além do vidro reluzente.

— Ha! — O pai estalou os dedos, agora lívidos, sorrindo como se tivesse tido uma grande ideia. — Espere. Fique aqui.

David foi até um guichê de apostas, começou a folhear as páginas do boletim de corridas e fez diversos jogos. Aquilo demorou algum tempo, e o menino observou a rapidez das mãos do pai folheando as páginas, o modo como batia o sapato, a maneira como ele se inclinou e sorriu para a atendente. Quando voltou, enfiando as pules no bolso, disse:

— Certo. Vamos.

— Para onde?

— Fazer compras.

— E o almoço?

O pai o guiou em direção à saída.

— Comeremos algo por aí.

Eles saíram quando as buzinas anunciavam o início de uma corrida.

Começaram a dirigir em direção à cidade e o pai acendeu um cigarro. A tarde estava clara e fria, radiante sob um céu sem nuvens, da cor de um paraíso perfeito. Desceram a Grand Avenue e pararam na primeira mercearia.

— Vamos, vamos — dizia o pai enquanto corriam em direção às portas, o terno ruflando sob seus braços como asas escuras enquanto corria.

Lá dentro, as lâmpadas fluorescentes cobriam cada superfície com um branco difuso e doentio. David caminhou em direção aos corredores de frutas e verduras, deu ao filho uma nota de dez dólares e disse para ele ir comprar um sanduíche na delicatéssen. Estendeu o dinheiro e se virou para examinar as frutas expostas sob finos tubos que, naquele instante, espargiram uma fina névoa úmida.

Andru estava sentado em uma mesinha comendo um sanduíche de carne em conserva quando o pai o encontrou, passos rápidos e firmes. Mãos fechadas em punhos, alguns fios de cabelo caídos sobre o nariz.

— Ei. Vamos. Precisamos ir. Coma no carro.

Dirigiram por mais um tempo. O pai parou em outras três mercearias enquanto o filho permanecia sentado no Lincoln parado em ponto morto. O menino mastigava o sanduíche lentamente à medida que a cena se tornava familiar: as portas automáticas se abriam para o pai, ele entrava e reaparecia um minuto depois, parando um instante para ajeitar o cabelo para trás. Aquele era um de seus gestos mais característicos, a mão se erguia quase involuntariamente e ajeitava o monte de cabelo preto com brilhantina. Andru também sabia que tinha o mesmo hábito. O anel de seu pai brilhou quando ele mais uma vez levou a mão ao cabelo.

— Certo. Tem mais um lugar — disse ele, pondo o carro em marcha. — Um cara lá dentro me falou sobre um mercado de agricultores que funciona aos sábados. Disse que costumam fechar por volta das três da tarde, mas podemos chegar a tempo. Não acredito que ninguém tenha caquis nesta maldita cidade.

O menino assentiu. Deixou o saco plástico do sanduíche cair por entre as pernas, e as moscas pretas que ali estavam começaram a inspecioná-lo.

— Gostou do sanduíche?

— Estava bom.

O pai aumentou o rádio e eles desceram uma colina, seguindo em direção à Avenida Central.

Eram quase quatro da tarde quando encontraram o mercado de agricultores, completamente vazio, alguns quiosques ainda de pé, embora já fechados e trancados. Afora um sujeito empilhando caixas em uma caminhonete, o imenso estacionamento estava vazio, o chão de concreto plano e rachado estendia ao redor. O menino estava com as mãos enterradas nos bolsos do casaco. O pai foi até o homem da picape, conversou com ele um instante e, em seguida, observou o veículo se afastar. Um pé de vento fez seu terno ondular, além de erguer e despentear seu cabelo, enquanto ele andava lentamente, em círculos, esquadrinhando o estacionamento. Havia algo de nítido e cabal naquele momento, ambos de pé sobre uma superfície estéril à luz do sol, mas o menino não soube dizer o que aquilo o fazia sentir. O pai estreitava os olhos, uma expressão quase confusa no rosto, como se perdido em meio à luz, incerto.

— Merda.

David se arrastou de volta ao carro, cabeça baixa enquanto as mãos endireitavam automaticamente o cabelo.

Antes de voltarem para o Oaklawn, o pai parou em uma das mercearias onde já estivera. Uns dez minutos depois, saiu dali com um saco de papel. Ele entregou o saco ao filho enquanto entrava no carro. Estava repleto de laranjas, pêssegos, maçãs, ameixas e algumas uvas verdes.

— Os caquis só maduram depois da primeira geada. Foi o que me disse aquele cara no estacionamento. Mas eu pensei que, caramba, em algum lugar do mundo deve ter gente cultivando e exportando caquis, certo? Então cadê essa merda?

O pai acendeu um cigarro e não disse mais nada a caminho do hipódromo.

O Triple Crown Room era no Terraço Superior, o nível mais alto do hipódromo. Ficava ao lado de um salão caríssimo chamado Arkansas Room, e só era acessível por reserva especial ou força de influência. À porta da frente postavam-se dois sujeitos altos trajando calças cáqui e blazers azuis com o emblema do Oaklawn à altura do peito, no lado esquerdo. As portas eram de madeira escura e polida, tão reluzentes que o menino podia ver ali o reflexo do pai enquanto falava com os dois homens, o saco de papel apoiado na dobra de seu braço esquerdo.

O pai estava dizendo que só precisava entrar por cinco minutos.

— Eu só preciso entregar algo para alguém. Vamos lá, Jerry — disse para um deles.

O pai baixou o saco de papel e entregou uma nota de vinte dólares ao sujeito.

— Comporte-se, Dave — disseram-lhe, abrindo as portas, como se aquilo fosse uma ordem.

— Sim — respondeu o pai, pegando o saco. —Vamos, Dru. — Ele meneou a cabeça para que o filho o seguisse.

O Triple Crown Room cheirava a carnes caras, e a luz era mais quente, mais amarelada. As mesas cobertas com toalhas brancas se espalhavam entre paredes de madeira polida com frisos de bronze, e havia um bar de mogno com tampo de mármore junto à entrada. Pessoas de ternos e vestidos conversavam e riam nas mesas, fumaça de charutos e cigarros rodopiando em direção ao teto. Uma TV de tela grande exibia as corridas e os resultados enquanto garçons trajando coletes e camisas brancas serviam os clientes. O pai avistou Therese sentada com Bill Hays e outras nove pessoas em uma mesa do outro lado do bar. Ele apontou para um tamborete, disse para o filho se sentar e caminhou em direção à mesa.

Andru pediu um copo d'água e pegou alguns guardanapos. Começou a dobrar um deles enquanto observava o pai.

Ele viu quando o pai se inclinou junto a Therese e a mesa inteira olhou para os dois, sorrindo com desprezo enquanto ele chamava a atenção da mulher para o saco que segurava.

Therese riu.

— Ah, meu Deus. — Ela olhou para David como se ele estivesse brincando, mas logo seu rosto assumiu um ar um tanto piedoso. — Ora, vamos, Dave.

O pai se ergueu.

— Achei que você ia gostar. Só isso. Não há um maldito caqui nesta cidade.

A mulher olhou para Bill Hays, que se levantou graciosamente e apoiou o charuto em um cinzeiro. Então, deu a volta na cadeira de Therese e pousou a mão sobre o ombro de David. As pessoas na mesa assistiam a tudo, o olhar severo.

— Certo, Dave. Venha cá. Venha comigo.

— Ei, o que... Aqui — disse o pai, estendendo o saco para Therese enquanto Bill Hays o virava gentilmente. Ela se levantou e segurou o saco, ainda sorrindo.

— Dave, vamos ter uma conversa, certo?

Bill Hays conduziu David com um dos braços sobre o ombro do homem. Ao passarem pelo bar, o pai disse:

— Já volto, Dru.

Os dois seguranças da porta assistiam a tudo, balançando a cabeça como se aquele tipo de incidente fosse muito comum. Eles se afastaram quando Bill Hays e o pai saíram.

Andru bebeu um gole de água. Therese apoiou o saco de papel marrom no balcão do bar e algumas frutas rolaram para fora, laranjas envoltas em malha verde, as outras separadas em sacos plásticos. Ela se sentou no banco à direita do menino, acendeu um cigarro, levou a mão ao queixo e olhou para ele.

— Onde você aprendeu a fazer isso? — perguntou a mulher.

Em suas mãos, o guardanapo estava quase se tornando um cisne.

— Livros.

— Você gosta de ler?

— Acho que sim.

— Hum.

Ela soprou fumaça na direção do bar. Então, estendeu a mão e acariciou o topo da cabeça do menino. Um calor abrasador tomou conta de suas costas e de seu pescoço.

— Que cabelo duro você tem. Isso é uma arma letal.

Ele emitiu uma risada abafada e desconfortável e continuou dobrando o guardanapo. As laranjas e as cerejas estavam fora do saco de papel.

— Seu pai implica com seu cabelo?

— Não. Ele diz que eu posso ter a aparência que quiser.

Era verdade, e o menino sentiu uma onda de lealdade e amor por David.

— Bom para ele. Você gosta de corridas de cavalo?

— Sim.

— Mesmo? — O perfume da mulher invadia suas narinas. Ela arrastou o tamborete um pouco mais para perto de Andru e inclinou o queixo em sua direção. — O que você sabe sobre corridas de cavalos?

Ele manteve a cabeça baixa, ainda dobrando o papel, e disse:

— Para escolher o cavalo vencedor, é preciso pensar no princípio de que o futuro repete o passado.

— Mas você sabe o que isso quer dizer?

Andru parou de dobrar o guardanapo e se voltou para Therese. Ela tinha um sorriso divertido no rosto, um brilho não completamente bondoso em seus olhos. O menino identificou flocos de pó de arroz nas rugas acima de seus lábios.

— Significa que podemos prever como será a corrida pelo modo como os cavalos correram em competições anteriores.

— Hum. — Ela tragou e fez uma pausa. — Também é possível avaliar um cavalo não apenas pelas corridas que correu, mas também pela forma como seus genitores correram, e assim por diante.

Enquanto falava, ela traçava uma espécie de oito sobre o balcão do bar, como se quisesse ilustrar o que estava dizendo.

— Sim.

Therese baixou uma unha vermelha sobre o cisne de papel e o deslizou em sua direção.

— Sabe, acho que seu pai está tendo um dia ruim. Você deveria fazer algo legal para ele.

Quando ouviu as palavras, uma súbita raiva tomou conta do menino. Ele desejou gritar com a mulher, dizer que ela não sabia nada sobre seu pai. Quem ela pensava que era? Andru sentiu uma onda de orgulho e esperança pelo pai, tão poderosa que quase cuspiu no rosto de Therese. Desejou pegar aquele saco de laranjas e espancá-la com ele, como lera em um romance policial do pai.

Em vez disso, começou a dobrar outro guardanapo de papel e, quando sua raiva diminuiu, voltou a se lembrar do rosto do pai ao sair do ambiente com Bill Hays. Os olhos frenéticos, o sorriso inseguro. O menino suspirou com tristeza, sabendo que bastaria uma pequena decepção para seu pai cair em uma daquelas depressões silenciosas que costumava sofrer. Ele sabia que, naquele momento, o pai precisava de um aliado, um amigo, um lembrete de que era importante e amado.

Mas, então, algo aconteceu. O menino olhou para as frutas descartadas e tocou o próprio cabelo, ajeitando-o enquanto encarava o próprio reflexo no espelho dos fundos do bar. Quando percebeu aquilo, um novo medo o dominou.

O menino começou a fazer uma flor com o guardanapo, mas então parou e perguntou a Therese se ela poderia lhe emprestar dois dólares.

— Preciso de dinheiro trocado para dar um telefonema. Meu pai vai lhe pagar.

— Nenhum problema, querido.

Ela pegou a bolsa e tirou oito moedas de vinte e cinco centavos de uma carteira comprida. Então, apontou para um telefone público no outro extremo do bar.

Quando voltou de lá, o menino pediu que Therese dissesse ao pai que ele o esperaria lá fora, nas arquibancadas, de onde poderia ver as corridas.

As arquibancadas não estavam lotadas. O ar gelado mantinha a maioria das pessoas na parte coberta, mas algumas permaneciam junto ao parapeito, fumando e verificando os boletins. Três garotas usando casacos de pele se inclinavam lado a lado no parapeito, tagarelando enquanto observavam os cavalos em suas baias. Andru se sentou perto do topo da arquibancada, longe de qualquer outra pessoa, olhando para a pista lá embaixo e atento às pausas nos diálogos ininteligíveis. Ele estava distinguindo os silêncios entre os diálogos, como se tentasse restringir sua gama de audição a apenas aqueles intervalos, no interior dos quais poderia se aninhar.

Estava ali havia apenas uns dez minutos quando o pai apareceu. David ficou parado por um instante, olhando para as arquibancadas, a mesma expressão que o filho vira o dia inteiro estampada em seu rosto: a de quem procura alguma coisa. Deixou que o pai continuasse procurando até encontrá-lo. David subiu a escada de metal, passos ressoando pelos assentos.

— Oi. Precisamos ir.

Ele começou a tirar pules do bolso e a jogá-las no chão. Outras pules estavam grudadas nas arquibancadas, sujas e ilegíveis. Andru olhou para a pista.

— Ei. Vamos lá, Dru. Precisamos ir.

— Eu não posso.

— Por quê?

— Liguei para minha mãe. Ela está vindo me buscar.

O rosto do pai desmoronou, atônito, olhos arregalados.

— O quê? Por quê? Ligue de volta para ela, Dru. Ligue para ela. Se quer voltar para casa, eu levo você, certo? Ligue para ela. — Sua voz estava alta, aguda e em pânico.

O filho olhou para a pista.

— Não posso. Ela já saiu. Disse que já estava na porta.

— O quê? Por que... Frank também está vindo?

O pai segurou a própria cabeça e começou a rodar em semicírculos, para a frente e para trás.

Ouviu-se uma voz grave e alegre pelos alto-falantes, cantando os números e os nomes dos cavalos: *Merlin Anchor*, *Desiree*, *Blue Carafe*, *Shift Holmes Prince*. O pai gaguejou e deixou cair uma pule a seus pés.

— Eu não, eu não... — Sua respiração produzia pequenas nuvens brancas de vapor contra o impecável céu azul. — Não estou entendendo por que você fez isso, Dru! — Ele se agachou ao lado do filho, o rosto confuso e angustiado. — Eu não estou entendendo por que você fez isso. Por que você fez isso?!

O menino não respondeu nem olhou para o pai. Em vez disso, olhou para os cavalos. David se levantou e caminhou até o parapeito. Um tiro fez as baias se abrirem e os cavalos dispararam a galope.

Quando os animais terminaram a primeira volta, o pai voltou a subir os degraus de alumínio. Ficou em pé ao lado do filho por um instante, mas se sentou em seguida.

— Merda — murmurou.

Então, correu as duas mãos pela cabeça curvada e assim permaneceu.

O menino não olhou para ele. Ainda estava pensando naquele instante no bar: no momento em que se sentira mais encurralado, foi rápido e fácil abandonar o pai. Andru acalentou tal compreensão e assistiu às corridas com o pai curvado ao seu lado. Ele gostava da maneira como os cavalos subitamente explodiam em um trovão quando passavam por eles, fazendo estremecer as arquibancadas, mas então, tão logo eles se afastavam, o estado sereno e seguro do silêncio era restaurado.

Duas margens

Vento quente invadia o carro de Joanne. Taboas e flores do pântano passavam lá fora, orquídeas caídas como leite derramado sobre a grama ao longo das margens lamacentas. Além das margens, raízes aéreas de ciprestes espalhavam-se por um terreno plano e encharcado. Sam observou uma garça azul acompanhar o carro durante algum tempo, a sombra comprida se estendendo através da estrada, batendo asas ao seu lado. Ele observou Joanne dirigindo. Seu rosto era redondo, suave, pequeno, sem as maçãs da face proeminentes e o queixo comprido de Lana.

Seus olhos tremiam com movimentos involuntários, escuros, perceptivos. Sob cada um deles havia um pequeno crescente de pele ligeiramente inchada, o que era estranhamente atraente. Ela fora ginasta na Universidade do Estado da Luisiana, a LSU, e agora ensinava educação física na escola primária de Port Salvador. Enquanto conversava, Joanne muitas vezes elaborava, sutilmente, listas mentais. Coisas a fazer, coisas a evitar, coisas a lembrar, coisas a comprar. Ela gostava de deixar o cabelo castanho cair sobre metade do rosto quando se sentia mais descontraída, e, deitada em sua cama, repreendera Sam por morar naquele lugar havia dois anos e nunca ter conhecido a Creole Nature Trail. Aquilo estava na lista de coisas a fazer.

A Creole Nature Trail era uma estrada que bordejava aquele litoral em colapso. Passando por ali, observaram lontras e jacarés que se esgueiravam para dentro d'água, flores do campo e grandes pássaros brancos sob um céu incendiário. Viajavam no Acura de Joanne com o teto solar aberto.

Um lenço de bolinhas prendia o cabelo dela para trás, seus braços esculturais brilhavam despontando de uma regata azul, as mãos pequenas ao volante. Ela baixou o volume do som e disse:

— Lana alguma vez falou com você sobre o pai dela?

Joanne tinha esse hábito de quebrar de repente longos silêncios com assuntos aleatórios, como se realmente não conseguisse respeitar por muito tempo a ausência de palavras, como se ficasse inquieta. Ele respondeu dizendo que Lana nunca lhe falara sobre o pai.

— Os pais dela morreram — disse Joanne. — A mãe morreu primeiro, quando ela era muito nova. Então, Lana passou a morar com o pai. Ele nunca trabalhou, mas passeava com ela pela cidade.

— Fazendo o quê?

A uns cinquenta metros do carro, um cervo marrom atravessou a estrada num salto. Sam esperou que Joanne respondesse, mas, em vez disso, ela se limitou a olhar para a estrada.

— Ele não era nosso parente — disse ela afinal. — A mãe de Lana era irmã de minha mãe. Mas ela disse que o pai costumava levá-la a vários lugares: escritórios comerciais, bares, foram até a uma concessionária de automóveis certa vez. O pai sempre levava o nome de alguém em um cartão. Alguém que ele conhecera outrora. Ele entregava a ficha para a filha e descrevia a aparência da pessoa. Ela tinha uns sete, oito, nove anos de idade. O pai descrevia a pessoa, falava qual era o nome no cartão e mandava Lana aos lugares para procurar quem quer que fosse. Então, ela entregava um bilhete dizendo que era Lana, filha de Burt Slaton, e o bilhete pedia à pessoa que lhe desse algum dinheiro.

— Sério? — perguntou Sam. O sol brilhava em rajadas sobre o carro. O vento os obrigava a gritar um pouco. — Isso acontecia com muita frequência?

— O tempo todo — respondeu Joanne. — Era isso que ele fazia. Era o seu ganha-pão. Ele recebia algum tipo de pensão do governo e fazia a filha pedir dinheiro a todas aquelas pessoas que conheceu no passado.

— Mas em algum momento ele deve ter trabalhado com alguma coisa, certo?

— Acho que ele foi engenheiro durante algum tempo, antes de tia Alice morrer. Ele bebia muito e talvez também tomasse remédios. Eu não sei. Lembro-me dele dizendo que tinha problemas nas costas.

Sam sentiu algo — um ar de violência selvagem que não conseguiu identificar. Do lado de fora da janela, observou um grande farfalhar em um campo de mato alto. Em meio ao verde tranquilo, uma forma sombria estremeceu furiosamente, como se estivesse sofrendo convulsões — algo se debatendo e sendo puxado para baixo. Enquanto Joanne falava, Sam ficou olhando para fora, tentando vislumbrar os animais envolvidos na situação, mas tudo que enxergava eram as folhas verdes estremecendo e os torrões de terra e mato sendo arremessados para cima.

— Sabe como ele morreu? — perguntou Joanne. — Lana tinha onze anos e ele mandou que ela fosse até um escritório em um arranha-céu em Baton Rouge. Ela me disse que teve de entrar em um elevador panorâmico, de onde podia ver o pai de pé no pavilhão diante do prédio, as mãos nos bolsos. Ela só falou sobre isso depois de estar morando conosco já há algum tempo.

Joanne estendeu a mão e pegou a de Sam. A grama farfalhante sumiu de vista quando atravessaram um canal onde ilhas se espalhavam sob o sol.

— Então ela foi até o escritório no alto do edifício e pediu à recepcionista que dissesse para a tal pessoa que a filha de Burt Slaton estava ali. O sujeito apareceu, Lana entrou em seu escritório, entregou o bilhete solicitando dinheiro e ele disse: "Seu pai não devia fazer isso." Então ele se levantou e quis saber onde estava o pai dela. Lana respondeu que ele estava lá fora, e o sujeito foi até a janela para verificar. Quando voltou a olhar para ela, parecia chocado ou algo assim. Então Lana foi até a janela, olhou para baixo e viu uma multidão ao redor de seu pai. Ele estava caído na calçada. Morto. E Lana ficou olhando para ele do alto daquele prédio.

— Meu Deus — disse Sam, sentindo-se tomado por uma culpa inexplicável. Ele não falava com Lana havia quase dois anos. E, agora, ela estava morta havia três semanas.

— Então, Lana veio morar conosco — disse Joanne. — Faremos o retorno em breve, e, na volta, vamos jantar em um restaurante que eu conheço, a especialidade deles é costela.

Enquanto atravessavam planícies de puro pântano, Sam imaginou tudo aquilo sendo tomado novamente pelo mar, toda a vida submergindo até ser extinta. Ele aprendera muito sobre a Luisiana nas duas semanas em que estava saindo com Joanne. Ela gostava de explicar as coisas.

O litoral da Luisiana é uma orla formada por ilhas e pântanos com duas vezes o tamanho dos Everglades. Mais de treze mil quilômetros de canais atravessam esses mangues, fragmentando-os, permitindo que a letal água salgada se infiltre nas águas doces e salobras, aumentando a erosão. Simulações em computador indicam que esse litoral estará completamente erodido nos próximos cinquenta anos, e lugares como Shell Beach, LaCroix e Grand Isle desaparecerão sob a água. Quando Joanne lhe explicou isso — que a terra que percorriam um dia estaria no fundo do mar —, Sam considerou o potencial de beleza naquele lugar hostil e subtropical, pensou que talvez sua transitoriedade lhe emprestasse um tipo diferente de encanto. Sam era da Costa Leste e agora lecionava redação na faculdade local.

Por causa da história de Joanne, ele começou a pensar na pergunta que Lana lhe fizera em sua primeira noite juntos, quando ela parou diante do espelho, analisando o próprio rosto. Em retrospecto, a pergunta parecia mais complexa, cheia de entrelinhas e implicações.

O carro desacelerou para dar a volta em um círculo de argila vermelha entalhado no acostamento da estrada.

— Ei — disse Joanne, girando o volante. — No que você está pensando?

— Em nada — respondeu ele. — Apenas em como esse lugar é bonito. — Passaram por um bando de pelicanos marrons empoleirados sobre um grupo de raízes aéreas de ciprestes. — E trágico.

— Trágico?

— Tudo isso vai desaparecer, não é mesmo?

— Ah.

Sam Galt jamais teria conhecido Joanne Reaver se não tivesse encontrado uma carta em sua caixa de correio. Dois outros homens receberam a mesma carta. Medo e autopiedade o vinham atormentando havia um ano, e a carta não ajudou. O papel pedia que ele estivesse no Crescent Moon Café às três da tarde do dia 12, ou seja, hoje. Ele não frequentava o Crescent Moon Café, mas foi ali que conheceu Lana Slaton. Na época, aos 29 anos de idade, autor publicado e especialista em escritores do romantismo, ele acabara de chegar à cidade de Port Salvador, na Costa do Golfo, um tanto desconcertado por estar às voltas com dívidas de empréstimo estudantil, abandonado em uma instituição de ensino superior no fim do mundo. As pessoas que ele via na cidade o assustavam um pouco.

Homens corpulentos com sobrancelhas oblíquas e braços musculosos, mulheres bundudas usando calças legging e camisetas largas, penteados volumosos e enormes joias religiosas. Em sua segunda semana na cidade, incrivelmente solitário, um tanto amedrontado e bebendo seis cervejas toda noite, Sam chegara ao Crescent Moon com uma obra de Keats e um maço de Camel. O café ficava a uns dois quilômetros da cidade, em uma vila portuária chamada LaCroix. Lana foi sua garçonete.

Quase dezoito meses depois, Sam recebia uma carta dela, pedindo que fosse encontrá-la.

Sam, dizia a carta, *talvez você não se lembre de mim, mas eu acho que lembra sim. Nós nos conhecemos há cerca de um ano e meio e saímos algumas vezes. Em primeiro lugar, deixe-me dizer que não estou escrevendo porque quero dinheiro ou algum outro tipo de ajuda de sua parte. Estou escrevendo porque fiz certas mudanças em minha vida, não sou mais a pessoa que você conheceu, e porque me importo muito com a verdade e sei que, no mínimo, preciso dar a verdade para meu filho. Estou escrevendo uma carta como esta para mais dois homens. Por favor, acredite, não quero tomar nada seu.*

Ele transara exatas três vezes com ela, e, no início, achou que aquilo era um indício de que um jovem não teria muita dificuldade para arranjar sexo casual em Port Salvador. Contudo, no momento em que recebeu a carta, ela continuava sendo a única mulher com quem ele estivera desde que se mudara para lá.

O Crescent Moon era uma construção de tijolos e madeira afastada da estrada, nos limites de uma ravina. Pregada junto à porta encontrava-se uma grande lua de compensado com a tinta cor de coalhada descascando. Alguns pinheiros se erguiam em meio à construção e havia um pequeno estacionamento com chão de cascas de ostras, onde estavam parados alguns carros e picapes. Sam estacionou seu Honda perto da estrada e fumou um cigarro antes de entrar. O dia era uma montanha de luz pairando sobre o vilarejo, e o teto do restaurante brilhava, duas lâminas de puro sol. A oeste, barcaças preguiçosas singravam canais de transporte além do dique. Em sua cabeça, ele desfiou suas queixas padrão: o calor, a umidade, a poluição, os moradores locais nada saudáveis e sem instrução, a riqueza das igrejas. Estava tenso com a sensação de ameaça que o perseguira no último ano: a paranoia de que estaria sujeito a danos iminentes e irreparáveis caso permanecesse em Port Salvador. Tal medo inspirara Sam a tentar escrever um romance, algo que tivesse chances de publicação e lhe fornecesse condições para dar o fora dali. O trabalho o mantinha dentro de casa, com seus cigarros e seu ar-condicionado.

Um Mercury marrom deixou a estrada e estacionou perto da entrada do café. Um homem ligeiramente mais velho que Sam e vestindo um terno cinza saiu do carro e entrou no restaurante. Não parecia morar em LaCroix. Sam imaginou ser um advogado. Aquela parte do país estava infestada deles, idiotas venais que haviam frequentado a Tulane ou a LSU e se espalhado ao longo da costa para se alimentar de tragédias e divórcios. Todos faziam anúncios nas estações locais e em outdoors ao longo das estradas mais rurais. Ele se perguntou se teria que conversar com um advogado em um futuro próximo.

O que eu quero dizer é que tive um filho. Ele tem nove meses e se chama Aidan. Estou certa de que o pai é um desses três homens, você entre eles. Mais uma vez, eu NÃO quero nada seu, mesmo que você seja o pai. Eu só quero poder dizer para meu filho quem é o pai dele no dia em que me perguntar. Por isso, eu queria me encontrar e conversar com você sobre os métodos de exame disponíveis. Eu estava muito confusa quando nos conhecemos e, por favor, não pense que estou, de alguma forma, tentando culpá-lo. Fiz muitas mudanças em minha vida desde então, e sou uma pessoa dedicada à honestidade e a viver uma vida nos eixos.

Sam ainda não sabia o que sentia. Ele não conseguia evitar uma sensação inicial de perseguição diante da ideia de que poderia ter um filho com aquela garota a quem mal conhecia, com quem só compartilhara alguns maus hábitos. Após o terceiro encontro, ela nunca voltou a ligar e ele nunca sentiu um forte desejo de entrar em contato com ela. No fim das contas, ele achou que o caso tinha sido um tanto confuso, mas excepcionalmente correto e sem dramaticidade. Agora, estava decidido a esperar e ver o que os exames revelariam antes de permitir que suas emoções o virassem do avesso. Afinal, ela não escrevera para informar a ele que poderia tê-lo contaminado com um vírus letal, uma mancha no sangue.

Chega, pensou ele. Entre nesse maldito café.

A sineta acima da porta de tela tocou e as dobradiças rangeram ao se fecharem atrás dele. O salão tinha o formato de um W quadrado, com a perna do meio substituída por um balcão e uma cozinha. Um forte cheiro de fritura adensava o ar. Muitas das mesas estavam vazias, mas algumas estavam ocupadas por homens de pele áspera trajando uniformes de trabalho e mastigando suas refeições. O café era ponto de estivadores, pescadores e operários da refinaria que passavam na hora do almoço para fazer dezenas de pedidos para viagem. Atrás do balcão, uma mulher mais velha com ombros largos e pescoço comprido e enrugado chamou Sam. Usava um avental branco comprido sobre a camiseta.

— Mesa para um?

Ele deu um passo à frente.

— Vim encontrar uma pessoa. Será que você a conhece? Ela trabalhava aqui. O nome dela é Lana.

A mulher o examinou com o rosto duro e inexpressivo. Ela assentiu, apontou para o balcão e disse:

— Sente-se.

Sam percebeu que o homem de terno cinza que ele vira no estacionamento estava sentado ali.

Ele se sentou ao lado do sujeito e pediu um café, que a mulher mais velha serviu sem comentários. Sam soprou a caneca, determinado a não olhar para o sujeito ao seu lado, possivelmente um colega candidato à paternidade. Mas será que ela faria aquilo? Será que Lana reuniria os três ao mesmo tempo? Por quê? Ele manteve a cabeça baixa, mexendo o açúcar em sua xícara e olhando para o redemoinho negro.

Sam não ouviu o telefone tocar e não notou que a senhora deixara o balcão para atendê-lo.

— Então — disse uma voz baixa.

Sam se virou para o sujeito à sua direita, cujo rosto brilhava como couro polido.

—Você conhece a Lana, certo?

Momentaneamente atordoado, Sam começou a responder, mas a idosa voltou nesse exato instante e começou a recolher as coisas debaixo do balcão. Ela se movia com rapidez, quase freneticamente, e se levantou empunhando uma bolsa. Seus lábios franzidos e seu maxilar se moviam de um lado a outro, como se ela estivesse rangendo os dentes. Quando falou, suas faces enrugadas estremeceram.

— Certo, pessoal... todo mundo para fora! Levem suas bebidas com vocês. Preciso fechar. Acertamos depois.

Todos no restaurante pararam e se voltaram para o balcão. A senhora tentou sustentar os olhares por um segundo. Então seu rosto desmoronou como um castelo de areia na chuva.

— O que aconteceu? — perguntou Sam. —Você está bem?

— Era o xerife ao telefone. Houve um acidente. — Ela levou as mãos ao rosto. — Lana não virá.

Ela pendurou a bolsa no ombro, deu a volta no balcão e saiu porta afora, cobrindo o rosto enquanto atravessava correndo os fundos do café. Todos ouviram seu carro dar a partida e viram quando ele levantou a poeira que se acumulou como uma pátina marrom-avermelhada na vitrine do restaurante.

Sam e o outro sujeito se entreolharam com a mesma expressão estupefata e, em seguida, viraram-se para os outros frequentadores. Os trabalhadores queimados de sol encaravam Sam e o homem de terno cinza com expressões acusadoras. Um deles, entretanto, um estivador jovem e esguio trajando o uniforme laranja dos trabalhadores das docas, parecia assistir a tudo com uma expressão mais curiosa do que acusadora. Seus olhos encontraram os de Sam, que desviou o olhar.

Subitamente, o homem de terno se levantou do tamborete, ajeitou o paletó e saiu pela porta. A sineta tocou e a porta de tela se fechou atrás dele.

Por estar escrevendo um romance sobre jovens e sobre o amor, Sam planejara um funeral a certa altura de seu livro, e, no de Lana, ele se pegou prestando atenção aos detalhes da cerimônia, às expressões dos presentes, à disposição dos arranjos de flores — tudo era material para escrever. Sentiu-se um tanto envergonhado por sua mente trabalhar dessa forma, mas não conhecia ninguém no funeral e aquele era um bom método para evitar contato visual. Ele sentira um distanciamento semelhante ao comparecer aos funerais de seus pais, o de sua mãe um ano após o de seu pai.

Uma frente de nuvens baixas e cinzentas chegava ao cemitério. A senhora do café estava ao lado de uma mulher mais jovem que a amparou pelo braço durante toda a cerimônia. Esta garota, inteiramente vestida de preto, tinha cabelo castanho e porte pequeno.

Havia outras mulheres, todas mais velhas, mas os demais presentes eram homens, clientes do café, deduziu Sam. Havia cerca de trinta deles, mas ninguém que Sam reconhecesse, ou seja, ninguém do Departamento de Idiomas do Tecnólogo de Port Salvador. O padre baixou as mãos sobre os dois caixões e a senhora conteve um soluço. O carro de Lana se chocara contra a grade de proteção na ponte 2-10. Ela e o filho estavam sendo enterrados em sepulturas adjacentes. A mulher jogou um pouco de terra enquanto o caixão baixava no túmulo. O padre fez o sinal da cruz e os homens começaram a ir embora.

Buscando tornar mais pessoais suas percepções, Sam tentou se lembrar do sexo com Lana, mas ele estava bêbado na ocasião e as imagens que lhe ocorriam eram inexatas e distorcidas. Nada se revolvia em seu coração. Havia apenas observações clínicas ou palavras de outros homens que escreveram sobre outros sentimentos.

Enquanto a pequena multidão se dispersava, Sam percebeu um sujeito trajando um casaco esportivo azul-marinho e camiseta preta, barba rala sombreando o queixo. Era o estivador que vira no café havia três dias. Agora, o sujeito olhava fixamente para ele e começava a se aproximar.

Sam olhou em torno até se tornar evidente que o estivador estava caminhando especificamente em sua direção. Parecia ser mais jovem que Sam, embora seu rosto já estivesse desgastado pelo sol, rugas começando a surgir ao redor das maçãs do rosto. Ele o encarou com olhos encovados, estendeu-lhe a mão e disse:

— Olá. Sou Lee Robicheaux.

Sam o cumprimentou.

— Sam Galt. — Uma brisa úmida soprava entre eles. Lee falava em um tom de voz alto e agudo, uma voz nascida para tocar gado. — Eu o vi no Crescent Moon. Você conheceu Lana?

— Sim. Por pouco tempo.

— Certo. — Ele assentiu. — Eu também.

Eles eram os únicos junto à sepultura, a mulher do café e sua amiga começavam a se afastar.

Lee olhou ao redor e coçou o nariz antes de chegar tão perto que Sam sentiu cheiro de petróleo e salmoura. Baixando o tom de voz a um rouco sussurro, o sujeito disse:

— Você recebeu uma carta, certo?

Sam olhou para ele.

— Certo.

Lee assentiu e se curvou, sugerindo docilidade. Então, se virou para as sepulturas que eram preenchidas de terra por dois homens trajando macacões azuis.

— Eu também, irmão.

Lee tirou um maço do casaco e ofereceu um cigarro para Sam. Ele o aceitou, intimamente irritado ao ser chamado de irmão.

— Você se lembra daquele outro cara sentado ao seu lado no Crescent Moon naquele dia? — perguntou Lee. — Um sujeito de terno?

— Sim.

Lee acendeu os dois cigarros.

— Acho que ele também recebeu uma carta.

— Eu me perguntei o mesmo enquanto esperávamos Lana chegar.

Sam se pegou assentindo, replicando a linguagem corporal de Lee. Aquele era o tipo de sujeito que deixava Sam envergonhado da educação que tivera e o compelia a ser simples e agradável. Sem intenção, seus modos se tornavam amigáveis e imitativos, e, depois, ele odiava a si mesmo por ter agido dessa forma.

Observando os coveiros, os olhos de Lee se estreitaram, como se avaliassem algo. Seus lábios se contraíram ao redor do cigarro.

— Não gostei do modo como aquele coroa simplesmente se levantou e saiu quando a Sra. Claire falou sobre o acidente. Como se ele não desse a mínima.

Sam assentiu.

A fumaça exalava por entre os dentes de Lee. Algumas folhas molhadas se agitavam entre as pedrinhas à sua frente. A mulher idosa — a Sra. Claire, como Sam acabava de descobrir — ainda estava no cemitério, tendo parado de andar a meio caminho do estacionamento. Ela e a mulher mais jovem estavam conversando enquanto observavam os coveiros continuarem o enterro. Os olhos de Sam se fixaram no rosto da garota, pequeno e franco. Seu cabelo dançava ao redor de seus ombros enquanto ela confortava a Sra. Claire.

— Ei — disse Lee, esperando que Sam olhasse para ele. O sujeito se aproximou e mais uma vez seu tom de voz baixou como se para reforçar a seriedade do que estava dizendo. — Você pensa em pedir um exame?

— O quê?

— Para a polícia ou para alguém. No bebê. Um teste de DNA.

— Ah, eu não... Acho que isso passou pela minha cabeça, mas acabei mudando de ideia. Para quê? Será que realmente quero saber?

— Sim. Certo. — Lee jogou o cigarro no chão e o amassou com a ponta do pé. — Pensei a mesma coisa. — Ele olhou para os dois homens que preenchiam a cova de terra em um movimento repetitivo. — Mas não gostei do modo como aquele coroa foi embora. Você ficou, ligou e descobriu o que tinha acontecido. Aquele outro cara me pareceu suspeito.

— Suspeito?

— Eu não sei, cara. Só não gostei daquilo. — Ele olhou para o relógio, um dispositivo digital de borracha. — Vejo você por aí — disse ele. — Preciso voltar.

Lee começou a se afastar em direção ao estacionamento, do outro lado da sepultura.

— Claro.

Sam observou o corpo esguio do homem passar pelos coveiros, o vento agitando seu cabelo e seu casaco. Ele parecia mesmo o tipo de homem com quem Lana se relacionaria: um local, afeito aos hábitos e predileções do lugar. E, agora, Sam e Lee estavam ligados de um modo singular, embora Sam não tivesse o menor desejo de voltar a vê-lo e esperasse que ele também não desejasse isso. A ligação entre eles era muito sórdida, uma intimidade negativa. Ele se sentiu um tanto afrontado pelo tom fraternal e investigativo de Lee.

Sam voltou para o carro tentando organizar os pensamentos a respeito da lápide e dos dois caixões. Não conseguiu identificar um sentimento verdadeiro, nem mesmo alívio — que temia ser tudo o que conseguiria sentir. Ele entrou no estacionamento ao mesmo tempo que a menina de cabelo castanho que estivera o dia inteiro com a Sra. Claire. Os dois se entreolharam e sorriram educadamente. Ela era bonita, pensou, trajando um vestidinho preto, olhos redondos e vermelhos de pesar. As passadas que davam pareciam atrair um ao outro, e ele foi incapaz de evitar olhá-la de rabo de olho.

De repente, a menina caiu sobre um dos joelhos. Ficou ajoelhada no estacionamento, estendendo a mão para trás e curvando uma das pernas para cima em uma contorção dolorosa, um gesto de bailarina. Ela tirou o sapato em uma pose harmoniosa e encantadora que, Sam achou, deveria ser a mesma de alguma escultura em algum lugar.

— Você está bem? — perguntou.

— Quebrei o salto.

Ela se sentou sobre as panturrilhas e suspirou. A expressão perturbada a tornava mais real, atraindo o olhar de Sam para seu rosto e para a mão que segurava o sapato preto. Ela parecia abalada, embora forte, a franja ondulando ao vento.

— Posso consertar isso — mentiu ele.

Ela olhou para ele e subitamente a mente de Sam ficou em branco. Ele sorriu e pegou o sapato com alegria inadequada, considerando o lugar onde estavam. Ele alargou o sorriso, como se já soubesse que em poucas semanas estaria se referindo àquela mulher, Joanne Reaver, como alguém que amava.

Foi em seu terceiro fim de semana juntos que Joanne levou Sam para um passeio pela Creole Nature Trail e lhe contou sobre o pai de Lana. Sam ainda pensava naquela história quando voltaram para casa e ele descobriu que a polícia lhe deixara um recado.

Aparentemente, a polícia não sabia que, no dia em que morreu, Lana Slaton estava a caminho de se encontrar com três homens para quem enviara cartas. Nem estava ciente do conteúdo das cartas. Tal informação não era secreta, mas não foi aventada, e a Sra. Claire apenas a mencionou de passagem certo dia, quando dois investigadores da polícia apareceram para tomar café da manhã. Desde então, eles deram outra olhada no carro de Lana e descobriram que os cabos dos freios haviam sido adulterados.

Depois disso, pediram para conversar pessoalmente com Sam. Após responder às perguntas dos policiais durante duas horas, eles o deixaram ir embora, não porque ele tinha álibis (ele não tinha. Andava enclausurado naquela época, ainda enganando a si mesmo sobre estar escrevendo um romance), mas porque os policiais ficaram suficientemente convencidos de que Sam não fazia ideia de como adulterar um cabo de freio, o que era verdade.

Depois disso, Joanne passou semanas desconfiando dele, embora fingisse que não.

Quando ela o pegava fazendo algo que a perturbasse por algum motivo obscuro, como olhar para uma parede, por exemplo, Joanne perguntava bruscamente, com desconfiança, mesmo que sem intenção: "O que você está fazendo?"

Eles vinham falando sobre morar juntos, mas aquilo parou. Ela ainda exigia a presença de Sam, embora geralmente na casa dela, e a vida sexual deles não foi muito abalada. De sua parte, Sam se sentia grato pelo silêncio, pelos longos espaços reflexivos que cada vez mais eram preenchidos com pensamentos sobre Lana. Ele pensou na história que Joanne lhe contara, imaginou a menina fazendo todos aqueles longos trajetos até lugares desconhecidos, forçada a entregar bilhetes vergonhosos para estranhos. Sozinha. E pensou no bebê de Lana.

Mais tarde naquele mês, Lee Robicheaux foi preso pelo assassinato de Lana Slaton e de seu filho, Aidan Jefferson Slaton. A data do julgamento ainda não fora anunciada. Sam não conseguia esquecer o cheiro de salmoura e petróleo que Lee exalava. Agora, o modo como ele o chamara de "irmão" fazia Sam estremecer de repulsa por si mesmo. E esses pensamentos eram acompanhados pela história que Joanne lhe contara sobre a infância de Lana. Wordsworth se intrometeu em seus pensamentos: "Lucy Gray."

Ela vagou para cima e para baixo
E muitas colinas Lucy subiu
Mas nunca chegou à cidade.

Sam releu a carta que ela escrevera e prestou atenção no tom das palavras, na esperança que continha. *Sou uma pessoa dedicada à honestidade e a viver uma vida nos eixos.* A cada vez que lia tais palavras, mais se certificava de que cometera uma grande transgressão, que falhara de algum modo essencial.

Depois que a prisão de Lee foi anunciada, Joanne pareceu relaxar um pouco. Tentou voltar a conversar, sua voz sempre repleta de alívio e culpa por estar aliviada, por ter suspeitado de que ele fosse capaz de algo assim. Mas, quando tentou voltar para ele, encontrou Sam ainda fechado, distraído, sempre prestando atenção em outra coisa.

Sentavam-se lado a lado no sofá, e era como se ambos estivessem com medo de algo que o outro pudesse fazer. Então, olhavam para a frente, rostos voltados para a TV. Às vezes, Sam não ia para a cama.

Certo dia, Sam perguntou em que hospital Lana tivera o bebê. Joanne disse que não se lembrava, mas ele insistiu e ainda falavam a esse respeito enquanto ela preparava o jantar.

A mulher colocou a frigideira sobre a chama azul do fogão e penteou para trás os cabelos maltratados pela prancha a vapor, finalmente amarrando-os em um rabo de cavalo.

— Eu não entendo, realmente não entendo, por que você está querendo trazer isso para a nossa vida. Por que você quer saber?

Ela pegou alguns dentes de alho de uma réstia pendurada e começou a separá-los e a picá-los com uma faca de açougueiro reluzente. Postas de bagre chiavam na frigideira.

— É apenas algo que sinto que preciso saber.

— Eu não vejo por que agora.

Ela largou a faca e falou com falso desespero, olhos redondos arregalados e infelizes.

— Quero dizer, estamos indo tão bem agora. Outro dia eu estava falando para minha mãe, sabe, que eu... sobre a maneira como eu tenho pensado em você. Sabe, eu venho dizendo que isso... que isso que nós temos, você sabe, é bom. E eu não entendo por que você quer saber se é o pai da criança. Eu realmente não sei por que você quer saber isso.

Sam olhou para a pequena mesa de café da manhã de Joanne, o saleiro e o pimenteiro apoiados sobre alguns envelopes, contas.

Joanne desligou o fogo e cutucou o peixe com uma espátula. Seu tom de voz ficou mais moderado.

—Acho que você está obcecado por Lana. O modo como está sempre perguntando como ela era quando criança... Por que quer saber?

— Não tenho certeza — respondeu ele. — Tem a ver com a verdade.

A voz de Sam soou alta e clara, o que a assustou. Com cuidado, Joanne quase implorou:

— Mas é uma verdade que não vai ajudá-lo em nada.

— Eu sei. Mas não é por isso que é importante.

— Então por quê?

Ele se virou para ela sem nenhuma expressão no rosto, mas com os dentes trincados, o que Joanne tomou por desprezo.

— Porque é a verdade.

Quando ela forçou o choro, Sam permaneceu imóvel. Joanne continuou dizendo não entender por que ele estava fazendo aquilo com ela. Eles não tinham falado sobre morar juntos? Agora, mal se falavam e ele parecia não se importar.

Ela falou durante todo o jantar e a discussão só acabou quando estabeleceram uma data para ele se mudar para a casa dela. Só então Joanne revelou o nome do hospital. Era uma clínica para mulheres chamada "Humana", em Lake Charles, uma cidade ribeirinha duas horas a oeste de Port Salvador.

Quase dois anos antes, ao chegar a Port Salvador, Sam levara um exemplar do *Endymion* ao Crescent Moon. Ele estava um tanto bêbado e queria um pouco de café. Com exceção da garçonete sentada no balcão, conversando com uma mulher idosa do outro lado, o salão estava vazio. A garçonete, uma menina esguia de estrutura longa, levou café e água para ele. Em seu crachá, seu nome: Lana.

Ela apontou para o livro fechado sobre a mesa.

— Isso é bom?

Ele se serviu de açúcar e deu de ombros.

— É poesia. — Ele baixou a colher e voltou a olhar para o rosto dela. — É muito bom.

— Gosto de poesia. Eu lia aqueles livros do Silverstein quando era criança.

As maçãs do rosto dela eram proeminentes, e os olhos, inquisitivos.

— Ah, sim. *A árvore generosa*?

Os olhos dela rolaram para cima e para o lado.

— Acho que era algo sobre um sótão. — Lana abriu um sorriso breve, simpático, como se para encerrar a conversa adequadamente, e se afastou.

Sam girou em sua cadeira, tentando pensar em algo para perguntar, mas seu cotovelo esbarrou na xícara e derramou café fumegante em seu colo. Ele gritou, levantou-se de um salto, agarrou o copo e jogou a água gelada em seu jeans.

Lana estava bem ao seu lado e parecia preocupada. Ela lhe entregou uma toalha grossa e felpuda.

— Isso foi muito inteligente — disse. — Pensou rápido em jogar a água.

— Eu já tinha pensado nessa situação — respondeu Sam, subitamente sóbrio. — No que eu faria.

Ele não tinha certeza de por que confessara aquilo, mas era verdade.

Lana se manteve ao seu lado enquanto ele se enxugava.

— Quer mais café? Ou sua noite está arruinada? — perguntou, cautelosa.

— Não, obrigado. Isso me despertou. — Eles sorriram um para o outro enquanto ele se limpava com a toalha. — E você? A que horas sai?

Ela inclinou a cabeça como se Sam tivesse lhe proposto um enigma.

— Daqui a uma hora.

Ele devolveu a toalha para Lana e a ponta de seus dedos roçou no punho dela.

— Que tal se eu for para casa trocar de roupa e vir buscá-la para bebermos alguma coisa?

Ele geralmente não era tão corajoso. A combinação de solidão, súbita sobriedade e o choque do café quente o havia deixado momentaneamente alheio ao orgulho e ao medo.

Lana balançou a cabeça.

— Você é uma figura.

Mais tarde naquela noite, foram a um dos pubs mais aceitáveis em Port Salvador, um bar de esportes ao lado de uma barraca de frutos do mar, os dois lugares semelhantes a grandes galpões de ferramentas. Ela pediu dois uísques duplos. Um jukebox tocava um country-pop que Sam odiava, mas, com Lana rindo ao seu lado, a música parecia adequada, como tudo mais naquele bar, desde os nomes rabiscados nos tamboretes até o jacaré empalhado, empoleirado sobre uma máquina de *pinball* quebrada e envolto em luzes de Natal. Ela crescera em Nova Orleans, mas viera para LaCroix para morar com parentes quando era mais jovem. Ela perguntou de onde ele era.

— Até o ano passado eu estava estudando no Missouri — disse ele. — Mas sou de Connecticut.

— Seus pais moram lá?

Sam balançou a cabeça.

— Os dois morreram nos últimos dois anos. Câncer.

Ela falou que sentia muito, mas Sam deu de ombros. Lana disse que seus pais também tinham morrido. Ele ergueu a bebida e acendeu um cigarro. Quando voltou a falar, disse que viera para lecionar. O mercado estava ruim porque ele não concluíra seu trabalho de doutorado, mas achava que as coisas que publicara seriam mais úteis do que realmente eram. Ela perguntou sobre as aulas, e, embora ele ministrasse cinco cursos de redação, preferiu falar sobre

Wordsworth, Keats, Coleridge, Blake, Byron, Shelley. Pediram mais bebidas. Sam citou o *Endymion* aleatoriamente enquanto movia os dedos sobre os dela.

— *Morta como estava, eu a agarrei pela cintura.*

— É como se ele não quisesse deixá-la partir? Como naquele filme?

Ele estava bêbado e riu.

À uma da manhã, compraram uma garrafa de Jameson e saíram do bar. Sam ainda estava impressionado com as leis brandas da Luisiana em relação ao álcool: lojas de daiquiri *drive-through*, bares que nunca fechavam, bebidas disponíveis em todo tipo de loja. Quando ele finalmente morasse ali com a mulher e os filhos, tamanha abundância de bebidas desempenharia um papel importante na manutenção de sua estabilidade. Mas, naquela época, ele ainda estava disposto a considerar Port Salvador uma aventura, uma excursão temporária.

Lana morava em um apartamento de um quarto perto da faculdade, um dos complexos mais recentes, habitado em grande parte por estudantes e solteirões de meia-idade. Ela iluminou a sala de estar com apenas uma luz negra que ficava sobre o rack da TV e da aparelhagem de som. Sam estava tonto e fascinado pela bunda de Lana — empinada, firme e pequena — em sua calça jeans de cintura baixa, e ficou muito feliz ao ver que ela não maculara seu sacro com uma daquelas tatuagens idiotas que tantas garotas fazem hoje em dia. Lembrou-se de que a voz baixa e áspera de Leonard Cohen parecia arranhar os cantos escuros da sala, como um gato se esfregando em uma parede. Ela se sentou no sofá com um espelho e começou a formar carreiras de cocaína enquanto Sam servia o uísque.

Diversas colagens superpostas decoravam as paredes, imagens montadas a partir de fotografias de revistas, rostos cortados em tiras e reorganizados.

— Essas são as minhas fotos — disse ela, olhando para ele por sobre o ombro.

As carreiras de cocaína sobre o espelho estavam incandescentes. A sala era um mundo eclipsado, um lugar sob um sol negro com monges de voz grave gemendo nas colinas.

Do sexo em si ele nunca se lembrava muito, apenas dos membros entrelaçados, dos movimentos preliminares, de ler os sinais em seus olhos. Mais tarde, porém, depois do que aconteceu, passou a se lembrar frequentemente que ela ficara nua diante do espelho do quarto, olhando-se fixamente. Sua bunda era redonda e lisa. Ela tocou levemente o rosto com a ponta dos dedos, ergueu o cabelo e franziu a testa. Fez uma expressão. Então outra. Ela esticou o queixo e fez uma careta. Em seguida, apenas olhou, fixando-se no reflexo de seus olhos.

— Você acha — disse Lana, a voz tranquila e seca. — Você acha que existem lugares onde só é possível chegar caso você os imagine antes? Ou será que tudo tem que ser uma surpresa? — Ela se virou para ele. — Entendeu? Se eu imaginar um lugar, isso significa que nunca poderei chegar lá?

Ele não respondeu. Achou que ela estava tentando parecer profunda.

Sam foi de carro até Lake Charles em uma manhã de sexta-feira sem contar para Joanne. Ele marcara um encontro com o residente-chefe da maternidade do Humana.

O Hospital Humana era uma série de blocos de concreto vermelhos, no centro do qual corriam calçadas em todas as direções. Mulheres em cadeiras de rodas com bebês no colo e homens perplexos arrastando-se por toda parte. Ele seguiu as instruções de uma enfermeira na recepção e acabou sentado em um grande escritório com pé-direito alto e janela panorâmica com vista para a parte pastoral do jardim, a leste do hospital. O residente-chefe da maternidade era um homem saudável e rosado cujo crachá informava se chamar Dr. Alan Richert. Cabelos brancos e aparados ainda cobriam sua cabeça, e seu rosto grande e quadrado parecia ter sido recentemente esfregado. Pilhas de papel amontoavam-se sobre a pesada escrivaninha, atrás da qual ele estava sentado, trajando jaleco branco sobre uma camisa social e uma gravata. Sam afundou em uma das duas suntuosas poltronas de couro diante da mesa. A parede oposta à janela estava coberta de diplomas. Na outra, um relógio de pêndulo assinalava os segundos, como um metrônomo.

O Dr. Richert de fato se lembrava de Lana. Lembrava-se de ter admirado sua atitude. Certa vez, ele a vira à espera de um exame, lendo um livro sobre como educar filhos, sua barriga graciosamente dilatada. Ele perguntou a que se referia o livro e ela lhe deu uma longa explicação sobre a necessidade de incutir certas qualidades de autoestima nas crianças.

— Lembro-me de Lana — disse o médico para Sam. — Já não lido diretamente com a maioria dos pacientes, e fiquei muito triste ao saber o que aconteceu.

Ele empurrou os óculos nariz acima e, em seguida, cruzou as mãos sobre a escrivaninha. O escritório cheirava ligeiramente a detergente e pinho.

— Minha secretária, Maggie, me falou do que se tratava. Mas devo dizer que...

— Eu só quero saber se vocês têm uma amostra de sangue do bebê. Vocês devem ter, certo?

O médico assentiu.

— Temos registros que mostram, entre outras coisas, o DNA da criança.

— Obrigado. É disso que preciso.

Sam inclinou o torso, apoiando os cotovelos sobre os joelhos. Seus olhos, vermelhos e secos, palpitavam em seu rosto não barbeado.

— Entendo, Sr. Galt. Essa não é nossa política tradicional, mas...

— Mas eles estão mortos — disse Sam. — Eles estão mortos. Entende? Isso não importa para eles.

— Eu ia dizer: mas há circunstâncias incomuns aqui.

— Sim. Obrigado. Quando poderemos fazer isso?

O médico se inclinou para a frente e tirou os óculos. Ele parecia sereno e inofensivo para Sam, um escravo de tristes tarefas.

— Sr. Galt, eu gostaria que considerasse, apenas por um instante... — Ele ergueu a mão, como se para evitar que Sam se levantasse. — Que considerasse se isso é o que realmente quer. Maggie me disse que não era uma questão religiosa.

— Não. Não sou. Quero dizer, não é uma questão religiosa. É o que eu quero.

O médico franziu as sobrancelhas.

— Tecnicamente, você vai precisar de uma ordem judicial. Um advogado pode conseguir isso para você caso realmente o deseje. Mas você terá de passar por todo o processo. Pergunte a si mesmo aonde isso o levará. Como você se sentirá se descobrir que o filho era seu?

— Eu não... Veja, doutor, a questão é que... eu não sei, eu não sei por que ninguém quer que eu descubra se o bebê era meu.

— Talvez estejam se perguntando por que, já que você se importa tanto, não estava aqui com Lana quando ela teve a criança — ponderou o médico.

— O quê? O que pretende dizer com... Você não faz ideia. Quero dizer, por que eu *não deveria* saber, por que eu deveria ter... e então me explicar? Me explicar *para você*, quando ela escreveu uma carta *para mim*?

O médico observou Sam puxar o papel amassado do bolso e agitá-lo à frente do corpo. Era a carta de Lana, que Sam começara a carregar para todo lado nos últimos dias.

— Eu *falei* com o homem que matou Lana. Ele *ficou*... Por que deveria... Eu não estou autorizado a me importar? É isso que está me dizendo?

O rosto do médico exprimia educada indulgência. Ele empurrou uma caixa de lenços de papel sobre a escrivaninha e Sam não entendeu até perceber que lágrimas escorriam de seus olhos.

— Sinto muito — disse ele, enxugando o rosto. — Isto é ridículo. Eu sinto muito. Eu não...

— Está tudo bem. Apenas tente se acalmar.

— Quero dizer... eu nunca me comportei assim. Eu não sei.

O médico olhou para o lado enquanto Sam tirava mais lenços de papel da caixa.

— Eu não vejo... — Sam fez uma pausa, inspirou profundamente. — Talvez seja... porque meus pais morreram não faz muito tempo? E eu nunca realmente... ou... então eu vim até aqui. Sinto muito por isso.

O médico se levantou.

— Você gostaria de uma receita? Uma prescrição leve de Xanax ou Valium?

— Não. Não, eu estou bem. É só que... você poderia me deixar ficar aqui um segundo? — A sinceridade de seu pedido comoveu o médico. — Eu só preciso pensar um minuto. Eu não consigo...

Sam tornou-se ciente do tique-taque do relógio. Levou vários segundos antes de conseguir voltar a falar.

— Não sei explicar... A gente acha que entende como se sente, quais são nossas motivações, mas tudo está sempre mudando. E as coisas mudam em um instante, sabe? É difícil acompanhar.

— Ah! — exclamou o médico, não entendendo o que Sam queria dizer, mas pensando que estivera errado em sua suposição.

Parecia-lhe agora que aquele jovem amara a garota morta. O médico se recostou atrás da escrivaninha e disse:

— Sim, é claro, Sr. Galt. Eu não disse que você precisava ir embora agora. Fique um pouco. E pense no que eu lhe falei. Caso volte a mim, caso volte e este exame seja mesmo o que você deseja, então eu o ajudarei a fazê-lo. Mas você não é capaz de pensar direito desse jeito.

— Não — disse Sam. — Não sou.

— Não. Então eu quero que você relaxe, Sr. Galt. Converse com um amigo.

Sam balançou a cabeça e riu.

— Sinto muito — disse. Ele amassou todos os lenços de papel amarelos em uma única bola enquanto balançava a cabeça. — Eu simplesmente não sei.

O médico se levantou para poder lhe oferecer o cesto de lixo. Então assentiu e deu um tapinha no ombro de Sam.

— Está tudo bem. Respire.

Ficaram assim e não se mexeram até o relógio trazer a sala de volta a sua natural e organizada tranquilidade.

Quando Sam chegou em casa naquela noite, ainda estava confuso, mas contou para Joanne onde estivera.

— Você foi até lá? Por que não me avisou? O que eles disseram?

— Eles me disseram para pensar a respeito primeiro.

— Está vendo? — disse a mulher, a voz ficando cada vez mais alta. — Então, você vai... Eu não acredito que você fez isso sem me avisar. — Ela esperou que Sam respondesse, e, quando ele não respondeu, começou a chorar. — Não estou mais reconhecendo você ultimamente.

Sam não disse nada enquanto Joanne protestava e pedia que ele conversasse com ela. Ela falou e chorou por quase uma hora, mas Sam não disse nada. Quando foi para a cama, ela ainda estava falando.

Joanne acendeu uma lâmpada.

— Você nunca deixou de pensar nela — disse. — Você a ama, não é mesmo? Apenas diga.

Sam se sentou, estendeu o braço sobre o rosto de Joanne e apagou a luz.

As emoções de sua visita ao hospital esvaeceram rapidamente e Sam já se sentia constrangido pela maneira como se portara diante do médico. O que permaneceu na esteira de suas lágrimas foi um agudo senso da própria falta de sentimentos, uma constatação de quão longe ia seu distanciamento. Pensou em fumaça negra se dispersando em sangue, na mistura de sangues. Algum tempo depois, perdeu a carta que Lana lhe escrevera.

Sam nunca mais voltou ao hospital nem insistiu em fazer o exame, mas o silêncio persistiu entre ele e Joanne. Ela entendeu a retração como uma insinuação de que seus pensamentos não estavam voltados para ela, e Sam nunca tentou dissuadi-la de tal ideia. Mas, quanto mais retraído ele se tornava, mais teimosamente ela perseguia o futuro que teriam juntos. Ele era passivo, estoico, sem fortes sentimentos por nenhuma de suas escolhas.

Casaram-se no início do verão seguinte.

Daqui até o Mar Amarelo

Interestadual 10 após a meia-noite, sentido oeste. El Paso agora. O treinador Duprene diz que consegue dirigir até o amanhecer. Asfalto monótono à frente, mas estou vendo Amanda, imaginando como ela era na escola: seios pequenos no uniforme de líder de torcida, cabelo castanho, olhos verdes, sardas. Os prados cedem lugar ao deserto em tons de roxo e laranja quase invisíveis, cores alucinadas. Então, a imensidão da noite deixa a terra plana e sem traços característicos, e entendo por que algumas pessoas temem espaços abertos.

— Está vendo isso? — pergunta o treinador.

— O quê?

Ele usa uma garrafa de Cuervo para traçar um arco no para-brisa.

— Todas as estrelas se foram. Ficou escuro como breu.

Enfio a cabeça para fora da janela, no vento cortante, e vejo que ele está certo. Não há nada além de escuridão ao nosso redor, e mesmo que o céu esteja invisível, sei que uma tempestade está a caminho.

— Vai chover.

Ele me passa a tequila.

— Como você sabe?

Dou um tapinha em uma cicatriz embaixo do queixo.

— Mandíbula quebrada.

O metal em meu maxilar inferior se contrai quando o ar está carregado de eletromagnetismo. Tenho um X de aço em minha mandíbula porque, quando eu tinha quatorze anos, convencido de minha capacidade, tentei entrar para o time de futebol. Isso foi há sete anos. Naquela época, o treinador ainda trabalhava no Port Arthur Toreadors. Nunca consegui passar dos testes preliminares, mas fui a um monte de jogos. Eu era o garoto sentado em silêncio, espreitando por entre os pais barulhentos sentados à minha frente, olhando para as líderes de torcida de vermelho e azul que jogavam as pernas para o alto e batiam palmas. Minha líder de torcida favorita era a filha do treinador Duprene, Amanda. Pele cor de mel, olhos fechados quando sorria. O tipo de líder de torcida que prestava atenção, que realmente se importava com o placar. Ela acompanhava a partida enquanto o restante de sua equipe ficava mexendo no cabelo ou discutindo o que vestir na festa após o jogo.

— Se você diz — disse o treinador, e eu me pergunto se estava pensando em voz alta.

Ele meneia a cabeça em direção ao para-brisa salpicado de chuva. Costumo pensar em voz alta, especialmente em uma caminhonete em movimento. Ainda trabalho para a Alamo Tratamento de Esgotos, em Port Arthur, e passo os dias dirigindo por estradas secundárias com uma prancheta, observando os níveis de fósforo e amônia na bacia hidrográfica, garantindo que os agricultores não estão espalhando merda de galinha em seus campos de cultivo. À noite, é possível me encontrar no Petro Bowl ou no Chili's, tentando pagar bebidas para professoras e secretárias do ensino fundamental, mas durante o expediente dirijo sozinho de cinco a sete horas por dia e, nesses períodos, costumo narrar meus pensamentos, transformando observações em histórias. Rilke escreveu: "Ame sua solidão, pois a solidão é rara." Preciso me lembrar de não pensar em voz alta.

A chuva aperta e, antes de chegarmos a Las Cruces, desaba um temporal, ocultando a estrada sob uma cortina de água. O metal em meu queixo se retorce. Os limpadores não ajudam muito, e o treinador se inclina para mais perto do para-brisa, estreitando os olhos. Ele se serve de um comprimido retirado de um frasco de plástico marrom.

— Já é tarde o bastante.

Ele engole o comprimido. Paramos no acostamento, a chuva retinindo. O treinador encosta contra uma janela e puxa para baixo o boné de beisebol. Ele não treina mais, mas recebe uma bolsa generosa da Port Arthur High e o título honorário de coordenador atlético, que é o que oito campeonatos municipais e dois títulos estaduais lhe garantem no Leste do Texas. Eu o observo respirar, relaxado, a chuva fazendo as janelas parecerem riachos, e tento conectar este homem dormindo tão calmamente àquele que eu costumava ver, o comandante enérgico com expressão dura feito granito andando pelos corredores, na beirada do campo durante os jogos. Tento descobrir como ele se tornou o que é hoje. Faço isso porque, na minha idade, um de meus hábitos mais característicos é procurar ligações causais, encontrar histórias, e passo muito tempo vasculhando o passado, como se as respostas estivessem lá. Estou em uma idade na qual dirijo em círculos, interpretando as palavras de poetas e homens famosos ao pé da letra. Faz quatro anos que terminei o ensino médio, que vivo na casa que minha avó deixou para mim, e só vou parar de procurar respostas algum tempo depois que o treinador e eu chegarmos a Los Angeles.

Estou com o rosto encostado à janela porque o vidro é frio e diminui o latejar em meu queixo. O treinador começa a roncar.

Eu estava lá no dia em que ela foi embora. Eu aparava gramados na época, e, naquele domingo, estava trabalhando no quintal ao lado da casa do treinador Duprene. Um Chevy Blazer vermelho estacionou em sua garagem. Quatro garotos que eu conhecia da escola estavam dentro da caminhonete. A traseira arriada com caixas e sacos, uma prancha de surfe. O ensino médio terminara e todos estavam se mudando para a Califórnia. O treinador Duprene assistiu da varanda e não acenou quando a caminhonete foi embora.

Agora podemos dizer que alguém deveria ter detido aquele Chevy. Não é nenhum segredo. Ela faz filmes sob o nome de Mandy LeRock. Só vi um.

Relâmpagos sobre uma planície iluminam meu reflexo na janela molhada de chuva, e percebo que não estou contando a história toda. Há duas histórias aqui. Na primeira, estou sentado ao lado do treinador Duprene em sua caminhonete. Estamos dirigindo para Los Angeles para sequestrar a filha dele.

Na segunda história, a do reflexo no vidro, sou um adolescente chamado Bobby que vive com duas gerações de mulheres, a mãe e a mãe dela, em um trecho vazio de terra de pastagem. Esse menino dorme em um quarto sem ar-condicionado e apara gramados para ganhar dinheiro. Ele é atleta estudantil, mas só pratica corrida. Suas notas são boas, e ele desenha a mesma imagem repetidas vezes em seus cadernos, de diversos ângulos: um destróier da marinha recebendo fogo inimigo ao largo da costa do Vietnã do Sul.

E o que une ambas as histórias, sua ligação causal, é Amanda Duprene. Somos calouros, colegas de laboratório, e a aula de biologia será depois do almoço. Não tenho estômago para a prática da dissecação, mas Amanda cuida do corte. Busco refúgio da amônia e do formol no perfume de seu cabelo e pescoço: xampu, loção, suor. Às sextas-feiras ela veste seu uniforme de líder de torcida. Muitos desses dias longos são amenizados assistindo ao sol de outono se mover sobre a parte de trás das pernas de Amanda, de uma a duas da tarde, e essa é a garota que estou buscando.

Daqui a um tempo, ocorrerá um segundo tipo de busca.

Será iniciada depois de voltarmos para casa, por uma empresa de investigação de Houston, cuja especialidade é localizar pessoas. A empresa se chama Reunions Inc., cobra trezentos dólares e leva dois meses para obter resultados. O relatório chega por correio dentro de um grande envelope branco com o logotipo da empresa impresso no topo: duas mãos abertas, as palmas voltadas para cima, embalando três pessoas, que se dão as mãos sob um brilhante sol amarelo.

Por enquanto, porém, na periferia de Las Cruces, é como se estivéssemos estacionados sob uma cachoeira. O treinador dorme e ressona a cada respiração. Eu deveria ter trazido algo para ler. Este é o confortável e familiar isolamento que experimento no trabalho, quando estou almoçando em uma cabine de caminhonete com, por exemplo, um livro de Saint-Exupéry sobre pilotos do deserto. Então dirijo a caminhonete da empresa por estradas de terra que atravessam quilômetros e mais quilômetros sem passar por uma casa, capim-marinho como ouro turvo e campos de grãos bocejando no horizonte; examino as águas subterrâneas em busca de picos de amônia e proliferação de algas; viro para o assento vazio ao meu lado, contando minhas histórias.

O campo ondula com cores superaquecidas. As superfícies parecem ter sido desimpedidas à base de explosivos. Tomamos banho em uma parada de caminhões em Tucson, e aprendo o nome das coisas em folhetos que pegamos ali. Cactos cholla e sarcóbatos. Artemísias e erva-sal. Todas as nuvens se acumulam sobre um único pico das montanhas Maricopa, como o retrato de um vulcão. Perto de Theba, decidimos pescar nosso jantar. Ao fim da tarde, um pequeno afluente do rio Gila divide a grama alta do prado.

O treinador começa a remexer uma pilha de lonas e ferramentas na carroceria da caminhonete.

— Você sabe arremessar com carretilha aberta? — pergunta.

— Não. Não sei nada sobre pesca.

— Sério?

— Sim.

— Bem. O que você sabe?

— Nada.

— Eu acho que tenho uma carretilha fechada aqui. Como é possível você ter sido criado em Port Arthur e não saber pescar?

Dou de ombros e deixo o treinador balançando a cabeça enquanto procura uma vara. Como responder a essa pergunta? Devo dizer como é crescer ouvindo pessoas contando histórias de pescador? Os termos que usavam eram como códigos secretos para mim: líderes para pesca, iscas com plumas, iscas giratórias, monofilamento. A grama é alta e macia. O riacho chapinha, capturando a luz.

— Vou preparar a linha para você — diz o treinador ao encontrar uma vara.

Ele me mostra como fixar um lastro de pedra. Demonstra a melhor maneira de fixar a salamandra de borracha fosforescente no anzol. O botão de controle de arremesso é simples. Giro meu punho e a salamandra voa, deixando um rastro brilhante. Então aqui estamos, o treinador Andre Duprene e Robert Corresi, pescando — ilegalmente, creio — entre árvores de Josué e pedras pintadas. Observo os punhos do treinador, o modo como sua mão começa a recolher a linha quase imediatamente após lançá-la, e imito seus movimentos.

Qualquer treinador lhe dirá que a imitação e a repetição são ferramentas fundamentais de aprendizagem. Mas o que você seria capaz de imitar se, imagine: você fosse um menino que durante dezessete anos dormiu em quartos impregnados de perfume e pó de arroz? Digamos, por exemplo, que toda vez que suas roupas eram penduradas no varal, sutiãs e calcinhas ondulavam ao lado — as minúsculas lingeries rendadas de sua mãe, as calcinhas de sua avó de fundo largo, grandes como velas de barco. Digamos que certas coisas sempre estivessem na periferia de seus sentidos: o cheiro de meias molhadas, o vermelho dos batons, embalagens de absorventes íntimos. Que diversas vezes você se queimou em ferros de enrolar cabelo esquecidos.

Você passava muito tempo nervoso e não sabia por quê. A aula de biologia era o ponto alto de seus dias. Tempo esperando o ônibus depois da escola, líderes de torcida observando os atletas, aqueles graciosos volumes em movimento sobre campos queimados de sol.

Na primavera de seu décimo quarto ano, duas semanas após ter lido *Em nosso tempo*, você tenta entrar para o time de futebol americano e Eric Dempsey quebra sua mandíbula. A mãe de Amanda morreria no outono seguinte.

Estou tão perdido em devaneios que a vara quase é arrancada de minha mão.

— Ei, ei — protesto enquanto o treinador me manda erguer e dar puxões na vara e enrolar a carretilha. A linha brilha, agita a água, para. Então fica folgada e volta com a salamandra estraçalhada. O treinador ergue o anzol.

— Ele arrancou um pedaço da isca. Quando você sentir o peixe morder, deve dar um puxão, cravar o anzol. E aí deve trabalhar o peixe durante algum tempo. Deixe o bicho lutar e o anzol se cravar ainda mais. — O treinador põe outra salamandra no anzol e volta para onde estava, a uns quinze metros de distância. Aquele puxão na linha me deixou eufórico. Fico com a vara em mãos pelo resto da tarde, sorrindo como um pateta. O treinador pegou duas trutas, e eu perdi outras duas.

Nós as assamos em uma fogueira que o treinador armou em uma clareira. Ele encontrou um frasco de molho picante em sua caminhonete, debaixo de algumas roupas. O sol está quase se pondo. São nove horas. Tons de azul.

— O cheiro está bom — digo.

— São boas trutas.

O treinador abre outra garrafa de Cuervo. Os peixes estalam e crepitam.

— Bem — diz ele. — Acho melhor combinarmos como vamos fazer esse negócio.

Eu concordo. O fogo deixa nossos rostos cor de laranja e tremulantes.

O que precisamos fazer primeiro é localizar o endereço que tiramos de uma fita de vídeo que eu tenho. O endereço é da American XXXtacy, a empresa em que Amanda trabalha. Começaremos por lá. Nós a encontraremos. O treinador roubou clorofórmio do laboratório de química e disse que contratou um desprogramador. Aparentemente, muitas pessoas precisaram ser desprogramadas nos anos 1970, e o treinador tem muita fé nessa ideia.

Nós nos sentamos ao redor da pequena fogueira, agora compartilhando a segunda garrafa de Cuervo da noite. Não costumo beber destilados. Geralmente, bebo apenas Lone Star enquanto tento puxar papo com as secretárias do Petro Bowl em meio ao alarido do boliche.

— De onde vieram todas essas garrafas?

— Fiz compras antes de pegarmos a estrada.

Ele acende um cigarro. O treinador usa boas botas de caubói marrons, de pele de enguia, e uma camisa de brim que comprou quando era mais magro. Ele mantém a cabeleira grisalha em tons de areia cortada reta, à escovinha. Ele me passa a garrafa.

— Você disse que seu pai era militar?

— Da Marinha.

Tomo um gole de tequila.

— Pilotei jatos, você sabe.

— Eu sei.

Ele toma um longo gole.

— O que aconteceu com ele?

— Estava no USS *Mullinix*. Recebeu fogo inimigo enquanto retomavam Quang Tri. Meu pai era sargento. Eu nunca o conheci.

Essa é a história na qual acreditei durante a maior parte de minha vida, e ainda me sinto confortável contando essa versão.

— Travis Corresi foi uma das cinco baixas.

— Que droga — diz o treinador melancolicamente, entornando a garrafa.

Havia apenas cinco meses, minha avó, morrendo de câncer no pâncreas, explicou que Travis Corresi jamais servira no USS *Mullinix*. Ele era apenas um marinheiro mercante a serviço em Port Arthur durante uma semana em 1973, quando minha mãe tinha quinze anos. Saíram apenas uma vez.

O treinador cutuca as cinzas na fogueira. Seus olhos brilham em meio a uma teia de rugas, e imagino um incidente para cada uma delas: voando no Vietnã, treinando os Toreadors em Port Arthur durante quinze anos, perdendo uma esposa, Marguerite, por encefalite, perdendo sua única filha para a Califórnia. A pele ao redor de seus olhos é um catálogo de decepções entalhadas. Ele toma Vicodin a cada duas horas. Acho que as coisas seriam melhores para o treinador se tivesse um filho.

Começamos a falar sobre o dia em que quebrei o maxilar.

— Eu me lembro disso — diz ele, sorrindo. — Era você? Cara, o Dempsey pegou você de jeito, hein?

Volto a conversa para Amanda. Bebemos mais rápido.

O cigarro estremece em sua boca.

— Sabe, Amanda tinha alegria dentro dela. Maggie costumava dizer isso... — Ele dá uma longa tragada, exala. — Ela era uma menina *feliz*.

Concordo.

— Ela estava sempre de bom humor.

— Bem. — Seu rosto se contrai. — Mas ela era temperamental. E as coisas tinham de ser *do jeito dela*.

O treinador imita um movimento de picar com os dedos. Nosso fogo está quase extinto, o brilho vermelho esmorecendo como a luz da bateria do meu medidor de minerais. Ficamos em silêncio até ele jogar fora o cigarro, exalar e falar com soturna dificuldade:

— Nenhum tribunal vai nos condenar.

— Não.

Lembro-me de ter dito o mesmo duas noites antes, durante a conversa que deu início a tudo isso. Ambos estávamos bebendo sozinhos no Petro Bowl e vi um rapaz alto com jaqueta universitária deixar um grupo de adolescentes para se aproximar de nós, no outro lado do bar. Com risos contidos, aqueles garotos observaram o amigo fazer uma pergunta ao treinador. O treinador o agarrou pelo pescoço e jogou o rapaz sobre uma mesa. Eu apartei os dois e o treinador se debateu em meus braços até eu dizer a seu ouvido: "Treinador. Treinador. Eu também a amava."

Acabamos comprando uma garrafa e ficamos sentados em sua caminhonete, lembrando-nos de Amanda em voz alta.

Agora, o treinador baixa a cabeça à luz da fogueira. Sua mão tomba sobre o colo e ele suspira.

— Quando vocês saíram?

— Nós nunca saímos. Éramos apenas amigos.

Ele meneia a cabeça, se apoia em um pneu para se levantar, abre a porta traseira e entra na caminhonete. Metal range, ferragens chocalham.

— Ei, ainda é considerado sequestro se você não pedir resgate? — grita ele lá de dentro.

— Sim.

Mais barulho e, em seguida, o som áspero e constante de seus roncos. Agito as brasas com uma vara. Quero acreditar que estamos fazendo a coisa certa: que a garota no oeste é a mesma que conheci na escola, e que tudo de que ela realmente precisa é que a lembrem de quem ela é. Rilke aconselha "invocar as sensações submersas do amplo passado", mas depois entenderei que esse é um conselho traiçoeiro, porque as lembranças podem ser interpretativas. No futuro, perceberei que os campos sinápticos que as memórias habitam são os mesmos espaços onde residem a saudade e o desejo, e, às vezes, a lembrança é apenas um veículo para tais coisas.

Contudo, mesmo agora, ao lado das cinzas de nossa fogueira, não confio em minhas motivações. Essa é uma de minhas características mais básicas, e ela está, principalmente, enraizada em uma mandíbula quebrada — uma pequena cruz de metal em meu queixo lembrando-me de que aquilo que desejo e aquilo a que tenho direito são coisas distintas por tradição. Para entender o que quero dizer, você precisa me imaginar aos quatorze anos: com 1,68 metro e 59 quilos, vestindo ombreiras enormes e um capacete tão largo que dava para tirar sem precisar desafivelar.

O sol de abril castiga o campo. As líderes de torcida estão sentadas nas arquibancadas, avaliando o mundo e escondendo cigarros. Mordo compulsivamente o protetor bucal. Estive lendo sobre Nick Adams ter ido para a guerra e levado um tiro. Enfrento olhares irônicos sabendo que tenho meus valores, imaginando teorias sobre dor e honra. Quando passamos ao confronto em campo aberto, sou o primeiro a me oferecer como voluntário.

O treinador Duprene me põe contra Eric Dempsey, um veterano do tamanho de um monstro que é o melhor *linebacker* da cidade. Por um lado, isso pode ter sido cruel. Contudo, na ocasião, pensei: *Ele está me levando a sério. Ele está me dando uma chance.*

Quando soa o apito, o treinador joga a bola para Eric. Não hesito. Mantenho meu centro de gravidade baixo e endireito a coluna, afundando a cabeça nos ombros e olhando para cima. Não me esquivo nem tento acertar os joelhos dele.

Um impacto súbito e me ouço quebrar, literalmente. Dor paralisante, intensa. Rolo no chão, o sol ofuscando meus olhos, grama na boca, gosto de cobre quente, de terra. Antes de desmaiar, olho para as garotas nas arquibancadas, pequenos pontos coloridos enfileirados.

Então, aos vinte e um, imagino que a principal lição da vida é que você precisa impor limites aos seus desejos. De outro modo, eles podem infeccionar até, digamos, você arranjar uma mandíbula quebrada. E são os espasmos dessa cruz de metal que maculam minhas expectativas com medo. Meus olhos vasculham a escuridão em torno. Um tronco, uma lua, o ruído do vento sobre as pedras. O treinador dorme. Sons imaginários ecoam em meus ouvidos: o barulho dos pinos de boliche caindo, a artilharia explodindo a proa de um destróier. Meu queixo para de latejar. A chuva para de cair.

Postes telefônicos assemelham-se a cruzes sob o sol. Uma grande placa verde anuncia *Bem-vindos à Califórnia*. A cabeça do treinador vacila. Acho que ele está tomando mais Vicodin.

— Nunca estive tão perto da costa oeste — digo.

Exausto, em silêncio, o treinador olha para a estrada. Ele troca as estações de rádio e encontra Merle Haggard cantando "Mama Tried". No dia em que a mãe de Amanda morreu, o alto-falante a tirou da aula de biologia. Pelo modo como removeu os óculos de proteção e tirou o jaleco, percebi que ela já esperava por aquilo. Da janela, eu a vi sair, desejando chegar até ela e tocar sua tristeza enquanto ela atravessava a passarela de concreto.

Em San Diego, pegamos a autoestrada 15 norte. Mais tarde, galgamos um espaço elevado de placas: slogans e cores fortes, primárias. Veículos enxameiam ao nosso redor. Pergunto-me se minha mãe chegou tão longe. Seus primeiros postais vieram de Nevada. Tenho cinco cartões-postais ao todo, mantidos em uma caixa de sapatos no fundo de meu armário. Imagine um dia perto do fim do último ano do ensino médio em que você chega em casa e sua mãe foi embora. Sua avó explica que sua mãe ficará longe durante algum tempo. Um bilhete enigmático começa dizendo: *"Agora que você tem dezessete anos"* e fala sobre cada um ter de *"seguir o próprio coração."* Ela telefonou uma vez por semana nos dois meses seguintes. Não olho mais para aqueles cartões-postais. A caixa de sapatos permanece fechada.

Os carros nos atraem e nos fundimos a eles, subindo cada vez mais a encosta de concreto. Abaixo de nós, há estacionamentos por toda parte, como se estivéssemos voando sobre uma cidade de estacionamentos. O ar se torna uma sombra radiante, uma névoa desbotada. Edifícios enormes desaparecem em meio à neblina. Algo queimando — odor rançoso, podre.

O rosto do treinador se enche de rugas.

— Que cheiro horrível — diz ele com a voz arrastada.

Um Volvo buzina quando desviamos para a pista errada.

Em fevereiro do meu último ano na escola, a história foi contada no vestiário da equipe de atletismo. Disseram que Amanda havia pirado. Estavam voltando de um jogo de basquete no ônibus do time e uma coisa louca aconteceu. Uivos e gargalhadas. Eu me vesti às pressas, tentando não acreditar no que ouvia.

A caminhonete desvia para o acostamento. O treinador engata o ponto morto.

— Precisamos descobrir onde diabo estamos. — Seus olhos estão vermelhos. — Você... você terá que dirigir.

Afundo no assento do motorista. O motor ronca e o treinador se encosta contra a janela. Com as mãos ao volante, sinto-me novo e digno. E é isso o que vemos: reservatórios de concreto sem água, asfalto por toda parte, ar deformado pelo calor. Mexicanos. Pessoas usando óculos escuros que as fazem parecer insetos. Lojas de conveniência e outdoors — figuras bronzeadas, corpos musculosos, decotes. Olho para meus bíceps mirrados e pálidos.

Certa vez, vi Amanda atravessando um campo de futebol encharcado, chutando água com os pés descalços, e planejei um programa de musculação de um ano. Notas de autoaperfeiçoamento ainda decoram a minha casa: *Um fragmento de dever sagrado o poupa de grande temor. Toda dor é resultado do desejo. Geralmente, as pessoas são tão felizes quanto escolhem ser.* Contudo, algum tempo depois de Los Angeles, arranco todas essas notas. O papel crepita enquanto eu o amasso e meus passos ecoam pelo piso de madeira de minha casa.

Em um posto de gasolina, o treinador espera na caminhonete enquanto um homem me ajuda com o mapa. Ele diz que o CEP 91411 fica "no vale". Precisamos seguir mais para oeste. O treinador toma dois Vicodin. As ruas e calçadas irradiam calor como uma frigideira.

A American XXXtacy fica em um shopping, em um lugar chamado Vale de São Fernando. O nome da empresa está escrito em letras vermelhas sobre portas de vidro fumê, tão escuras que não se pode ver o que há lá dentro. Alguns carros no estacionamento. Anoitece. Há uma lanchonete TGI Friday's no topo de uma colina no outro extremo do shopping. O treinador olha pela janela. Suas unhas batem contra a porta e ele esfrega a garrafa marrom de clorofórmio. Ele não falou desde que paramos para pedir informações.

— Por que você não fica no carro? — sugiro. — Verei o que consigo descobrir.

Ele cambaleia para fora, cabeça baixa.

— Eu vou entrar.

— Olha, treinador. Deixe-me falar com eles. Vou inventar uma história. Confie em mim, eu meio que tenho um plano.

Peço a carteira de motorista dele e digo para confiar em mim outra vez. Eu o deixo encostado na caminhonete.

O escritório tem um carpete verde-limão surrado e repleto de queimaduras de cigarro. Cheira vagamente a álcool e a vaselina. A porta atrás da recepção está fechada. Cartazes decoram as paredes: *A Poderosa Chefona Parte II*, *De Bunda para o Futuro*, e um que anuncia um filme de Mandy LeRock vestindo uma capa transparente, de pé sob um guarda-chuva: *Rainwoman 5: No Olho da Tempestade*. Aqueles não são os seios dela. Uma recepcionista me cumprimenta, uma mulher mais velha com a pele castigada pelo sol, completamente alaranjada e ressecada. Usa óculos pontudos.

— Em que posso ajudar?

Sorrindo, mostro nossas carteiras de motorista.

— Somos de Port Arthur. Viajamos muito para chegar até aqui.

— O que desejam?

— Você está vendo aquele sujeito lá fora?

Além da janela, o treinador estava encostado na traseira da caminhonete, exalando baforadas de fumaça.

— A filha dele é atriz. — Aponto para o cartaz do filme *Rainwoman*. — Seu verdadeiro nome é Amanda Duprene. Ela é do Texas. Estamos procurando por ela.

— Sinto muito, não estamos autorizados a...

— Senhora. Não queremos criar problemas. Mas a coisa é que... ele está morrendo. Ele está morrendo e só quer ver a única filha antes de partir.

Ela olha para além de mim, para fora da janela. O treinador parece abatido no estacionamento. Suas costas estão curvadas e ele tosse contra a mão, a fumaça cobrindo-o e dissipando-se ao cair da noite. Ele realmente parece estar doente.

— Só estamos tentando encontrá-la. Não queremos criar problemas para ninguém.

Por algum motivo, ela sussurra:

— O que é?

— Como?

— O que ele tem?

— Câncer de pâncreas.

— Ah, meu Deus. — Ela leva a mão à boca. — Só um minuto, certo? Volto já.

Ela pega nossas carteiras de motorista e vai até a sala dos fundos, abrindo a porta apenas o suficiente para poder passar. Um momento depois, ela reaparece.

— Senhor? Você pode entrar.

Meu coração dispara, mas, ao atravessar a porta, vejo que há apenas outra escrivaninha com um sujeito jovem e magro sentado mais atrás. Um saco do McDonald's derrama batatas fritas sobre o tampo da mesa.

Seu rosto é cheio de cicatrizes de acne e ele está analisando nossas carteiras de motorista.

— Você está falando sério? — pergunta ele, lambendo as pontas dos dedos.

A recepcionista apoia as mãos no batente da porta.

Conto a história do câncer do treinador, explico como foi difícil levar o velho de Port Arthur até ali enquanto olho para as pilhas de fitas de vídeo sobre a mesa. O homem mastiga batatas fritas enquanto eu falo. Finalmente, ele me pede um número de contato e diz que o máximo que pode fazer é dar o recado para Amanda. Ele sente muito, mas não pode simplesmente dar endereços, *principalmente* para familiares.

A mulher me para do lado de fora da porta e me passa um pedaço de papel amarelo.

— Você não sabe de onde veio isso — diz ela. E dá um tapinha no meu braço.

No papel, há um endereço.

O treinador assente e tomba contra o assento. De volta à estrada, ele olha para o frasco de clorofórmio e diz:

— Eu não sei. Não estou certo quanto a isso.

Levamos mais duas horas para encontrar o endereço.

Uma casa em estilo rancho em Van Nuys. Serenoas e samambaias, palmeiras sem folhas e com as cascas enrugadas. Um Corvette amarelo na garagem. Uma luz amarelo-clara atravessa as janelas da sacada, projetando três retângulos trêmulos no gramado verde e baixo. Ao redor, casas semelhantes, ar quente. Estacionamos do outro lado da rua e desligamos as luzes.

— Então o que você quer fazer?

O treinador vira lentamente a cabeça em minha direção.

— Voltar para casa.

— Ora, vamos. Não devemos ir até a porta? Esperar para ver se ela sai?

Seus olhos são pontos laqueados, repletos de dobras e rugas.

— Treinador?

Ele fecha os olhos, respirando com dificuldade.

— Vá ver.

— Eu?

— Vá ver.

Ele agita o frasco de clorofórmio em um gesto tranquilizador.

A luz da varanda está desligada, mas vejo o fraco brilho cor de pêssego do botão da campainha. Caminho em direção àquilo, através da escuridão entre as janelas, a campainha brilhando como o fim de um túnel.

Eu olharia para seus olhos verdes, o sorriso que sempre os fechava. Lembro-me de coisas como seu rosto iluminado pela chama trêmula de um bico de Bunsen, suas risadas explodindo como confete. Certa vez, eu a vi dar um tapa para afastar a mão de Junior Wendell de sua saia e senti o comedimento exigido de uma garota adolescente. A maneira como sua mente estava repleta de carências — um nó de emoções vindo constantemente à superfície, como um bolo de mato seco rolando ladeira abaixo, levando-a até um campo suburbano arado, além do shopping center e dos longos hectares de capim-marinho, bancos traseiros de carros, carrocerias de caminhonetes.

Eu bato. Bato outra vez.

— Quem é? — pergunta uma voz atrás da madeira pesada.

— Amanda Duprene?

— Quem é? — repete a voz.

— Hum... Robert Corresi? De Port Arthur?

A luz da varanda se acende e o brilho me ofusca. A porta se entreabre presa por uma corrente, e o focinho preto de um cão fareja pelo vão. Dois olhos femininos, marrons e vermelhos, me avaliam. A porta se fecha e a corrente é liberada.

No segundo que leva para a porta se abrir completamente, torno-me consciente de minha aparência, até me lembrar de que não tenho mais acne e que meu corte de cabelo é melhor do que na escola.

A pele de Amanda está bronzeada, e seu cabelo avermelhado foi puxado para trás. Ela segura um grande Rottweiler pela coleira. A luz que vem de dentro destaca sua silhueta, seu robe azul quase translúcido. Sua voz me é familiar, mas soa mais crua, mais grave.

— Eu conheço você.

Ela se manifesta a partir da luz, tornando-se sólida, como se saísse do lugar onde eu a guardo em minha mente.

Suas sobrancelhas estão aparadas em ondas perfeitas; suas bochechas e seu peito brilham. Ela me encara com olhos vermelhos, inclina a cabeça.

— Eu sei quem é você.

— Robert. Do ensino médio? Fomos parceiros de laboratório.

O cão emite um ganido e se agacha para coçar as orelhas.

— Silêncio, Pete. — Ela olha para cima. — Bobby? Bobby Corresi?

— Robert. Ninguém mais me chama de Bobby.

— O que você está fazendo aqui?

— Eu queria vê-la. Nós viemos de carro.

Ela olha por sobre meu ombro.

— Nós quem?

— Eu e seu pai. Seu pai está aqui. Nós viemos de carro para vê-la...

— *O quê?*

Amanda passa por mim e eu vejo o treinador de pé no escuro atrás da caminhonete, quase indistinto. Ela aponta furiosamente na direção dele.

— Por que você o trouxe até aqui?! O que você quer?! Leve-o embora!

Antes que eu possa responder, um homem aparece no vestíbulo. Tem a minha altura, mas é musculoso e de pele bronzeada. Veste uma camiseta sem mangas, calça jogging e muitos brincos. Cabelo curto, brilhante e arrepiado. Ele coloca um dos braços ao redor da cintura de Amanda e olha para mim.

— O que está acontecendo, querida?

Ela mal olha para ele.

— Nada — responde Amanda. — Por que você o trouxe até aqui? — pergunta ela, voltando-se para mim.

Então grita por sobre meu ombro.

— Fique onde está! Não chegue perto desta casa!

O cão começa a pular, avançando e sufocando com a própria coleira, latindo freneticamente ao ouvir o tom de voz da dona. O homem ao lado dela olha de mim para o treinador, e, em seguida, volta a me olhar. Em meio a tudo isso, percebo com sombria clareza quão doce é o cheiro de Amanda.

Ela olha para mim, acusadora.

— O que é isso?

— Amanda. Posso falar com você? Por favor, apenas um segundo. A viagem foi muito longa. Eu só quero falar. — Seus olhos se estreitam, desconfiados, e o cão fareja minha virilha. — Por favor.

Ela solta um profundo suspiro.

— Espere aí.

Amanda fecha a porta e me deixa de pé sob o ofuscante cone de luz de sua varanda. Ouço murmúrios dentro da casa. A fumaça do cigarro do treinador ergue-se no outro extremo da caminhonete como uma tulipa fantasma.

Quando a porta volta a se abrir, Amanda aponta por sobre meu ombro e diz:

— Ele não pode entrar. Ele fica aqui fora.

O homem ao lado dela sai pela porta e, ao passar por mim, esbarra com força em meu ombro.

— Tony também vai esperar aqui fora.

Ele se posiciona atrás de mim com os braços cruzados.

Amanda e o cão abrem espaço e eu entro em um vestíbulo com um arranjo de flores secas sobre uma bela mesa de mármore. Então, vejo-me em um cômodo com luz difusa e cheiro de incenso, jasmim, talvez, uma televisão piscando azul em uma sala de estar marrom. Móveis densamente estofados, paredes marrons, fotografias de paisagens e algum odor persistente vindo da cozinha. Não acredito que conseguimos, que estou mesmo aqui.

Amanda tira o som da TV. Ela aponta para o sofá, recolhe as pernas e as cobre com o robe. O cão, Pete, deita em uma almofada entre nós. Sinto meu peito apertar. Seus lábios parecem ter sido picados por abelhas, e suponho que seja colágeno ou algo assim. Seus seios parecem muito redondos e firmes sob o manto. Seus olhos são castanhos.

— Certo — diz ela. — Você tem cinco minutos.

— Nós só... Quero dizer, acho que vim aqui para ajudá-la. Queremos levá-la de volta para casa.

Ela revira os olhos e ri.

— Certo. Tanto faz. Perfeito.

— Veja...

— "Veja" digo eu. O que você está pensando? Você está me julgando? Você traz meu pai até aqui e o que... — Ela coça o nariz e fala rápido. Mesmo que esteja fresco dentro da casa, gotas de suor surgem em meio às sobrancelhas de Amanda. — Quero dizer, o que você sabe? Fomos parceiros de laboratório no primeiro ano? E aí você já me conhece ou algo assim?

Seu riso é amargo, nada parecido com o que costumava ser. Ela tem manchas acinzentadas sob os olhos. Não consigo evitá-los.

— Agora você usa lentes de contato?

— Não. — A pergunta a deixa confusa. — Veja. — Ela faz um gesto abrangendo toda a sala. — Pareço precisar de ajuda? — Ela acaricia o cão. — Quero dizer, eu não uso drogas há quase um ano.

— Ela olha para as unhas dos pés, pintadas de roxo. Em seu tornozelo há uma pequena tatuagem cuneiforme. — Não faço filmes há quatro meses. Quero dizer, não creio que voltarei a fazê-los. Provavelmente não. Recebi convites para a TV e coisas assim.

Ela puxa o cabelo para trás e espana com a mão uma almofada no sofá. Lembro-me desse puxar de cabelo. Ela sempre fez isso. Há muito pouco a reconhecer aqui.

— Mas você não está feliz. Seria melhor...

Ela ergue as mãos.

— Viu? É disso que estou falando. Você vem aqui e o quê? Só porque não gosta do jeito que levo minha vida?

— Ora, vamos...

— Não me venha com "ora, vamos". Francamente, Bobby. Eu tenho notícias para você. O mundo é muito maior do que Port Arthur, do que o Texas, ok? Muito maior. Como eu levo minha vida não é da sua conta, e certamente não é da conta daquele babaca lá fora.

— Tony?

Ela franze a testa sarcasticamente.

— Meu pai. — Ela coça o nariz. — Mas é a minha vida. Minha. Você precisa se preocupar com a sua, certo? Eu posso lhe dizer como viver a sua vida? O que você faz, afinal de contas?

Um momento de hesitação.

— Trabalho para a Alamo Tratamento de Esgotos. Monitoro águas subterrâneas.

Ela bate palmas.

— Uau. Que demais. Você nunca saiu da cidade, né? Nunca foi para a faculdade?

— Eu não sei, ainda não, mas...

Ela apoia a cabeça em uma das mãos e ri.

— Eu não acredito que você realmente se deu ao trabalho de vir até aqui. E não acredito que trouxe meu pai. — Ela olha feio para mim. — Porra, é ter muita cara de pau.

Eu olho para as fotos em preto e branco em sua parede, paisagens desoladas e litorais solitários, e tudo o que consigo pensar é em tentar convencê-la daquilo que ainda sei, um discurso que venho ensaiando desde que entramos na Califórnia.

— Eu a vi certa vez. Foi no segundo ano. No início do segundo ano. Eu acho que você ainda não trabalhava em período integral naquela época, mas tinha acabado de chover e eu estava esperando o sinal tocar, sabe? Eu estava entediado, o céu estava naquele tom de cinza estranho, quando há luz solar, mas não há azul, e eu só queria ir para casa.

Ela cutuca a unha do polegar.

Mantenho os olhos voltados para as paisagens enquanto falo.

— Então olhei para fora da janela e vi você andando pelo campo de futebol vestindo seu uniforme. Você tinha tirado os sapatos e estava matando tempo chutando água com os dedos dos pés. Dava para ver os respingos, e você girava de vez em quando, olhava para o céu. Pelo vidro, eu a perdi no sol. Então você saiu da luz, chutando água, vestindo aquela saia, parecendo muito distraída. Não era porque você era bonita. Você era, mas não era isso. — A lembrança, todos esses anos guardada, se transforma em linguagem, e eu acredito que ela ainda pode ser salva. — Eu me lembro de ter pensado: eu sei o que a está distraindo. Entende? Mesmo que eu não conseguisse dar nome ou expressar aquilo em palavras, eu conhecia aquela sensação, aquele sentimento realmente tranquilo. Eu costumava ser muito nervoso, acho, mas a sensação era... como se o mundo fosse um lugar bom, porque eu podia vê-lo pelos seus olhos.

O cão procura a minha perna e emite um ganido fraco, sufocado. Uma apresentadora conta uma história silenciosa na TV.

Ela fecha o roupão mais um pouco e toca meu rosto.

— Bobby. Olha, você é um amor. Sinceramente. — Ela enxuga os olhos com uma pequena risada que quase parece aquela da qual me lembro. — Mas tenho certeza de que eu só estava doidona. Eu tomava muito ácido naquela época.

Seus dedos percorrem minha mandíbula, parando embaixo do queixo.

— Você é um amor. Mas precisa ir embora.

Como não há para onde olhar, a não ser para ela, fecho os olhos.

Este é o lugar onde todas as minhas histórias convergem. Cada momento perdido entre a experiência e a lembrança se encontra em uma encruzilhada: o X de metal em meu queixo, onde os dedos de Amanda repousam como o cano de uma espingarda.

— Posso ficar mais cinco minutos?

— Não.

Alguém grita, e eu abro os olhos.

Corremos na direção de onde veio a voz. Ali perto, um pouco além da luz da varanda, o treinador está sentado no gramado com a mão no rosto. Tony está de pé ao seu lado, punhos cerrados.

Tony empina o queixo.

— Ele disse que ia entrar. Eu falei para não fazer isso.

É difícil não ter pena do treinador caído no gramado daquele jeito, com a palma da mão sobre o olho, mas consigo evitar. Vou até ele e Tony para na minha frente.

— Você também quer?

— Tony... — chama Amanda da varanda. — Vamos. Está tudo bem. Entre.

O treinador caído aos meus pés ergue o frasco de clorofórmio como uma oferta impotente. A porta da frente se fecha e somos deixados sozinhos no gramado.

Digo para o treinador entrar na caminhonete.

No banco do motorista, atiro o frasco de clorofórmio pela janela. Ele se encosta à porta com um inchaço acima do olho esquerdo.

— Isso realmente deu *muito* certo — reclama.

Olho para ele, para as rugas em seu rosto, e continuo olhando quando ele enfrenta o meu olhar. Ele se vira para a janela e eu o observo por mais alguns instantes antes de girar a chave na ignição.

O motor ganha vida, tosse, e seguimos em frente.

Depois, uma segunda busca ocorrerá.

De volta a Port Arthur, vejo o anúncio de uma empresa de Houston chamada Reunions, Inc. Como ainda há uma pergunta a ser respondida, algo que não admitirei, entro em contato com eles. O que se segue são dois meses nos quais continuo a trabalhar para a Alamo, deixando os campos vazios e os céus amplos passarem como quadros de um filme superexposto, sem contar histórias, recolhendo amostras de solo e testando o ar com as narinas em busca de sinais de contaminação. Durante esse período, penso no treinador Duprene apenas ocasionalmente.

Fizemos a viagem de volta em silêncio. Eu dirigia enquanto o treinador mantinha o rosto voltado para a janela. Mesas de argila vermelha, horizontes arroxeados e contorno de montanhas na névoa distante. Sua culpa tão certa quanto a estrada sob nossas rodas.

Não voltarei a vê-lo.

A Reunions, Inc. me entrega um relatório que me custa trezentos dólares. O envelope passa um dia inteiro sobre a mesa da cozinha. O logotipo da empresa parece estar tentando olhar para mim. Após cinco cervejas, abro o pacote e removo duas folhas de papel. Eis o que dizem:

Travis Corresi é uma pessoa desaparecida. Seu último paradeiro conhecido foi o *Leslie Charles*, um navio cargueiro que saiu de Xangai, perdido no Mar Amarelo em 1989. Mas eu sempre soube disso. Durante toda a vida, eu sempre soube que meu pai morrera no mar.

Arrancando cada máxima filosófica espalhada pela casa, amasso os papéis em um único bolo e decido que há apenas uma história. Tudo o que aconteceu até aqui é uma única história, a mesma longa história. E se esta não terminar, então a próxima década poderá ser como a última, um período de imobilidade ansiosa que o vê acuado, nervoso como um rato em um canto, e o deixa lamentando uma vida que nunca teve de fato.

Esta vida é fragmentada em cenas das quais mal nos lembramos, que ganham importância apenas por causa da falta de concorrência, até que esses momentos, esta vida, se tornam um par de olhos verdes que você está certo de ter visto outrora, piscando em sua direção no céu de uma longa noite errante, quando você se perguntou o que estava fazendo dirigindo tão tarde e como voltaria para casa. Anos dos quais você não consegue se lembrar porque estava muito ocupado pintando a verdadeira tristeza de nostalgia inventada.

Então, a casa está à venda. Na véspera, você decidiu não levar nada, e passou um longo tempo olhando para o amplo pasto cercado, no outro lado da rua.

Agora você pode imaginar a sua próxima história e a que virá depois dela, mas não seja muito específico, não crie uma visão à qual possa se apegar ou uma ideia na qual possa se perder. Não olhe para um mapa e reflita sobre a profundidade do Mar Amarelo, não imagine o tamanho de suas ondas. Não pense em pais perdidos ou em garotas perdidas. Resista à tentação de explicar as histórias deles, porque acabará entendendo que uma resposta não é a mesma coisa que uma solução, e uma história às vezes é apenas uma desculpa.

Se for preciso, permita-se imaginar o clima desta história, os lugares onde poderia ocorrer, como será a meteorologia. Diga a si mesmo que será um mundo onde você se sentirá menos abandonado e sustentado por mais do que uma ilusão. Se for preciso.

Vá embora antes de mudar de ideia.

O CLUBE DOS LADRÕES, MULHERES PERDIDAS E PALMEIRAS AO NASCER DO SOL

O parque de veículos recreativos consistia basicamente em seis trailers ao redor de um monte gramado. No monte, antigas fundações de concreto se erguiam em meio à grama como dentes quebrados. Os óculos de Hoyt ficaram embaçados na subida, e o suor encharcava suas costas. Ele apoiou a bicicleta contra o Airstream prata de CB. Então, desceu a camiseta sobre sua grande barriga com uma pontada de aversão por si mesmo, subiu os dois degraus e parou porque ouviu vozes do outro lado da porta fina. CB nunca recebia visitas, e Hoyt achou que poderia ser a polícia.

Na noite anterior, CB usara a mão boa para espalhar as joias roubadas da casa dos Tronke: muitos anéis, um Rolex de prata e um Tag Heuer de ouro, uma gargantilha cravejada de diamantes, um colar de pérolas e outras joias. A sala dos fundos da loja de penhores de CB cheirava a poeira e a veneno de rato. Junto às joias havia um DVD player, um aparelho com capacidade para cinquenta CDs e duas espingardas, também da casa dos Tronke. CB dizia para roubar armas sempre que possível. Armas eram passadas mais facilmente do que joias. Armas eram a coisa mais fácil de vender.

CB dissera para Hoyt que, um dia, CB significara Charles Bailey, mas que agora significava Coffin Boat. CB era um sujeito enorme. Ele detinha o recorde de arremesso de peso na terceira divisão estadual. E tinha uma placa de plástico composto em seu quadril e um documento que o isentava de detectores de metal. Ele sempre se recusou a contar a Hoyt histórias sobre o Iraque. A pele de CB era marrom-escura e dura como madeira, e ele tinha um rosto largo, nariz achatado, olhos pretos. Era um legítimo *choctaw*. Grandes cicatrizes rosadas cobriam seu braço esquerdo — um braço nodoso repleto de estilhaços, sempre dobrado de um modo que lembrava a Hoyt a pequena e inútil garra de um T-Rex. Havia conhecido CB dois anos antes, ao penhorar a primeira coisa que roubara na vida, a lustrosa Magnum .45 de um vizinho.

No parque de veículos recreativos, Hoyt concluiu que as vozes que ouvia estavam muito calmas para serem da polícia, então bateu à porta. Do outro lado, CB disse um "olá" em tom de pergunta.

Hoyt abriu a porta e viu CB ajoelhado no chão. Sua perna ruim estava esticada. Seu cabelo preto caía ao redor de seu rosto enorme, cobrindo uma cicatriz em arco que Hoyt sabia haver acima da orelha esquerda de CB. Uma mulher estava deitada no sofá. CB acenou para Hoyt e se virou para a mulher.

Ele apoiava uma pequena bacia cheia de água entre o joelho e o braço ruim. Lavava os pés da mulher com uma esponja roxa. A garota olhou para Hoyt uma vez, então o ignorou. Tinha cabelo curto e ruivo e pele branca como a lua. Era magra, trajava um vestido verde enlameado, as pernas brancas pendiam para fora do braço do sofá. Parecia ter acabado de correr floresta afora. Seu lábio superior e seu olho direito estavam feridos, inchados. O sangue escorria de seus pés para dentro da bacia. Alguns seixos e agulhas de pinheiro revolviam-se na água.

CB olhou para cima, seus olhos trêmulos.

— Você pode me dar uns dez minutos, cara?

Então seu joelho falseou e a bacia caiu, espalhando água rosada sobre o tapete emborrachado. A menina se levantou do sofá para ajudá-lo a recolher a bacia. Antes de sair, Hoyt viu os dois ajoelhados, um em frente ao outro.

Diante do Airstream ficava um trailer marrom, maior que o de CB. Havia uma placa de madeira encostada ao veículo, com o desenho de uma mão cor-de-rosa aberta com um olho azul na palma pairando sobre as palavras *Mãe Divina: Quiromancia Tarô Orientação Espiritual Seu Futuro.* As palavras estavam escritas em um vermelho descascado, a sombra desbotada de cada letra sob a pintura rachada.

Após vender a Magnum .45 para CB, Hoyt começou a passar mais tempo por ali e a pedir para ouvir histórias de guerra. O máximo que CB lhe contou foi: "Eu tinha dezenove anos quando fui para lá, e fiquei apenas quatro semanas, até sofrer uma explosão e voltar." CB mostrou para Hoyt como colar fita adesiva nas janelas de modo que, quando o vidro se quebrasse, era só puxá-la e toda a janela sairia junto. Ele ensinou a Hoyt como usar um cobertor fino para abafar um golpe de martelo de bola. Havia muitas regras. Não mexa com janelas de tempestade ou fechaduras reforçadas. Portas dos fundos são boas, entradas de garagem são ideais. Parceiros dividem tempo de busca e perseguição policial. Se tiver de fazer barulho, faça de uma vez, e com precisão. CB lhe dissera: "Nunca conheci alguém que pudesse desarmar um bom alarme eletrônico." CB colocava toda a sua fé na entrada desobstruída. Uma entrada desobstruída é algo que as pessoas esqueceram, um alçapão de madeira ou entrepiso, uma janela de sótão no terceiro andar. Um ponto de entrada segura. Uma fechadura de porta comum inclui escudo, painel frontal, trinco e roseta. CB lhe mostrou como usar freon para congelar o parafuso e, em seguida, quebrá-lo com um toque. Então, disse para Hoyt esquecer aquilo. Ele lhe disse para buscar a entrada desobstruída.

CB contou que aprendera tudo aquilo com dois tios no clube dos ladrões. Ele disse que, *se você for pego, ninguém o ajudará*. E, *seja lá o que disser, não diga nada*.

Quando CB saiu do trailer, os pinheiros ao redor do parque estavam praticamente incandescentes ao pôr do sol, um verde ardente. CB arrastou a perna esquerda escada abaixo e acendeu um cigarro. Ele apontou um enorme polegar em direção ao trailer.

— Se ela não estivesse dormindo, eu o deixaria entrar.

Ele vestia jeans e tênis, uma camiseta de rodeio preta com chamas amarelas e cor de laranja costuradas, a manga esquerda amarrada em um nó para cobrir o braço. Certa vez, ele dissera que os médicos tentaram amputá-lo, mas que ele não deixou.

— O que está acontecendo? — perguntou Hoyt. — Como você encontrou uma garota que se dispusesse a falar com você? — Hoyt estava um pouco nervoso.

A fumaça amainou o rosto pétreo de CB.

— Aquela é Robin. Eu a conheço há muito tempo. Ela apareceu aqui esta manhã.

Hoyt limpou o suor dos óculos.

— E então você a espancou?

— Cale a boca. Ela já estava assim quando chegou. Eu não imaginava que a veria outra vez.

— Como ela se machucou?

Os músculos no rosto de CB ficaram tensos. Ele parecia irritado.

— Ela se casou com algum cafajeste em Westlake.

Westlake era uma cidade vizinha, um lugar pantanoso de refinarias de petróleo e laboratórios de metanfetamina.

— Seja como for, por que está se importando com isso? — perguntou CB. —Vá comer alguma coisa, gorducho.

— Talvez eu simplesmente exploda metade do meu corpo. — Hoyt chutou alguns seixos. — Preciso daquele negócio que lhe pedi na sexta-feira.

— O pó?

Hoyt assentiu. CB disse que o teria até quinta. Às vezes, ele dava drogas para Hoyt vender como uma espécie de adiantamento de seus ganhos. No ano anterior, seu último ano na escola, diversas vezes ele negociara drogas em troca de trabalhos acadêmicos.

Uma leve brisa soprou o longo cabelo de CB sobre seu rosto. No lugar onde o vento ergueu suas mechas, era possível ver a curva careca da cicatriz.

— Então, o que há entre você e a garota, cara? — quis saber Hoyt. — Quem fez aquilo com ela?

CB jogou uma pedra em Hoyt, gritando que aquilo não era da conta de ninguém. Pouco antes de se afastar, o rapaz gritou:

— Ei! Isso tem alguma coisa a ver com a guerra?

Na manhã seguinte, Hoyt acordou ao som de gritos. Um baque na parede. Nas últimas semanas, seu pai vinha dormindo com uma mulher chamada Sra. Tilly. Ela dançava no T-Back's, em Westlake. Na semana anterior, estavam comendo panquecas e a Sra. Tilly abriu o robe, mostrou um dos seios para Hoyt e piscou para ele. O garoto estava pensando nisso quando finalmente se levantou da cama. Antes de sair do quarto, esperou até ouvir o som do jipe da mulher indo embora. Ele ouviu o pai grunhindo enquanto fazia suas flexões matinais. Hoyt preparou uma tigela de cereais e comeu. O pai apareceu alguns minutos depois vestindo um traje de ginástica azul. Nas partes em que seu corpo era fofo, flácido e redondo, o de seu pai era firme, musculoso. Ele desejou um bom-dia para Hoyt, bebeu o resto do suco de laranja e saiu para correr.

Coisas estranhas estavam acontecendo em sua casa. Hoyt ouviu conversas telefônicas tarde da noite, a voz do pai alterada e furiosa. Certa vez, o encontrou em casa ao meio-dia, bebendo uísque e fumando cigarros em silêncio. Ele começara a trazer para casa caixas com o nome *Sunrise Palms* no rótulo, algo que nunca fizera. Na semana anterior, Hoyt encontrara três maços grossos de notas de cem dólares na gaveta de meias do pai.

Após duas invasões domiciliares em sua vizinhança, o pai de Hoyt instalara um sistema de alarme American Security 9000 com detectores de movimento. Se você atravessasse a barreira invisível, soava alto uma sirene elétrica. Hoyt sabia que havia pontos cegos nas ondas de rádio que enjaulavam a casa. Mas não sabia onde estavam. A entrada desobstruída de sua casa lhe escapava.

No interior, não havia quadros decorando os cômodos. As paredes eram vazias e as estantes, nuas. Antes, havia muitas fotos da mãe de Hoyt, mas estas foram desaparecendo gradualmente e, certo dia, havia alguns anos, o pai dissera a Hoyt que era hora de ambos seguirem em frente. Todas as fotos foram retiradas. Hoyt se lembrava de alguns momentos aterrorizantes que passara com a mãe quando criança. Disseram-lhe que ela era um perigo para si mesma e para os outros, que ela não desejava feri-lo, de modo algum, mas que poderia fazer isso.

Quando Hoyt tinha seis anos, ela foi levada a um edifício branco e gradeado que se erguia solitário em um campo aberto coberto de verde. Desde então, o garoto sentia que sua casa congelara no tempo. Pouco depois de retirar as fotografias, o pai de Hoyt começou a se exercitar incansavelmente e a dedicar longas horas a sua agência imobiliária. Ele estava bronzeado. Seus dentes ficaram mais brancos.

O pai não fizera nenhum comentário sobre o tapete novo na sala de jantar. Hoyt ficara olhando para aquilo. Azul e branco e com um discreto padrão de pássaros estampados, o tapete era iluminado por uma coluna de luz solar. Hoyt o vira no Walmart e sentiu o familiar impulso de possuir algo. Esse impulso era constante e imprevisivelmente particular. As coisas que ele roubava nas lojas muitas vezes lhe pareciam aleatórias e inúteis. Em seus momentos mais tranquilos, ele se tornava consciente de mil desejos vagos atraindo-o, mas o objeto desses desejos mudava sempre. Ele podia possuir coisas, mas, assim que as conseguia, frequentemente perdia o interesse no que quer que fosse. Agora, não entendia o que o atraíra naquele tapete, mas, no momento, achou que o fazia se lembrar da mãe. O tapete era tão grande que ele simplesmente saiu da loja com aquilo enrolado sobre o ombro. Não era o tipo de coisa que esperavam ser roubada.

Hoyt já conhecia a emoção de roubar antes de encontrar CB. Mas o que ele gostava mesmo era do clima de uma casa desconhecida, seu mobiliário e suas fotografias, seus cheiros. Uma casa nunca tinha o mesmo clima da outra. Seus pés se movendo silenciosamente, o feixe de sua lanterna encontrando um par de sapatos ou uma lata de refrigerante pela metade, um retrato de família, e ele era capaz de sentir essências humanas preenchendo o lugar de uma centena de maneiras.

Entediado, sozinho, Hoyt foi até o charco ao fim do quarteirão e fumou um cigarro. Ele fumava True mentolados, a mesma marca de CB. Ao longo da margem do charco havia tantas garças brancas empoleiradas que o conjunto chegava a obscurecer as árvores. Do outro lado, havia uma casa de três andares, erguida sobre palafitas. Hoyt discutira o possível assalto daquela casa com CB, mas nunca formularam um plano. Ele rodou a fumaça dentro da boca e teve a ideia de entrar nela pelo lago, pela casa de barcos. Se continuasse arranjando trabalho para ele e para CB, seu futuro estaria garantido e as coisas realmente não precisariam mudar.

Mais tarde naquela semana, um dos jogadores de futebol que queria cocaína deu a Hoyt duzentos e cinquenta dólares. O nome do jogador era Lucas George. Tinha longos cabelos louros e parecia algum tipo de herói. Lucas daria uma festa na casa dos pais no fim de semana. Ele não convidou Hoyt para a festa quando encomendou a cocaína. Simplesmente sugeriu que o garoto poderia "dar uma passada por lá". A namorada mordiscou o lábio enquanto esperava que Lucas contasse o dinheiro. A garota tinha o tronco longo e seios arrebitados, e seu corpo fez Hoyt desejar roubar alguma coisa.

No trajeto de bicicleta para entregar o dinheiro a CB, Hoyt sentiu-se excitado. Ele imaginou que CB lhe ofereceria uma bebida, talvez pudessem assistir à televisão, ou talvez ele o deixasse disparar sua .380, como já fizera antes. CB poderia explicar o que aquela garota estava fazendo ali na última vez. Por que, em meio a todas as suas histórias sobre mulheres, CB nunca mencionara uma ruiva com pele de estátua grega? No parque de veículos recreativos, um CB diferente esperava à porta.

Seu cabelo preto estava cortado curto e repicado, a cicatriz em forma de foice evidenciada no lado esquerdo de sua cabeça. Ele usava uma camisa social xadrez com uma das mangas arregaçadas e a do braço ruim amarrada na ponta.

— Oi, cara — cumprimentou ele, a cabeçorra o tempo todo inclinada em direção ao ombro direito.

— Oi. — Hoyt esticou o pescoço tentando olhar para além de CB. Sentiu cheiro de carne cozida saindo pela porta. — Eu trouxe o dinheiro daquele negócio.

— Certo. Ah, certo. Legal. — CB se afastou da porta, abrindo-a ainda mais. — Vou buscar.

Ele caminhou até o pequeno escritório nos fundos do trailer. Não disse se Hoyt deveria ou não segui-lo. O garoto entrou no trailer.

As coisas estavam guardadas em prateleiras. Sob o cheiro de comida pairava um leve aroma de Lysol. As revistas de automóveis de CB estavam cuidadosamente empilhadas ao lado de uma fileira de discos que antes ficavam espalhados ao redor do aparelho de som. Hoyt olhou para a mulher na cozinha, que estava diante de uma frigideira de carne moída e macarrão. A carne chiava e pipocava com o movimento da colher, e pequenas gotas de suor brotavam de sua testa. Seu cabelo ruivo estava puxado para trás, e suas contusões haviam clareado um pouco. Ela era quase linda. Seus olhos encontraram os de Hoyt, e ele imediatamente desviou o olhar.

Quando CB reapareceu, entregou um saquinho para Hoyt em um aperto de mão. A perna ruim de CB se arrastou em direção à porta.

— Você ainda me deve dois por aquela nove — disse ele.

— Eu sei.

Duas semanas antes, Hoyt comprara a crédito uma nove milímetros semiautomática. O rapaz parou de andar e perguntou:

— O que vão jantar?

A garota, Robin, respondeu da cozinha.

— É só um macarrão com carne moída.

— Eu adoro macarrão com carne moída. — Hoyt foi até o sofá e se sentou. — Acho que tive uma ideia sobre aquela casa no lago. Devíamos conversar sobre isso, sabe, traçar alguns planos.

— Agora não — respondeu CB, esfregando o cabelo curto da nuca.

— Por que você cortou o cabelo? Ficou parecendo um retardado.

— Ah, está muito calor.

— Não tem macarrão para todos — interrompeu Robin. Ela desligou o fogão e levou a frigideira até duas tigelas sobre o balcão. — Não fiz muito.

A bancada estava limpa e brilhante.

Hoyt se sentiu subitamente inferiorizado, insultado.

— Ei, esqueci o seu nome, senhora — disse ele.

Ela serviu o macarrão com carne nas tigelas.

— Robin.

— Ei, Robin, você sabe o que quer dizer CB? Provavelmente pensa que é Charles Bailey, né?

Ela colocou colheres nas tigelas e lançou um olhar impaciente para CB, que pousou a mão grossa sobre o ombro de Hoyt e disse com firmeza:

— Ei, cara, qual é a sua?

— Conte a ela sobre o Coffin Boat. Passe o serviço.

—Vamos lá fora. Quero lhe mostrar uma coisa.

Ele guiou Hoyt do sofá até o lado de fora do trailer.

O sol brilhava sobre cacos de vidro no chão.

— O que eu estava pensando era que poderíamos remar da margem do lago até a casa de barcos — disse o garoto.

O pé ruim de CB cutucou pedaços soltos de vidro e cascalho.

— Olha, cara, o negócio é que ela vai ter um bebê, está bem?

— Ela está grávida?

CB assentiu. Um traço de felicidade em suas feições alarmou Hoyt.

— E daí? Onde está o marido?

— Ela está comigo agora.

— Como você a conheceu?

— Já faz um bom tempo. Comigo é assim.

Hoyt estendeu as mãos.

— Não acha que pode ter alguém procurando por ela?

— Cara, sai daqui. — CB voltou a assumir uma postura rígida. — Você é um safado negativo, sabia?

Ele entrou e fechou a porta. Hoyt viu a placa do outro trailer. *Quiromancia Tarô Orientação Espiritual Seu Futuro.* Ele tinha três cenários para seu futuro. Em um deles, conseguiria se tornar traficante e receptador em tempo integral. Em outro, improvável, estaria empregado em algum lugar, com uma família, sentando-se para o jantar. No terceiro cenário, imaginou que enlouquecia, assim como a mãe. Eles o trancariam em um quarto branco onde ele cantaria para si mesmo.

Quando chegou em casa, ouviu música vindo do quarto do pai. A porta estava fechada e a banda Zydeco tocava em volume alto. Era o tipo de coisa que seu pai ouvia quando era criança e morava em Morgan City, um porto do golfo, lugar onde foi filmado o primeiro filme do Tarzan. Hoyt bateu suavemente à porta, mas ninguém respondeu. Pouco depois, o volume da música aumentou.

Na tarde seguinte, o pai de Hoyt disse que queria falar com ele. Mais cedo naquela manhã, o garoto vira o pai dobrar roupas e arrumá-las em uma mala. O pai entrou na sala de estar carregando uma grande mala cinza e uma mochila vermelha. Ele se sentou ao lado de Hoyt e desligou a televisão.

— Como você está?

O pai tinha a mesma expressão simpática que usava quando mostrava uma casa para alguém. Ele pousou as mãos sobre os joelhos e disse:

— Escute, se eu precisasse ficar longe por algum tempo, fazer uma viagem de apenas algumas semanas, você ficaria bem? Quero dizer, você terminou os estudos e tudo mais.

— Sim. — Hoyt deu de ombros. Sua nuca esquentou. — Aonde você vai?

As poucas rugas de seu pai haviam endurecido por causa dos exercícios, produzindo vincos profundos.

— Bem, eu ainda não tenho certeza. Estou pensando em alguns lugares. Depende de algumas coisas. — Seus olhos azuis se viraram na direção do filho, mas se afastaram depressa. — Não se preocupe com isso. Acho melhor eu telefonar quando chegar lá. Seria melhor.

— Por quê?

O pai coçou a testa e sorriu para Hoyt.

— Escute, talvez eu não vá a lugar algum. Isso pode até não acontecer. Se eu... quero dizer, vamos ver. Mas vou deixar algum dinheiro para você.

— Eu tenho dinheiro.

— Você tem? — O pai se ergueu sobre coxas pesadas e flexíveis. — Não importa. — Ele remexeu a mochila e tirou dali vinte notas de cem dólares. — Apenas por segurança, certo? — Ele entregou o dinheiro a Hoyt e, por um momento, um breve instante, sua voz pareceu falsear e revelar algo mais. — Seja cuidadoso. Isso deve durar algum tempo, certo? Você deve economizar esse dinheiro.

Ele tocou o ombro de Hoyt, então ergueu a mala e a mochila. O pai caminhou até a garagem e guardou a bagagem no porta-malas do carro, um Cadillac vermelho do início da década de 1990 que comprara em um leilão no verão anterior.

O pai voltou para casa.

— Como falei, nem sei se vou mesmo — disse. — Tudo vai depender.

Ele fez outra viagem até o quarto, dessa vez para buscar as caixas de papelão e levá-las para o DeVille.

Pouco depois, seu pai disse que tinha um encontro e saiu vestindo um terno marrom e camisa de seda cinza. Hoyt vasculhou o quarto do pai.

As gavetas estavam vazias, com a exceção de algumas moedas, palitos de fósforo e pedaços de papel. Os chinelos estavam debaixo da cama, mas muitas das roupas penduradas tinham desaparecido. O armário estava quase vazio, mas, no fundo, no canto superior direito, havia uma prateleira que Hoyt nunca notara quando as roupas estavam penduradas. Viu ali um saco de papel em meio às sombras e o pegou. As coisas no interior chacoalharam. O próprio armário de Hoyt estava repleto de CDs lacrados, roupas que ele nunca usara, livros roubados que nunca lera. Ele se perguntou o que o pai vinha guardando, sentindo pela primeira vez que tinham algo em comum.

Ele se sentou no chão e abriu o saco. Todas as fotos de sua mãe que seu pai removera da casa estavam ali dentro, e ele tocou as molduras.

O garoto fechou e guardou o saco de volta no armário.

Hoyt não viu o pai no dia seguinte. No fim da tarde, deveria entregar a cocaína na festa de Lucas George. Passou de bicicleta pelos carros que começavam a ocupar o meio-fio a uns cinquenta metros de distância da casa de Lucas. O bairro inteiro era de casas grandes com belos gramados. A de George tinha dois andares e era feita de tijolo e frisos marrons, duas empenas e uma longa varanda. Uma cerca de madeira com as laterais abertas rodeava o terreno. Hoyt tinha cheirado algumas carreiras da cocaína que Lucas encomendara, e sua visão estava clara, a cabeça vibrando com um propósito. Ele estava ciente de que faria dezenove anos dali a alguns meses. A mesma idade que CB tinha quando sofreu a explosão, sobreviveu e se tornou Coffin Boat.

Vozes jovens ecoavam pela rua. O coração de Hoyt acelerou ao se encaminhar na direção delas. As luzes da frente da casa estavam acesas e algumas silhuetas adolescentes vagavam pelo jardim. Enquanto caminhava, ouviu música ao longe. Ele apalpou o casaco. Em um bolso estava o pacote de cocaína, no outro, a nove milímetros. Sentiu que realmente gostaria de atirar no pé de alguém. Talvez eles o internassem no edifício branco e gradeado naquele campo verde e aberto.

Ele estava atrasado. Hoyt começou a circular os arredores da festa. Reconheceu muitas das pessoas como rostos que não o conheciam e permaneceu no escuro, como fazem os ladrões. Atrás das portas francesas, podia ver os jovens, as garotas rindo, os rapazes usando bonés de beisebol, segurando latas de cerveja e falando muito alto. No quintal dos fundos, pessoas cercavam um barril e a menina que Hoyt conhecia como a namorada de Lucas andava pelo lugar com um saco de lixo, recolhendo latas descartadas e tirando copos de bebida das mesas e prateleiras envernizadas.

Hoyt parou e se perguntou por que ele não era uma daquelas vozes, por que nunca fora. A resposta parecia óbvia, mas foi remoída durante dezoito anos. Seu polegar roçou a proteção do gatilho da arma dentro do bolso. Em seguida, seus pensamentos foram interrompidos por uma voz feminina:

— Oi, sei quem você é. Luke estava procurando por você.

Hoyt viu a namorada de Lucas. Ela era pequena e sorria com simpatia, segurando um saco de lixo repleto de latas e guimbas.

— O que você está fazendo aqui? Tem cerveja lá nos fundos.

— Ah, sim. Acabei de chegar.

Ela pousou a mão sobre o quadril e inclinou a cabeça para trás.

— Luke estava esperando por você. Pra mim já foi o suficiente, mas você deveria entrar. — Ela ergueu o saco de lixo. — Isso é um saco.

Hoyt observou a festa enquanto a menina recomeçava a recolher lixo do chão e a jogá-lo no saco. O modo como ela se movia e o perfume que exalava o fez suspirar de desejo, e ele já estava farto daquela sensação. Hoyt sentiu a arma na mão sabendo que a garota estava muito perto e emitiu um longo suspiro. Ele teve um pensamento claro, em uma voz diferente da sua: *Ninguém vai ajudar você.* Por razões desconhecidas, a frase pareceu animá-lo.

Ele foi até a garota.

— Ei, você se chama Mary, certo?

— Uhum. — Ela balançou a cabeça como uma simpática anfitriã.

— Mary, você poderia dizer para o Lucas que Hoyt mandou falar pra ele esquecer o negócio? Pode dizer também que não devolverei o dinheiro. Eu já gastei. Não vou vender para um merdinha que não me convida para a própria festa.

A princípio, ela riu um pouco.

— O quê?

— Sério. Mas não diga agora. Espere uns dez minutos para eu ir embora.

Ele piscou para ela e se foi, voltando a desaparecer em meio às sombras. Ela esboçou um leve sorriso. Seria aquela a primeira vez que ele piscava para alguém?, perguntou-se. Sim.

O pai não voltou. Um pequeno galpão nos fundos da casa continha ferramentas de jardinagem enferrujadas, brinquedos de praia e um barco inflável infantil. O barco era de borracha cinza, e Hoyt levou algum tempo para enchê-lo. Ele ficou agachado no escuro, soprando com força. O bico tinha gosto de bolor e plástico na total escuridão do galpão.

Na água, o barco afundou no meio, enquanto as extremidades dianteira e traseira se projetaram para cima. As pernas de Hoyt ficaram penduradas nas laterais e desapareceram na água negra, que cobriu seu colo, encharcando o saco de papel que apoiara ali. Ele remou através do charco em meio ao silêncio líquido, deslizando em direção à casa do outro lado cujo volume assomava à sua frente, blocos de sombra sobre palafitas, algo como o futuro, uma forma, à espera de ser mapeada. O garoto esfregou uma coceira no nariz. Ruídos de água pingando ecoavam quando, por curiosidade, passou em frente à casa de barcos. Ele podia ver o perfil de uma porta que parecia dar acesso à construção principal. Provavelmente teria dado certo, disse a si mesmo.

Remou de volta até o seu lado do charco. Algumas nuvens cinzentas desvendavam uma lua que parecia a impressão brilhante do calcanhar de uma bota na lama negra. Ao chegar no centro do charco, jogou o saco de papel com as fotos da mãe na água escura e observou-o afundar. Dentro da água, as fotos emolduradas rasgaram o saco molhado. O papel marrom voltou brevemente à superfície, rasgado e vazio, flutuando como uma casca de ferida.

Uma semana se passou. Alguns dias chuvosos. O pai não voltou.

Hoyt tinha sido espancado por três jogadores de futebol, mas se sentia bem.

Um dos homens trajando terno preto apontou para os hematomas nas bochechas e na testa de Hoyt.

— Seu pai fez isso com você?

Metade de sua testa estava inchada, e sua face esquerda estava roxa e marrom.

— Não. Uns garotos me deram uma surra.

Hoyt se sentou no sofá. Havia dois investigadores da polícia parados na porta da frente, e um segundo homem de terno passeava casualmente pela casa, inspecionando estantes, abrindo armários.

Chegaram no início da manhã. Ele viu dois carros de patrulha entrarem no acesso de veículos e teve certeza de que tinha sido descoberto. Levantou-se da cama apressado, esperando perguntas sobre uma série de invasões de domicílio, ou, talvez, apenas ser preso. É claro que seria preso. Esses homens não aparecem só para conversar. De modo a prepará-lo, seus medos já haviam antecipado aquilo, e o evento tinha gosto de algo que ele andara buscando.

Os investigadores usavam uniforme marrom de manga curta com chapéus de abas largas. Os dois homens de terno mostraram um mandado de busca. Os investigadores ficaram junto à porta da frente, enquanto um dos outros homens caminhava para lá e para cá na frente de Hoyt. Ele esperava ser preso quando vissem o conteúdo de seu armário. Contudo, quando as perguntas começaram, eram todas sobre seu pai.

— Tem certeza de que ele não bateu em você? Alguém que faz isso não é uma pessoa muito boa.

O homem caminhava à sua frente, balançando a cabeça lentamente.

— Ele não bateu em mim.

O outro homem de terno saiu para o corredor.

— Isso estava no quarto.

Ele ergueu um maço de notas.

— O que é isso?

O homem no corredor contou o dinheiro.

— São dois mil dólares.

— Dois mil dólares.

Hoyt não olhou para eles.

— Ele me disse que estava indo embora e que o dinheiro teria que durar algum tempo.

O homem se sentou no sofá ao lado de Hoyt, pousando os punhos sobre os joelhos. Ele tinha uma voz grave, sussurrada.

— Ele não disse para onde ia? Você não faz ideia de onde ele está?

— Ele não disse. Só falou que se ausentaria por algum tempo.

Os dois homens de terno se entreolharam. Um deles deixou o dinheiro cair no sofá.

— Seu pai nunca lhe falou sobre algo chamado *Sunrise Palms*? — Ele se agachou para que seus olhos encarassem os de Hoyt. — Ele nunca falou nada sobre a Flórida? Vamos lá, garoto.

— Eu não sei.

— Você não sabe. Você não acha um pouco estranho seu pai lhe dar dois mil dólares e ir embora de repente? Você não perguntou o que isso significava?

Hoyt ergueu a cabeça. Seus olhos estavam cheios de lágrimas.

— Eu perguntei. Eu perguntei.

— E?

Ele voltou a baixar a cabeça. Os dois homens trocaram olhares. Um dos investigadores examinou uma unha, distraído.

— Sua mãe está na Charter House. Correto? — disse o homem sentado no sofá.

Hoyt assentiu.

— Você a vê com frequência?

Ele balançou a cabeça em negativa.

O homem se levantou e caminhou até o parceiro.

— Então, o que você vai fazer?

— Eu não sei.

— Quantos anos você tem?

— Dezoito.

Os homens ficaram imóveis, comunicando-se sem palavras, inclinando as cabeças. Entregaram um cartão para Hoyt e o instruíram a entrar em contato caso tivesse notícias do pai. O cartão era da Comissão de Títulos e Câmbio dos Estados Unidos. Disseram que ficariam de olho. Disseram: "Fique longe de problemas."

À saída, um dos homens se virou e disse:

— Há algo que você queira de nós? Algo que possamos fazer para ajudá-lo?

Hoyt pensou por um instante, depois recuou para dentro de casa.

— Não quero nada.

E fechou a porta.

Sonolento, CB estalou os lábios e esfregou os olhos. Ele estava sem camisa, de pé no vão da porta. Metade de seu peito largo era coberto por uma flácida cicatriz que corria horrivelmente até seu braço esquerdo. Seus olhos estavam injetados e sombrios.

— O que aconteceu? — perguntou ele. — Olhe para você, seu miserável.

Hoyt deu de ombros.

— Levei uma surra.

CB voltou a entrar, abrindo a porta para que Hoyt o seguisse. Uma caixa de cereal e várias garrafas vazias de cerveja estavam espalhadas pela sala, alguns cacos de vidro, desordem. CB vestiu uma camiseta e voltou ao quarto com duas garrafas de Old Style. Uma das paredes de gesso tinha um buraco do tamanho de um de seus punhos.

— Onde está a garota?

CB entregou uma cerveja para o garoto e balançou a cabeça. Ele inclinou a garrafa e bebeu quase metade do conteúdo.

— Foi embora? — perguntou Hoyt.

— Ela nunca esteve aqui, cara.

CB chutou uma garrafa vazia com a perna ruim. Foi até uma pilha de discos no sofá, mexeu em alguns e encontrou o maço de cigarros.

— Idiota, cara. Olhe para mim — disse.

Hoyt observou CB cair no sofá e tragar um cigarro com força.

— O que você anda fazendo?

— Nada.

O garoto apoiou a cerveja e voltou para a porta. Sentou nos degraus do lado de fora, olhando para o parque, as lajes de concreto que surgiam no terreno. A grande mão aberta da Mãe Divina o encarou do outro lado. CB o seguiu e ficou ao seu lado, encostado no batente.

— Você quer mais alguma coisa para beber?

Hoyt fez que não com a cabeça.

— Você está bem?

— Acho que sim.

Ficaram ali por vários minutos, e nenhum dos dois falou. As sombras na grama se alongaram e a luz entre os pinheiros tornou-se laranja e vermelha. CB arremessou a guimba do cigarro e pigarreou.

— Estive pensando naquilo que você me disse. Sobre remar até aquela casa no lago. Pode funcionar. Precisamos entrar na água e dar uma olhada.

— Está tudo bem.

— Desistiu?

Hoyt observou a grama alta ondular contra o concreto.

— Não se preocupe com isso.

— Você não quer mais?

— Não.

CB se curvou e observou os cortes e contusões de Hoyt. Ele se levantou e voltou para dentro.

— Sabe, você sempre perguntou, mas eu sequer estava em combate. Estávamos jogando futebol sobre minas terrestres. Não sabíamos disso.

— Não me venha com essa — respondeu Hoyt. E lançou uma pedra. — Você matou quinze soldados inimigos só com as mãos antes de o acertarem com uma granada.

— Eu os estava exterminando como formigas.

— Eles pensaram que você era um gigante.

— Sim, pensaram. — CB jogou a garrafa em meio às árvores. Uma névoa crepuscular cobriu a clareira. — Quer ficar doidão?

— Não — disse Hoyt. — Eu não quero nada.

E não queria mesmo.

Contudo, no caminho para casa, viu duas meninas bonitas na rua em frente ao shopping, rindo e tomando sorvete, em um reluzente Jeep 4X4 com acessórios de cromo. Ele pedalou em direção às profundezas dos ciprestes e sumagres, viu as garças em branca ascensão e o luar sobre a água. Ali, reconheceu as velhas cordas da ânsia e do desejo puxando-o e, gradualmente, ficou claro que ele não tinha escolha, que o mundo jamais o deixaria em paz.

Um criptograma

Adam foi embora em uma noite de abril, e Sharon encontrou um estêncil borrifado de tinta embaixo de sua cama. Tudo o mais no quarto do garoto estava no lugar de sempre — o computador, a televisão, os CDs, a maioria de suas roupas, suas fotos de escola, anuários. Ela se sentou no colchão depois de pegar o estêncil e o examinou como se fosse um bilhete que estava destinada a encontrar. Uma folha de papelão, não maior do que uma pasta de arquivo. A imagem de um tanque de guerra fora recortada ali, bem como as palavras *Estado Policial*, mais abaixo. Tinta spray laranja salpicava as bordas desses vazios. Ela tentou se lembrar se já vira aquela imagem em algum lugar da cidade.

Era setembro agora, e ela passara a levar o estêncil em sua bolsa. Sharon estava andando mais, renunciando ao ônibus matinal, percorrendo rotas diferentes pela cidade, vasculhando paredes de beco e laterais de lixeiras em busca da silhueta cor de laranja de um tanque de guerra. Suas pernas e suas costas começaram a doer. Quando chegava à escola pela manhã, muitas vezes estava curvada, cansada demais para controlar as crianças antes do meio-dia. Ela dava aulas para a quarta série de uma escola pública, em grande parte frequentada por crianças de baixa renda, a maioria negra, alguns hispânicos.

O que o Estado chamava de crianças "em risco". Ultimamente ela vinha deixando que fizessem o que quisessem até a hora do almoço.

A culpa era do estêncil. Entre os acessórios da adolescência que o filho deixara para trás, o estêncil era o único que possuía aquela hipnótica melancolia. Os outros objetos em seu quarto tinham o seu lugar; embora abandonados, tristes, eram compreensíveis, pertenciam àquele quarto. O mistério do estêncil tornou-se o mistério de seu próprio filho, sua deserção incompreensível, sua ira. Ela nunca entendeu a ira.

— Por que você pinta essas coisas?

Sharon olhou para baixo. Eaton Slavin estava ao lado de sua mesa, olhando para a bolsa onde o estêncil de papelão se destacava entre lenços de papel, livros de oração, cosméticos e a carteira. As outras crianças estavam em suas mesas, tentando terminar de colorir um desenho.

— Perdão?

A camisa do menino, toda manchada, erguia-se sobre uma pequena barriga marrom. Ele pegou a folha de papelão com sua mãozinha.

—Você pintou o poste de telefone?

— O quê? Isso não é meu. O que você está fazendo fora de sua carteira, Eaton?

Ele segurou o estêncil e olhou para a imagem.

—Vi suas pinturas nos postes de telefone.

Ela arrancou o estêncil da mão do menino.

Eaton se assustou com o gesto, mas sua surpresa desapareceu de imediato, o rosto voltando à plácida expressão de queixo caído de quem quer perguntar alguma coisa.

— Posso ir ao banheiro?

— Sim, vá.

Sharon se sentiu mal com a rispidez com que pegou o estêncil, sentiu que assustara o menino. Mas logo se lembrou da reação dele: choque, seguido de instantânea reconciliação. Ela vira aquilo antes, e muitas vezes: a aceitação bovina que tinham aquelas crianças para gestos súbitos e violentos. A maioria estava acostumada a mãos que as agrediam.

Ela nunca batera em Adam, nenhuma vez. Mesmo quando ele atacava Nossa Senhora e a Santa Igreja, Sharon jamais bateu nele, apenas ouvia em silêncio, sua mente recitando orações para que a ira do filho fosse aplacada. Adam falava sobre a igreja ou sobre o governo como se alguma criatura voraz estivesse lá fora na rua, esperando que eles deixassem o apartamento para que pudesse mastigar seus corpos com presas afiadas como navalhas. Ele tinha 1,83 metro aos quinze anos de idade, cabelo cheio e louro e um rosto magro, projetado, atraente de uma maneira não óbvia. Isso agravava a perplexidade de Sharon. Adam poderia ter sido aquele tipo de jovem sem muito esforço, que devasta as pessoas ao seu redor. Mais velho, deixou o cabelo crescer e emagreceu, mas ela o encorajou a levantar peso para corrigir aquilo. O som de seus discursos agressivos se tornou o confuso ruído das crianças em sala de aula.

Mo'Nique e Yolanda brigavam por causa de uma tesoura. Olhando para a turma, Sharon viu dois de seus três alunos — Lester Tuttle, DeRay Fauk, Eaton Slavin — que quase certamente estariam presos dali a alguns anos. Às vezes, ao fim das aulas, os três ficavam na escadaria em frente à escola observando os colegas irem embora e analisando cada mochila, certamente tentando determinar quem portava dinheiro. Ela vira aqueles meninos atacarem um cachorro manco a pedradas. Trancada em sua última gaveta, havia uma pilha de revistas de histórias em quadrinhos que ela tomara dos três havia algumas semanas. Atrás de sua mesa, ela discretamente tirou os sapatos, os pés inchados de tanto caminhar.

***

Sharon lecionava naquela escola havia seis anos, após uma ausência profissional de uma década e meia. Ela tinha desistido de dar aulas quando David abriu seu consultório dentário, mas precisou voltar a lecionar após o divórcio. A Coleman PHS foi a única escola que a notificou sobre a abertura de vagas, e havia três. Ela tinha quarenta e seis anos. Caso ainda estivesse vivo, Adam faria dezessete no início de outubro. Mas é claro que ele estava vivo, ela sabia, porque, se não estivesse, alguém encontraria o corpo, e porque ela não sentia que o filho estava morto, não mesmo. Ela sentia tão fortemente que Adam estava vivo que se perguntou se poderia sair por aí e simplesmente encontrar o garoto, usando as batidas de seu coração como uma espécie de dispositivo de localização.

Quando Adam fugiu, Sharon ligou para David para saber se o filho estava com ele, mas o ex-marido disse que não. Também lembrou à mulher de que, para entrar em contato com ele, ela deveria se dirigir a seu advogado. Ela se lembrou do dia em que soube da assistente de David. De quão impassível estava o rosto do marido ao fazer as malas. Aquilo tinha sido difícil de suportar, a expressão em seu rosto. Ele não demonstrara raiva ou pesar, apenas uma estoica determinação para ficar longe dela. Agora ele tinha outro filho.

O estêncil estava sobre a mesa, a superfície de madeira preenchendo os vazios do desenho. Ela leu outra vez. Um tanque. *Estado Policial.*

Sharon não gostava de quebra-cabeças, nunca gostou. A porta da sala de aula se abriu e Eaton entrou, cutucando o nariz a caminho de sua carteira.

— Eaton? — chamou a professora, deixando de lado o estêncil sobre a mesa.

Ele fez uma pausa e olhou para ela com olhos indiferentes e entediados. As outras crianças pararam o que estavam fazendo para assistir. Mo'Nique vencera a disputa pela tesoura.

— Hã?

— Nada de "hã" para mim. Venha aqui, por favor.

As crianças ficaram em silêncio e observaram Eaton caminhar languidamente pela frente da sala, correndo os dedos sobre as bordas das carteiras.

Ele parou diante de Sharon, balançando-se sobre os calcanhares. Ela apontou para a folha de papelão.

— Eaton, você disse que viu isto pintado em algum lugar?

Ele assentiu e levou o braço para trás das costas. Seu umbigo se destacou como a ponta de um polegar marrom.

— Onde?

— Eu vi nos postes, perto de minha casa. E nos muros.

Seus olhos eram úmidos, negros, profundos, como o ônix da coleção de rochas da turma.

— Onde você mora?

Ele apontou para trás de si.

— No Timpan'ca.

— Tudo bem. Obrigada. Você pode se sentar agora. Termine de colorir o desenho.

Ele quase escorregou no caminho de volta para sua mesa, mancando ligeiramente com um de seus pezinhos. Os tênis eram grandes demais para ele. O Timpanica Gardens era um conjunto habitacional perto da escola, cerca de oito quadras a leste. Muitos de seus alunos moravam lá, e Sharon descobriu isso no dia em que ficou responsável pelas crianças no ônibus. O edifício em si era um grande cubo de apartamentos com um vão central. Tijolo acinzentado, manchas de tinta sobre a placa ao fim da calçada, um muro alto ao redor, lembrava-se. Havia chovido naquele dia. O bairro parecia arruinado. Tudo, desde as paredes dos edifícios até as pernas das pessoas, parecia estar em um processo de lento desmoronamento.

A própria rua em que Sharon morava, a Aster, já vira dias melhores. E a casa agora estava em disputa judicial.

Ela não soube dos empréstimos de David até o divórcio. Em vez de o imóvel ser dela, agora servia como garantia para diversos empréstimos pendentes, metade dos quais cabia a ela pagar. Sharon fizera um acordo, de modo que lhe tiravam parte do salário todo mês. Suas unhas contornaram lentamente as bordas do estêncil.

O molde tinha vincos no meio, como se tivesse sido dobrado ao redor de algo. As crianças falavam todas ao mesmo tempo, uma confusão de barulho e movimento diante de sua mesa. Elas estavam rindo e discutindo, fazendo um escarcéu.

Sem considerar as próprias intenções, Sharon remexeu em sua mesa e pegou uma folha de papel sulfite. Ela a enfiou embaixo do estêncil, pegou uma caneta Sharpie e começou a sombrear a imagem. A professora não percebeu que as crianças haviam parado, brevemente e todas ao mesmo tempo, para observá-la. Então, voltaram à algazarra.

Quando terminou, ela olhou para o desenho e para as duas palavras escritas mais abaixo, e seus olhos pareceram cair dentro daqueles espaços, descer até a tinta, as formas sem fundo das letras. Algumas crianças corriam em círculos agora. Alguém arrancou um cartaz de leitura da parede.

Edifícios cinzentos a cercavam. Aquela área da cidade não era segura, embora ela pudesse ver diversas outras mulheres idosas mancando pelas ruas. Uma fila de vendedores árabes se estendia por um quarteirão, e alguns homens negros diante de uma loja de esquina ignoraram sua presença. Crianças voltando da escola para casa corriam gritando pelas ruas. Para manter a calma, ela rezou silenciosamente um rosário, estendendo suas orações aos habitantes daqueles edifícios lascados e remendados que via ao redor. Tábuas nas janelas. Enormes armazéns de metal enfileirados em direção ao rio. Ela viu os muros do Timpanica à sua frente e precisou descansar na faixa de pedestres antes de cruzar o resto do caminho. O ar estava quente, úmido, e pesava em seus pulmões.

Ela o viu quase de imediato: um borrão laranja em um poste telefônico coberto por dezenas de folhetos esfarrapados. Arrancou alguns até o tanque e as palavras ficarem completamente visíveis.

Sharon colocou a mão sobre o grafite, pressionando a madeira lascada. O gesto provocou uma sensação tão familiar que ela desejou chorar por sua própria estupidez. Mas ela nunca mais chorou. Durante toda a vida, a mulher facilmente se via às lágrimas, no entanto, havia muitos meses, sentia-se incapaz de chorar, mesmo quando mais queria, mesmo quando Adam partira.

Ela foi até o poste seguinte e viu outro tanque. Ambos estavam mais ou menos à mesma altura, alguns centímetros acima de sua cabeça. Ela respirou fundo e começou a caminhar ao redor do muro que cercava o Timpanica.

Outro tanque, agora verde, tinha cinco cópias pintadas lado a lado ao longo do muro de tijolos cinza. O estêncil que ela encontrara só tinha resíduos de tinta cor de laranja. Talvez verde fosse a cor mais recente que ele usara. Ou talvez outra pessoa tivesse pintado aquilo. Se isso fosse verdade, alguém poderia saber onde ele estava. Ela queria ir mais longe, pesquisar as laterais dos becos e os viadutos, mas o sol estava se pondo, vida nova emergindo ao anoitecer. Sharon esperou o próximo ônibus e notou que, do outro lado da rua, a uns trinta metros de distância, havia três figuras sentadas no muro externo do conjunto habitacional.

Eram seus alunos, Eaton, DeRay e Lester. Seus pés pendiam contra o muro lateral. Ela não tinha certeza se eles a haviam reconhecido, mas permaneceram sentados ali, imóveis, olhando em sua direção.

Quando o ônibus chegou, ela se apressou, sentindo uma gratidão que não conseguia explicar. Odor corporal preenchia o ônibus, passageiros apinhados. Ela ficou em pé, apoiando-se em uma das barras à sua direita. Isso fez com que tivesse de se esticar sobre um jovem sentado ao seu lado, que lançou um olhar de desdém na direção da mulher quando seu braço passou por cima da cabeça dele.

Os jovens que pintavam coisas com spray quase certamente o faziam à noite, e ela não seria capaz de andar por aquelas ruas tão tarde, de modo que Sharon percebeu que havia poucas chances de algum dia flagrar alguém usando o estêncil. Mas o sentimento de reconhecimento ainda estava com ela ao chegar em casa e ir até o quarto de Adam, observando a cama vazia, o computador inerte, a mesa empoeirada. Pela primeira vez em anos, Sharon sentiu autoridade sobre aquele quarto.

No dia seguinte, na escola, ela voltou a mostrar o estêncil para Eaton e perguntou ao menino se ele não vira alguém usando aquilo. Ele disse que não, mas Sharon sabia que podia estar mentindo. Ela perguntou se o menino a vira na véspera. Muito lentamente, ele balançou a cabeça em negativa, o preto úmido de seus olhos sem piscar.

Naquele dia, ela tentou estimular uma aula de leitura, mas a maioria das crianças estava inquieta, recusando-se a acompanhar, então ela os colocou para montar animais com cola e cartolina. De qualquer modo, estava quase na hora do almoço.

Quando as crianças saíram para o recreio, Sharon se viu pensando nas pichações que vira no dia anterior, desejando revisitá-las, como se tivesse encontrado Adam ali. Ele tinha nove anos quando David a deixara. Ela temia que o ex-marido lutasse pela custódia do filho, mas ele não demonstrou nenhum interesse. Adam se tornara uma criança calada. E um leitor mal-humorado.

Ela erguia a cabeça e ele estava no sofá, depois passou para o outro lado da sala e, então, havia desaparecido.

Enquanto as crianças corriam pelo gramado e se penduravam no trepa-trepa, ela se lembrou de como Adam gostava de atletismo quando criança, de sua velocidade e graça ao correr. O truque de não pensar nele no tempo presente já se tornara um hábito. Ela não pensava em onde ele poderia estar naquele momento, ou o que poderia estar fazendo, mas mantinha suas emoções firmemente ligadas à vida deles antes da fuga, e ela iria tão longe quanto necessário nessas emoções, a fim de se lembrar de um menino que não tinha raiva de nada, que não via injustiça em cada empreendimento humano.

Essa era sua qualidade mais agressiva, o seu senso de justiça, e ele não admitia meios-termos. No início da adolescência, quando tomavam o desjejum após a missa, ele começou a lhe fazer perguntas. Logo ela viu o filho lendo a história do catolicismo, então do cristianismo em geral, e começou a ficar com medo de se sentar com ele à mesa de jantar, preocupada com o que Adam poderia querer lhe dizer.

Certa vez, o menino insistiu que ela ficasse calada enquanto recitava a história das Cruzadas. Ele não parou até ela começar a chorar, e ele a repreendeu por isso. Então, perguntou se ela sabia qual fora o posicionamento de sua igreja durante a Segunda Guerra Mundial. Quando a nova guerra começou, ele já estava irredutível em relação a assuntos ligados à igreja ou ao Estado.

Na última noite, enquanto espalhava pimenta vermelha sobre a carne assada, ele disse:

— Mas, mãe, você realmente acredita que o céu ou o inferno são lugares de verdade, onde as pessoas moram, e que serão bons ou ruins dependendo de quão bem você seguir alguma das interpretações da Bíblia?

Ele cortava a carne com golpes breves e firmes.

— Bem, eu acredito — respondeu ela. — Claro que acredito.

— Por favor, olhe à sua volta — continuou Adam, ainda mastigando. — Apenas por um segundo, pense na realidade, na expansão da matéria, na forma do universo. Você realmente acredita que o folclore criado por pessoas completamente selvagens e sem instrução de algum modo explica tudo isso? — Ele mordia cada palavra, e sua cara feia denunciava um desgosto alarmante. — E você vai votar tendo isso como critério?

Ela manteve a cabeça voltada para o assado. Por que ele não falava como os outros adolescentes? Por quê? Será que ele não podia olhar para o teto sobre suas cabeças, para a comida à mesa, e admitir a bondade essencial da vida? Deus sabe que Sharon tinha razões suficientes para ser amargurada, mas ela persistiu. Persistiu com a fé, e nada mais.

— Então, como você justifica votar em um idiota belicista e perdulário em nome de seu Deus pacifista e não materialista?

Ela baixou o garfo calmamente.

— Sabe, você já deixou muito claro que não compartilha de minhas crenças. Eu acredito que devemos apoiar nossos líderes e suas decisões. Você não. Mas, como sou aquela que nos fornece alimento e abrigo, acho que você poderia fazer a gentileza de não me atacar por discordarmos sobre política.

Ele saltou sobre o comentário da mãe como um gato sobre um rato.

— Aí está! Não se trata apenas de uma diferença de opinião! — Ele se inclinou sobre o prato, o cabelo louro caindo ligeiramente diante de seu rosto. — Não é apenas um desentendimento. Estou falando de questões fundamentais sobre o bem e o mal.

— Ah! — exclamou ela. — Mas você não disse que o céu e o inferno não existem? Então como haveria o bem e o mal?

Ele fez uma pausa. Sharon pensou ter sido porque ela o pegara.

— O que você quer dizer com isso?

— Se você diz que não há céu e inferno, então o que é o bem e o mal? Por que ser bom, afinal de contas?

Ele pareceu autenticamente horrorizado.

— Mãe, você está me dizendo que, se não houver céu, não há motivo para ser bom?

Sharon deu de ombros. Ela não achava ter dito aquilo, mas talvez sim. Parecia mais idiota quando ele repetia.

— Ser bom significa fazer as coisas sem pensar em recompensa, mãe. Era *você* quem deveria ensinar isso para *mim*.

Ele ficou em silêncio e, então, pareceu satisfeito. Adam comeu a comida que ela preparara, talheres retinindo contra o prato. Mais uma vez, a casa escura acomodou-se ao redor dos dois. Mas, pela primeira vez, ela acalentou uma raiva silenciosa. Como se o filho tivesse quebrado algo que lhe era caro por nenhum outro motivo afora ver aquilo se quebrar. Ela não conseguia suportar sua presunção, vê-lo se divertir à sua custa enquanto mastigava a carne assada que ela preparara. Por que deveria tolerar tamanho desrespeito?

— Eu me pergunto: se você é tão esperto, por que não tem amigos? Hein?

Ele baixou a faca e olhou para ela.

— Se você sabe tudo, Senhor Bem-Informado, então talvez possa me dizer por que nunca vai a uma festa? Diga-me por que você não tem uma namorada? Já que é tão mais esperto do que todo mundo, deveria saber.

Ele se levantou da mesa. Ela viu a sombra do filho sobre seu prato, mas não ergueu os olhos.

Sharon estava quase tremendo de medo do que ele poderia dizer.

— Você nem mesmo é capaz de ver quão doente está. — A voz de Adam soou trêmula de desgosto.

Ele se afastou.

Como alguém podia dizer aquilo para a própria mãe? Qual seria a cura para um menino que teve todas as bênçãos, exceto, talvez, um bom pai, mas que ainda assim insistia em ver a escuridão em tudo? Ela achava que, na verdade, o filho estava implorando pela luz de Cristo, e que parte de sua inquietude derivava de sua incapacidade de entender aquilo. Então ela rezou naquela noite, pedindo que a luz de Cristo o encontrasse.

Ele foi embora dois dias depois, deixando um breve bilhete explicando que não voltaria mais.

Uma nuvem de tempestade pairou sobre o parquinho e as crianças gritaram e correram para se abrigarem sob o pavilhão. A chuva engrossou depressa, e ela viu os três garotos, Eaton, Lester e DeRay, em meio ao aguaceiro. Eles estavam olhando para ela.

O treinador Phelps começou a gritar com os meninos, que se abrigaram sob o toldo.

Naquele dia, Sharon não vasculharia as avenidas em busca de pichações.

À noite, ela comeu algumas sobras e foi para a cama mais cedo. Quando estava quase caindo no sono, com as palavras do Pai Nosso em sua mente, viu os três meninos como os vira quando estavam perseguindo o cão.

O cachorro era magro, tinha o pelo embolado, e sua pata dianteira direita pairava um pouco acima do chão, incapaz de suportar qualquer peso. Eles perseguiam o bicho no terreno baldio em frente à escola, ao redor de cadeiras velhas e uma geladeira abandonada em meio ao matagal. O cão corria em ziguezague, como um coelho, tentando despistá-los. Dentes brancos apareciam nos rostos escuros dos meninos, e eles só paravam de correr para atirar pedras no animal em fuga.

Ela gritou com eles. Disse-lhes para pararem imediatamente com aquilo.

Do outro lado da rua, eles olharam para ela e nada disseram, imóveis. Pareciam medir a distância que estavam da escola, avaliando o peso do poder da professora naquela circunstância. Os três se viraram simultaneamente e voltaram a perseguir o cão, que abrandara um pouco a corrida, atordoado por uma pedra atirada por Lester. Ela viu o cachorro e os meninos desaparecerem em uma teia de edifícios. No dia seguinte, tomou-lhes uma pilha de revistas de histórias em quadrinhos.

Agora, em seu sono, o que ela via mais claramente era o rosto do cão, abatido, exausto pela perseguição e incapaz de entender por que estava sendo perseguido. A quem teria ofendido? No sonho, ela podia ver sua língua pendurada enquanto corria, uma bandeira cor-de-rosa na cabeça pequena, os olhos pretos.

Três dias se passaram. Sharon estava em uma parte da cidade de onde podia ver o Timpanica Gardens. Ela meteu a mão dentro da bolsa, tocando levemente o cilindro de metal, verificando se ainda estava ali. Caminhava próxima aos muros, dobrando esquinas discretamente, costas curvadas. Pensou ter visto Eaton Slavin alguns quarteirões mais atrás, mas não disse nada. Fez o possível para se tornar invisível.

Havia algumas pessoas sentadas nas varandas, fumando, uma mãe gritando com os dois filhos pequenos que estavam na rua. Atrás deles erguia-se o conjunto do Timpanica, ocupando todo um quarteirão. Quando Sharon passou pelo cortiço, entrou em um beco à esquerda ao fim da quadra e parou diante de uma lixeira de plástico derrubada. Ela olhou para uma parede de tijolos vermelhos.

A coisa mais angustiante durante o desaparecimento de Adam era a impotência que sentia. Não havia nada que pudesse fazer, nada que pudesse engendrar para trazê-lo de volta, ou mesmo para saber aonde fora. Até aquela manhã. Naquela manhã, sua ideia fora uma comunhão, uma partilha, uma simpática camaradagem. Em um mau momento, talvez ele visse um de seus símbolos e voltasse para casa. Esse era um pensamento recorrente. Ela o imaginava desamparado, doente, quem sabe tendo seus pertences roubados, e, em seu momento de maior dúvida, talvez ele olhasse para cima, visse a marca como um sinal divino e soubesse que ela ainda estava ali, que ainda o amava, e, então, voltasse para casa. O fato era que ela precisava fazer alguma coisa.

Sharon olhou por sobre os ombros e tirou o estêncil da bolsa. Aproximou-se dos tijolos e esticou o molde sobre o muro, firmando-o pelas bordas. Ficou de costas para a rua, de modo a esconder o que estava fazendo. Então, tirou a lata de metal da bolsa e apertou o bocal. Ela escolhera tinta vermelha.

A mulher mal teve de mover a mão e estava pronto. Sharon ergueu o estêncil; agora o tanque e as palavras eram dela, seu mistério brilhando em vermelho em um muro de beco. Usara um estilete para adicionar a palavra "mãe" ao cartão, abaixo da mensagem original. Ela limpou o estêncil com um lenço de papel, voltou-se para a rua e o viu na saída do beco. Eaton Slavin estava bem à sua frente, bloqueando o acesso à rua, camisa amarela erguida acima de sua pequena barriga.

— Ah — disse ela. — Eaton?

O menino caminhou lentamente em sua direção, arrastando a mão pela parede.

Ela lutou contra o impulso de fugir. Ele chutava o chão com seus tênis grandes demais. Sharon puxou a bolsa até a dobra do braço e apertou-a com força. Atrás de Eaton, uma faixa alta de luz diurna pairava além do beco.

— Eaton?

Ele não respondeu, e não parecia estar realmente olhando para ela. Seus olhos estavam voltados para baixo, para os cantos atrás dos pés de Sharon.

Quando o menino estava a alguns passos de distância, parou, girando em um dos calcanhares, e olhou para a parede. Ele estendeu a mão, tocou a tinta vermelha e voltou com o dedo molhado. Finalmente, Eaton olhou para a professora, que não sabia o que esperar daquele confronto.

— Você era um deles? — perguntou o menino.

Sua voz soou tão infantil que ela expirou aliviada.

— Um deles quem, Eaton?

— Os que andam com camuflagem.

— Eu não sei... Você está dizendo que as pessoas que pintam estas imagens vestem roupas camufladas?

Ele assentiu vigorosamente. Sharon fez uma careta quando se inclinou em direção ao menino, as costas tomadas por fisgadas.

— Eaton? Você sabe onde estão essas pessoas?

Ele balançou a cabeça em negativa e olhou para o chão.

— Como eles se chamam?

Ele deu de ombros.

— Posso mostrar outros lugares onde eles desenharam isso. — Ele apontou para a pintura na parede. — Você não é um deles?

— Não, querido — respondeu ela. — Estou procurando um deles.

Ela gentilmente virou o menino em direção à rua e manteve a mão em suas costas enquanto saíam do beco. Suas formas eram tão insignificantes contra os edifícios quanto insetos em um desfiladeiro.

Ela caminhou perto de Eaton enquanto ele a guiava ao longo da calçada rachada. Sharon podia sentir as pessoas nas varandas olhando para ela, mas manteve os olhos voltados para a frente com rígida determinação. Seus tornozelos estavam inchando, dava para sentir, e ela se preocupava com o estado em que estariam seus pés quando chegasse em casa.

Caminharam menos de dois quarteirões. Eaton guiou a professora por um labirinto de becos interligados. Ela podia ver o menino brincando ali, vasculhando e mapeando cada rota nova e estranha daquele labirinto de tijolos e vidro, verões inteiros passados sozinho, navegando por aqueles canais secretos. Ela sabia que talvez ele só tivesse visto uma vez uma pessoa de roupa camuflada fazendo uma pichação. Adam tinha uma camiseta camuflada, mas ela não conseguia se lembrar se estava entre as roupas que ele levara.

Saíram perto de uma mercearia tailandesa, e Eaton apontou para o muro ao lado. Ao menos vinte cópias do estêncil haviam sido pintadas em estreita sucessão ao longo daquele muro. Em azul.

O primeiro tanque estava um pouco borrado, e lágrimas azuis escorriam de seus contornos sobre as palavras *Estado Policial.* Os dois seguintes eram mais suaves, desvanecendo nas bordas, pintados com rápidas rajadas de spray. Eaton ficou ao lado da professora, chutando a parede com a ponta dos pés. Toda a parte da frente de seu tênis parecia desgastada. Os últimos dois tanques eram os mais claros e mais bem definidos. Todos haviam sido pintados em uma linha razoavelmente reta. Adam sempre fora capaz de traçar uma linha reta.

Sharon deu meia-volta. A rua era mais estreita ali, algumas casinhas junto a silenciosos edifícios de pedra, menos pessoas circulando. Olhou para a direita e para a esquerda, a calçada estreita e vazia, um céu branco e nublado pairando sobre os telhados. Ela pegou a lata e o estêncil, aproximou-se da parede e firmou o molde embaixo do grafite azul.

— O que você tá fazendo? — questionou Eaton.

Ela quase se esquecera dele.

— Estou procurando uma pessoa. Você não entenderia, Eaton. Mas é muito importante. Vá brincar.

— Quem você está procurando?

— Eaton, por favor! Fique quieto. Estou tentando encontrar alguém e preciso que você fique quieto. Isto é muito, muito importante. Vá brincar. Volte para casa.

Ela se virou para a parede e pressionou o bico da lata duas vezes, e dois jatos de tinta borrifaram a parede através do estêncil, manchando ligeiramente sua mão. A marca ficou logo abaixo dos tanques azuis.

Ela se virou para Eaton, que permanecera ali, observando.

Sharon voltou a se inclinar para a frente, ombros rígidos, desta vez para pedir que o menino guardasse segredo. Ela lhe daria todas as revistas de histórias em quadrinhos que tomara. Contudo, ao baixar o rosto, viu por sobre o ombro de Eaton um policial sair do beco. Em apenas cinco passos, ele estava ao seu lado.

O policial era baixo e atarracado, uniforme azul-escuro apertado sobre o peito, cabelo ruivo visível sob o quepe. Ele meneou a cabeça para ela e parou logo atrás de Eaton, que olhava para Sharon. Então o menino se virou e viu o policial.

— O que é isso aqui? Está pichando os muros outra vez, Eat? — O policial apontou para a lata e para o estêncil nas mãos de Sharon e balançou a cabeça, decepcionado. — Acho que sua mãe não vai gostar de saber disso. Nem seu supervisor.

Era a primeira vez que ela via Eaton demonstrar uma emoção dramática, olhos arregalados como lanternas, a cabeça balançando furiosamente.

— Não fui eu! Eu não fiz nada!

O policial olhou para a tinta fresca na parede e se virou novamente para a lata na mão de Sharon.

— Então o que é isso?

— Foi ela quem fez! Era ela quem estava fazendo!

O policial olhou para Sharon, para seu corpo volumoso, para os óculos que faziam seus olhos parecerem inflados. A tinta de tom castanho que a professora usava em seu cabelo o ressecava, de modo que ela o mantinha curto e em camadas. Ela mesma achava que, com o passar do tempo, seu rosto acabou se tornando uma bola de softbol. Seu casaco estava limpo e sua bolsa era um grande saco amarelo acolchoado comprado havia três décadas.

— Quem é você? — perguntou o policial.

O uniforme, a sua autoridade, provocou-lhe um pânico que ela jamais sentira anteriormente.

Sharon sentiu os olhos se encherem de lágrimas, a voz embargada.

— Sou professora dele na escola.

O policial olhou para Eaton e para a lata nas mãos de Sharon. Ele ajustou o quepe, parecendo ter entendido alguma coisa.

Então, pegou o menino pelo braço.

— Foi ela quem fez!

— Ahã. Vamos falar com sua mãe, Eaton. — O policial acenou para Sharon. — Não se preocupe. Vou levá-lo para casa.

Ele estendeu a mão e tomou-lhe a lata de tinta e o estêncil. Ela os entregou sem resistência, a boca aberta e afônica.

O policial mostrou os objetos para Eaton.

— Acho que sua mãe vai querer ver isso aqui.

Agora, o garoto estava quase uivando:

— Diga para ele! Diga para ele! Não fui eu!

Algumas pessoas entreabriram as portas de casa e assistiam à cena. Seus rostos permaneciam ocultos atrás das portas, apenas o brilho de seus olhos visível. Na rua, prevalecia uma luz cinzenta. Eaton implorava enquanto o policial o arrastava pela calçada. Sharon estava tão aterrorizada, tão necessitada de tomar uma atitude, que ficou paralisada. Seus pés não saíam do lugar e sua boca se entreabriu ligeiramente. O policial dobrou a esquina com Eaton, e os dois desapareceram. A professora olhou para suas mãos nodosas, manchas vermelhas nas pontas dos dedos, e ouviu o menino gritar mais uma vez: "*Foi ela quem fez! Foi ela quem fez!*"

Mais uma vez, Sharon se deu conta de que o estêncil lhe fora tirado.

A escola ficou estranha depois disso. Eaton faltou dois dias, e, quando voltou, permaneceu quieto e sem falar em sala de aula. Ela o vira conversar com Lester e DeRay, mas essa foi a única evidência de que o menino não estava mudo.

Ela devolveu a pilha de revistas de histórias em quadrinhos que tirara dos garotos, colocando-as sobre a mesa de Eaton. Ele não tocou na pilha e não olhou a professora nos olhos. Simplesmente desviou o olhar para o quadro-negro na frente da sala. Seus dois amigos tomaram-lhe as revistas e Eaton não se queixou.

Ultimamente, o cabelo de Sharon vinha rareando e seus pés ficavam dormentes e formigavam durante o dia. Os garotos olhavam para ela durante o recreio, do outro lado do campo de futebol, e agora ela sentia que, quando a viam, eles a conheciam, a conheciam de uma forma que ela ainda não compreendia. Acima de tudo, ela não suportava a ideia de um destino não merecido.

Sharon fechou a porta do quarto de Adam e a deixou assim, sentindo que o espaço se tornara acusatório, e se sentia culpada quando passava por lá, como se tivesse perdido algo que lhe fora confiado.

O outono chegou. As folhas das árvores peladas tornaram-se uma colagem luxuriante de cor intensa. As ruas ficaram molhadas. Panfletos eram distribuídos, muros eram repintados. Eaton não voltou para a escola após o feriado de Natal.

A provação final ocorreu no início de fevereiro.

Ela estava sentada em frente à televisão, ao lado de um aquecedor elétrico, tomando uma tigela de sopa. Agora, sempre que possível, usava uma touca de banho sobre o cabelo. Seus pés estavam em uma imersão de sal de Epsom e bicarbonato de sódio.

A matéria principal do noticiário era sobre uma bomba que explodira na cidade naquele dia. A tela mostrava imagens tremidas de uma loja de departamentos onde ela costumava fazer compras, e toda a fachada fora destruída, pequenos focos de incêndio erguendo-se em meio aos destroços de vidro e tijolo. O vídeo era indistinto, pessoas gritando, chorando. Ela ouviu atentamente, já sentindo uma pontada quase imperceptível na nuca. Sharon baixou a colher na tigela e colocou os óculos.

A repórter tinha a pele muito escura, daquela mesma vaga etnia que Sharon começava a ver cada vez mais. A mulher falou sobre uma mensagem enviada às autoridades na qual um grupo terrorista assumia a responsabilidade pela explosão. O grupo se chamava Os Libertistas. Alegavam que aquela cadeia de lojas de departamento pertencia a interesses sauditas que contribuíram significativamente para a campanha de reeleição do presidente. Quatro pessoas morreram na explosão. Outras onze ficaram feridas. O rosto de Sharon pairava sobre o brilho verde da televisão.

A imagem da repórter deu lugar a três retratos falados, desenhos em preto e branco de homens que a polícia estava tentando identificar. Os retratos eram um tanto grosseiros, mas ainda assim ela ofegou ao reconhecer um deles. O terceiro retrato mostrava um jovem com cabelo claro e comprido, olhos intensos, traços familiares, magros e angulosos.

Não, disse a si mesma. Aquilo era sua imaginação trabalhando.

Havia um número de telefone na parte inferior da tela e um pedido para que os telespectadores ligassem caso reconhecessem algum daqueles homens. Era ridículo, pensou, tirando os óculos e voltando a olhar para a tela. Não, definitivamente não, podia ver agora. Mas mesmo assim. Seu coração estava ferindo a própria câmara, chocando-se contra sua parede de ossos frágeis. Ela desligou a televisão.

Sharon levou a tigela até a cozinha, lavou-a e a colocou de lado. Pela janela em cima da pia, a noite era negra e assobiava baixinho. O leve tamborilar da chuva. Ela imaginou as pessoas na explosão, os focos de incêndio, a força do deslocamento de ar.

Do lado de fora da janela, ouviu um cachorro latindo. Sharon pensou em Eaton perseguindo o cão. Ela ainda via a criatura mancando, evitando as pedradas. Ouviu o latido outra vez, agora diferente, mais alto, acelerado, como se o cão estivesse em perigo.

Se houvesse um destino imerecido, ela ainda assim precisava acreditar que de algum modo o merecera. Uma vaga culpa substituíra certas partes de sua determinação, mas, até agora, não a sua fé. A fé, ela mantivera intacta. Ela não sabia por que as coisas lhe escapavam ao longo dos anos, por que lhe era permitido tão pouco, mas Sharon estava habituada a aceitar aquilo como parte de um plano justo e de longo alcance. E sua culpa não era do tipo que ela pudesse expiar; ela não se permitiria entender aquilo.

O cão lá fora continuou a latir e o vento aumentou seu suave assobio. Em seus pensamentos, ela podia ver claramente o cão deitado sob uma árvore, ferido, aninhado ao lado de uma pedra, um lugar seco. Ela podia sentir o cão enrodilhado com seus ferimentos, esperando a noite passar, incapaz de se lembrar de como chegara àquele abrigo.

Terra assombrada

Meus dedos deslizam sob a blusa de Tsuny e seguram o fecho de seu sutiã. Ela afunda debaixo de mim, sobre o mato alto, e os talos crepitam sob nossos corpos enquanto minha mão mapeia suas costelas e percorre suas costas macias até a umidade na base de sua coluna. Fora deste matagal fica o pasto aberto onde dizem que alienígenas desembarcaram há duas semanas. Estou tentando despir Tsuny durante um outono em que nossa cidade, Big Lake, está repleta de relatos de demônios e OVNIs. Pessoas em um Buick disseram terem sido perseguidas por luzes voadoras na estrada. Um cara da minha escola tem uma tia que se mudou para Houma porque, por duas noites seguidas, enquanto lavava louça, ela viu uma figura humanoide, escura e peluda, olhando para ela do quintal.

Mas não importa, porque tudo isso fica no outro lado do matagal, não aqui embaixo. Nossa respiração é quente e minhas mãos continuam se mexendo, buscando um caminho aberto. Ela se move comigo, bloqueando a cintura da saia. Esse é o nosso conflito, e o repetimos com espírito frustrado, desalentado, como uma discussão que estamos cansados de ter.

Hoje, antes de estender o cobertor preto, Tsuny parou ao meu lado e olhamos para além da grama alta, até a outra extremidade do arrozal. Avistamos um círculo queimado no chão da fazenda de Leon

Arceneaux, no lugar onde ele diz que pousou uma espaçonave. Todo mundo já viu. Mas hoje, antes de enrolar minha mão no cabelo preto e pesado de Tsuny, ambos vimos o Sr. Arceneaux convocar dois rapazes para ajudá-lo a estender no alto de seu telhado uma faixa de BEM-VINDOS em grandes letras vermelhas. O Sr. Arceneaux não trabalha desde que a prefeitura fechou a refinaria de petróleo em Big Lake. Sei disso porque ele trabalhava lá com meu pai. Acho que, com a faixa e a espaçonave, ele está tentando se interessar por alguma coisa, o que é bom, porque aqui, nas áreas pobres da pradaria, se você não se mantiver ocupado, o tempo e o sol vão deixá-lo maluco.

Estou ocupado com Tsuny. Olho para onde nossa pele se encontra, meu braço branco contra seu belo braço marrom. Sua cor mistura o vietnamita da mãe com o negro do pai. Ela tem os lábios fartos do pai, o nariz pequeno e os olhos puxados da mãe. Sua saia, enrolada em meu punho, é da escola católica que ela frequenta, a Nossa Senhora de Lourdes. A lã em minha mão, o padrão xadrez em tons de cinza, amarelo e azul-marinho me provoca uma sensação intensa, assim como sua pele, e desejo ser modificado por aquilo.

Ela vai para a mesma escola que rapazes uniformizados com calças cáqui e camisas sociais azuis enquanto hoje estou vestindo o mesmo jeans de sempre, meu traje OG 107 Utility de operações na selva da loja de artigos militares, onde gasto boa parte do dinheiro que ganho com reciclagem. Meus calçados são botas de combate FG, e desisti de tirá-las quando estou com Tsuny. Tenho medo de que o esforço estrague o ímpeto, e, se isso acontecer, ela jamais se deixará levar pela paixão. Então, paramos ao mesmo tempo e nenhum avanço real é feito nos territórios em disputa. Estamos ofegantes. Um golfinho prateado brilha no pescoço de Tsuny, e sob ele repousa a etiqueta de papel de seu escapulário.

— O que estamos fazendo? — pergunta ela.

Eu não sei como explicar o que estamos fazendo. Tsuny pode estar me perguntando por que fazemos essas coisas aqui no mato, mas não vamos ao cinema ou ficamos de mãos dadas no shopping.

É 1983, e tenho um mapa do Vietnã pendurado em minha parede. Tirei-o de uma *National Geographic* quando tinha oito anos, e o formato de foice de seu litoral se tornou tão familiar para mim quanto o céu. Meu pai voltou do Vietnã quando eu tinha seis anos, mas eu já vinha acompanhando a guerra na TV antes disso. O Vietnã é fogo e pré-história para mim, a razão de meu pai não ser bom em números e a razão para minha mãe ter começado a trabalhar na Shetler Insurance. Meu nome é Neal Lemoine, e o Vietnã faz parte de mim de uma forma que não consigo entender, algo herdado, como um nome do meio. Ultimamente, tem-se falado muito sobre aquele filme, *Contatos imediatos*, mas eu não assisti. Os novos filmes me causam tédio, e os atores são horrendos. Eu não jogo Pac-Man, Dungeons & Dragons nem pratico esportes. Tenho um bom aperto de mão.

Escorrego um dos dedos pelo flanco marrom da barriga de Tsuny e ela o detém no alto da saia. Eu a imagino em minha cama, onde ela nunca esteve, sob o mosquiteiro que pende sobre o colchão. Retalhos de tecido camuflado estão espalhados sobre o dossel e, à noite, imagino helicópteros quebrando o silêncio dos pântanos, grandes máquinas sem peso flutuando para baixo, achatando o mato com o soprar de suas hélices. A divina voz elétrica repleta de estática fala palavras arcanas: *Bravo, Eco, Alpha, Charlie.*

Temos quinze anos e penso que Tsuny está prestes a se render, que em breve essa luta acabará e os termos do cessar-fogo marcarão em mim uma transformação definitiva.

Nós nos levantamos e ajeitamos nossas roupas. Fechamos botões e zíperes, e, quando nossos olhos se encontram, desviamos o olhar.

— Posso ficar mais tempo amanhã — diz ela. — Meus pais vão a uma festa.

— Que bom.

Observamos o Sr. Arceneaux desenrolar fios para os holofotes que os rapazes instalaram no telhado, onde estenderam a faixa de BEM-VINDOS.

Tsuny só precisa subir uma colina para voltar para a escola, onde os pais pensam que ela está treinando na equipe de atletismo. Eu preciso andar cinco quilômetros em outra direção, a leste da Parish Road 90, até dobrar na Ryan Street, e em seguida ao longo da margem do lago, em direção ao centro. O centro da cidade compreende fileiras de ruas vazias, janelas opacas, postes quebrados. A placa da antiga loja da Sears é escrita em letra cursiva em um cor-de-rosa desbotado e faltam as duas últimas letras. Quando olho para a placa com meu binóculo de campo, consigo ver a costa do golfo mais atrás, e a palavra que restou no letreiro, Sea, mar em inglês, se transforma em um anúncio publicitário. Conheço a cidade. Às vezes deixo de ir à escola para fazer reconhecimento. Quando passo por um estacionamento, sei que ali foi travada uma batalha entre bandos de mercenários na Guerra Civil. Sei que o pequeno obelisco maçônico perto do Centro Cívico é o lugar onde um marinheiro estrangulou a namorada em 1956, e sei que Jean LaFitte tinha um esconderijo no lugar onde hoje há um drive-through de frutos do mar, ao lado de uma pedra enorme repleta de poços e cavernas. Do outro lado do lago, ainda se erguem as refinarias, agora fechadas, volumes de aço e tubulações de metal que parecem uma cidade construída para insetos robô. Ao sol poente, imagino helicópteros Cobra e bombardeiros classe arc light rugindo no céu e despejando suas bombas, explodindo essas refinarias mortas e limpando as margens do lago. Uma brisa oleosa, com cheiro de peixe, sopra da água. Mais ou menos a cada quinze anos, as águas do lago e do golfo sobem, e sei que, por duas vezes na história, tudo neste lado da cidade foi inundado, arrancado e espalhado pelas ondas marrons. As pessoas construíram barreiras com sacos de areia que a água levou. Nas fotos desse dilúvio, os sacos parecem dezenas de dentes flutuando sobre café. Estou saindo com Tsuny há duas semanas, mas eu a conheço desde quando éramos crianças. Ela não parece se importar com nosso segredo.

Não sei como serão as coisas para nós.

Nosso bairro além do centro é chamado de "Distrito Histórico de Charpentier". Os *Charpentier* eram carpinteiros acadianos que construíram estranhas casas fora de prumo que lembram desenhos do Dr. Seuss. Meu pai tenta enfiar macarrão com queijo na boca de Lyla enquanto assiste ao noticiário. Sua boca está sempre um pouco aberta, e ele não está realmente prestando atenção na tarefa. Lyla tenta dar um tapa na colher, mas não consegue alcançá-la por causa da cadeira alta de bebê. Estou sentado na mesa da cozinha comendo uma lata de ração de combate fria. Pergunto quando minha mãe estará em casa.

— Ela vai trabalhar até tarde — responde meu pai lentamente. — Eles estão ocupados se preparando para aquele negócio em Baton Rouge.

Minha mãe é a única secretária da Shetler Insurance. Na maioria das noites, ela chega em casa após as nove, e precisa comparecer a um monte de conferências nos fins de semana. Ela trabalhava lá quando eu era criança, mas se demitiu quando meu pai voltou para casa. Quando as refinarias fecharam, ela voltou ao antigo emprego e é meu pai quem fica em casa cuidando de Lyla, que está com macarrão agarrado em seu tufo de cabelo preto.

Meu pai tem ombros estreitos e caídos e cabelo louro curto. Meu cabelo é castanho e sou quinze centímetros mais alto do que ele, e uns trinta quilos mais pesado. Por ser pequeno, ele entrou em muitos túneis vietnamitas, e eu vi a cicatriz branca e retorcida que se estende de seu ombro até a base de sua coluna. Ele é um homem hesitante, como se estivesse sempre tentando se decidir a respeito de alguma coisa. Temos uma Zenith de 27 polegadas e um novo videocassete, e ele passa o tempo todo sentado diante da tela com Lyla. A TV tem rodinhas para que ele possa puxá-la para a cozinha durante o jantar.

No momento, o noticiário fala sobre uma van vermelha que chegou à cidade e sobre as pessoas dentro dela. O tal grupo veio entrevistar os moradores sobre as coisas estranhas que vêm sendo avistadas por aqui recentemente. O noticiário diz que essas pessoas incutiram no conselho municipal a ideia de que o caminho para revitalizar a economia é vender Big Lake como um centro de eventos paranormais, assim como Roswell, no Novo México. A luz branca do noticiário tremula no rosto de meu pai. Ele largou a colher e não está vendo Lyla enfiar as mãos na tigela de macarrão. O resto da casa atrás da TV está às escuras.

— O que você acha de tudo isso? — pergunto, apontando para a tela.

Ele dá de ombros.

— Bem, eu não sei, não dá para dizer.

Ele divaga um pouco, e seus olhos parecem vidrados à luz branca da TV. Percebo que ele esqueceu que estava dizendo algo quando o âncora volta a falar.

Ele acha que não sei o que anda fazendo. Nas últimas noites, meu pai tem ficado no quintal até muito tarde, apontando para o céu um velho telescópio de alcance ajustável, de um antigo modelo de atirador de elite. Ele fica ali sozinho, vasculhando o céu, e isso me irrita. Não estou acostumado a vê-lo interessado por coisa alguma. Seus silêncios não me incomodam, porque ainda penso em meu pai como uma consequência, um resultado, uma árvore desfolhada pelo Agente Laranja. Mas vê-lo usar um telescópio tático para observar as estrelas me deixa nervoso e preocupado. Isso talvez faça eu me lembrar de mim mesmo, remando em meu skate pelas ruas desertas, vasculhando telhados e janelas com meu binóculo. Mato mais aulas do que deveria, mas as salas não têm janelas, as carteiras são apertadas e, quando estou ali, sinto-me cada vez mais amedrontado.

Há pilhas de garrafas de refrigerante e latas de cerveja vazias em sacos plásticos empilhados a um canto da cozinha. Eu os levo à fábrica de reciclagem sempre no segundo sábado do mês. As caixas de pizza estão na bancada da cozinha desde terça-feira, e, depois que escovo os dentes, vejo que novamente estamos sem papel higiênico.

Madeira range e se acomoda quando caminho até meu quarto. A luz que entra pela janela assume um padrão aquático por causa do mosquiteiro, como luz em uma parede ao lado de uma piscina. O mapa flutua no escuro, e o extensor que uso para desenvolver meu aperto de mão fica na cômoda mais abaixo. Vejo o borrão marrom do país e penso na baía de Cam Ranh, o Golfo de Tonkin logo acima. No fundo de meu armário, em uma caixa de campo verde e acolchoada, guardo uma faca de combate Mac-Song, meu binóculo e uma fina caixinha de plástico chamada pacote de campo do soldado, que inclui uma caixa de fósforos à prova d'água, um poncho ultrafino, barbante, uma bússola plana, antibióticos e um preservativo em um invólucro verde-oliva. Não sei se o preservativo ainda está dentro da validade.

De minha janela, posso ver meu pai no quintal, apontando o telescópio para o céu. Seu corpo parece feito de cinco palitos, e seu rosto permanece fixamente voltado para as estrelas. Ele caminha para a frente e para trás, então se detém ao luar e se vira devagar, sem desviar os olhos. Tenho a sensação de estar vendo uma estranha variação do balé em que os movimentos supostamente significam algo, e isso me deixa desolado.

O pai de Tsuny trabalhava na refinaria com meu pai, mas ele se demitiu há muito tempo, comprou um barco para pescar camarão e agora possui vários. Eu tinha oito ou nove anos quando meus pais e os pais de Tsuny se reuniam nos Dias do Contrabando. Uma roda-gigante toda iluminada e, a meia distância, bandeiras se agitando sobre as tendas, o som de garrafas quebrando no estande de tiro, um acordeão e uma *washboard* soando nos alto-falantes, enquanto um cantor cantava em francês. O lago estava iluminado por fogos de artifício, homens atrás de balcões mandando as pessoas se levantarem, risos, cheiro de carne frita e especiarias apimentadas. As barras de néon da roda-gigante tingiam de escarlate o cabelo de Tsuny, que era soprado contra o meu rosto, nós dois sentados no banco, rígidos. Ela não olhou para mim nem disse nada enquanto rodávamos. Todas as luzes abaixo de nós se moviam através de seus olhos.

Os faróis do carro de minha mãe passam pelas cortinas de meu quarto e iluminam meu pai no quintal. Ele continua olhando para cima durante alguns segundos, e, então, baixa o telescópio e se arrasta para dentro enquanto ouço a porta do carro de minha mãe se fechar. Ouço tilintar de chaves, seus passos pela casa, mas nenhuma voz pelo resto da noite.

Antes de sair pela manhã, eu como uma maçã, e o presidente, um ator idoso com cabelo realmente cheio, me diz para eu não ter medo, embora tenha dito que há muito a temer. Meu pai está dormindo na poltrona reclinável com Lyla sobre o peito. Ela está chupando o polegar e assistindo a algum programa com fantoches. O céu estremece em sua extensão cinzenta e ondulada, o ar úmido ribomba. Só então percebo que não vou para a escola hoje.

Em vez disso, pego o binóculo, minha faca Mac-Song e o poncho de meu kit militar GI e remo de skate pela parada de ônibus, descendo a ladeira em direção ao lago e aos edifícios vazios que estão sendo fendidos por raízes e sufocados por kudzu. Uma garoa morna começa a cair e o poncho se agita às minhas costas enquanto passo por fogões e geladeiras enferrujadas e evisceradas, abandonadas entre as ervas daninhas, uma cabana de tijolos anônima em meio à grama. Estendo meus braços e o poncho parece um par de asas. De pé sob um guarda-chuva, um senhor negro me ergue o polegar quando passo voando por ele.

Meu pai só começou a observar o céu quando o Sr. Arceneaux contou sua história. Ele disse que uma coisa pequena e prateada saiu da nave espacial que pousou em seu quintal, e que esta coisa falou com ele através do pensamento e prometeu voltar. No noticiário, ele disse: "Veio do espaço sideral."

Sua mulher disse que era verdade, e lá estava o grande círculo queimado em seu gramado, de modo que todos começaram a dizer que estavam vendo coisas, objetos no céu, o pé-grande agachado em uma sombra, um monstro pré-histórico nadando sob o lago. Passo pelas casas em ruínas e pelas docas afundadas à margem do lago. Lembro-me de ter ido com minha mãe a uma festa em uma dessas casas quando eu era pequeno, e minha mãe dançou no cais. A água fervilha com a chuva, e um plesiossauro pode estar nadando em algum lugar ali no fundo. Posso ver o monstro marinho erguendo a cabeça da água e destruindo a ponte da I-10. Então a chuva passa e surge um sol brilhante e vaporoso. Finalmente, paro na periferia do centro da cidade e subo uma colina. Uso o binóculo para olhar para um ponto a um quilômetro de distância, a faixa branca de BEM-VINDO no telhado do Sr. Arceneaux. Há uma van vermelha parada diante da casa que reconheço como a que vi no noticiário. O terreno fica em um vale entre duas colinas e, além da colina mais distante, fica a escola de Tsuny.

Ela me faz perguntas. Tsuny quer saber por que todos os garotos que conhece estão zangados, e acho que está se referindo a mim. Vê os caras olharem fixamente para suas pernas quando ela as cruza, ou baixarem os olhos até o botão aberto no topo de sua blusa e ficarem sem fala. Ela disse que somos todos lastimáveis. Ela lê muito. Mas eu gosto muito de me mexer, não dá para ler com a mesma frequência que ela.

Atravesso o matagal alto, os arrozais alagados, e sigo rumo ao sul. Meus dedos se mexem sobre as hastes molhadas e uso a lâmina da faca para cortar os talos maiores, imaginando usar o cano de um M-16 para cortar o mato. O odor de ferrugem das máquinas agrícolas que pontilham esse lugar pesa no ar, e não é difícil imaginar que o cheiro vem de cápsulas de morteiros ou de helicópteros abatidos.

Por volta das três da tarde, Tsuny acena por entre as cerdas marrons do matagal.

Nós nos cumprimentamos e eu a beijo. Ambos olhamos para a casa do Sr. Arceneaux. Os dois rapazes de ontem estão arrastando mesas de piquenique até o quintal.

— Você viu as pessoas na van vermelha? — pergunto, apontando para a van parada na frente da casa do Sr. Arceneaux.

— Eles acabaram de sair da nossa escola, estavam falando em uma assembleia. Querem que a gente fique animado com tudo isso que está acontecendo.

Sua blusa branca brilha em determinado ângulo e seu rosto e braços pardos parecem sustentados por aquela luz. Posso sentir seu perfume, e a forma como a saia pende de sua cintura me faz estender as mãos para tocá-la. Baixamos nossas mochilas e ela desenrola a colcha preta que cheira a suor e naftalina.

Ela tem gosto de alguém que acabou de comer um doce, e sua pele sob meus dedos quase me faz tremer. Sempre fico um pouco triste quando fazemos isso, embora não saiba por quê. Sei apenas que tocá-la faz eu me sentir como quando passo pelas docas vazias onde vi minha mãe dançar, ou vejo os terrenos junto ao lago onde os Dias do Contrabando costumavam ser celebrados. Minha mente me confunde, por isso eu me apresso, e logo ela está afastando minhas mãos de sua saia.

Finjo estar zangado.

—Vamos ficar nessa para sempre?

Ela revira os olhos e suspira. Então, volta a cabeça para mim, alguns fios de cabelo caindo sobre seus olhos.

— Mais uma vez, por que você se veste como um veterano de guerra maluco?

— Este tecido respira melhor do que o que você está vestindo. É feito para este clima. É confortável.

—Tanto faz.

—Você não está cansada de brincar? Nós nunca chegamos a lugar algum.

— Cale a boca — diz ela, batendo no meu braço.

Deitamos de costas, as mãos dadas, ofegantes. Uma brisa fresca rente ao chão desprende as gotas de chuva dos talos acima de nós, e a sombra é fresca e silenciosa.

Mais tarde, estou de olhos abertos e é quase noite. Tsuny acorda ao meu lado e pergunta que horas são. Meu relógio de campanha diz que são 19h. Começo a dizer que não é assim tão tarde, mas paro no meio porque percebemos fortes luzes brancas brilhando acima do matagal, e, por um segundo, acredito que talvez algo vindo do céu tenha chegado até nós, alienígenas ou algo parecido, e o medo corre com força pelas minhas costas. Mas então ouço o vozerio. Muitas pessoas falando ao mesmo tempo. De algum modo, estamos cercados. Então, por apenas um segundo, com as vozes, a escuridão, o zumbido, o chilrear dos insetos e com Tsuny ao meu lado, não consigo deixar de pensar que estamos no Vietnã, no meio da selva. Em silêncio, reunimos nossas coisas e nos deslocamos rente ao chão. Olho para suas pernas e seus quadris enquanto rastejamos até o limiar do matagal.

O campo do Sr. Arceneaux está repleto de gente. Os três refletores em seu telhado estão voltados para as nuvens e iluminam sua faixa de boas-vindas. Há pessoas por toda parte, sentadas em cadeiras de jardim ou em mesas de piquenique. Vários homens estão de pé conversando e fumando cigarros. Uma mulher faz crochê na carroceria de uma picape. Algumas pessoas estão diante da van vermelha, conversando com outras cinco ou seis. Mais tarde, descobrirei que esta é a noite em que o visitante alienígena do Sr. Arceneaux prometeu voltar.

— Idiotas. — Tsuny revira os olhos, e começamos a nos afastar do quintal, de volta ao outro lado do campo.

Mas então vejo que uma das pessoas perto da van é meu pai. Tsuny deve ter percebido que algo está acontecendo comigo, porque pergunta:

— O que foi?

— Meu pai está ali — digo.

Ela olha para além de mim por um segundo.

— Ele é baixinho — observa ela. — Aquela é a sua irmã?

Meu pai aperta Lyla contra o peito; ele é o sujeito mais baixo da multidão. Ele não está ao lado de ninguém, mas mantém os olhos fixos no sujeito que fala diante da van. Pelo modo como seus olhos estão semicerrados, vejo que está mesmo prestando atenção.

O orador é um sujeito gorducho vestido de preto. Ele acena com um livro e diz que todos devem comprar aquele livro que ele escreveu, porque trata justamente do tipo de coisa que as pessoas estão avistando por aqui. O livro se chama *Esta terra assombrada*.

— Ouçam todos, há magia profunda no mundo — diz ele.

Diz também que existem alienígenas e anjos vivendo entre nós, guerras secretas em dimensões superiores.

Meu pai muda Lyla de braço e ergue a mão. Eu o ouço perguntar:

—Você acha que eles virão para nos ajudar?

A voz de meu pai nunca soou tão alta e clara, e sua pergunta ainda ecoa em minha mente. Sei que pensarei muito nisso daqui por diante. Contudo, quando estou tentando ouvir a resposta do sujeito, Tsuny toca a parte de trás de minha camisa. Fico tenso, mas relaxo quando a sinto beijar minha nuca. Então, como estamos os dois de quatro e nos beijando, perdemos o equilíbrio e caímos.

As pessoas ao redor da van se viram para nos ver caindo para fora do matagal, mas as sombras nos encobrem e pulamos de volta antes que qualquer um veja o menino branco e a menina negra com as roupas abertas. Ouço o grupo ofegar e parecer chocado, e Tsuny e eu corremos para o campo, com o poncho sobre a cabeça e o cobertor preto ondulando atrás de nós, pairando sobre o topo do matagal.

Tudo o que a multidão consegue ver é um cobertor preto oscilando e desaparecendo no breu acima da vegetação, e as pessoas gritam, surpresas e amedrontadas. O jornal do dia seguinte informará que o homem da van vermelha insiste em dizer que aquilo que todos viram no gramado foi uma "projeção psíquica coletiva".

Saímos do outro lado do campo e subimos a colina. Os terrenos abaixo brilham como um estádio de beisebol, com luzes e barulho. Mostro meu binóculo para Tsuny e o usamos para observar as pessoas, que estão se espalhando pela grama alta, creio que à nossa procura. Ambos nos encostamos em um pinheiro. Sua casca é áspera e pegajosa, e suas agulhas estremecem, como se houvesse algo no vento.

— O que foi? — pergunta ela.

— O quê?

— Você está chorando.

— Não, não estou.

Mas ela enxuga o meu rosto, que está molhado.

Nós nos viramos um para o outro novamente em meio aos aromas da floresta, da escuridão e do farfalhar das folhas de pinheiro que agora sei ser o som das lembranças, o som de pés descalços dançando em um cais de madeira, de anos se estendendo para a frente e para trás a partir daquele momento. Tsuny encosta o quadril contra o meu, usa a mão pela primeira vez e eu a ajudo com o botão e o zíper. Ela olha para mim, seus olhos se arregalam, curiosos, e percebo que será agora. No chão, puxando as minhas calças, ela parece forte e faminta. Suas mãos são quentes, e emito um suspiro que não sabia estar contendo. Eu a beijo atrás das orelhas, e suas mãos me deixam desatar sua saia. Bufamos e lutamos juntos.

Além de sua cabeça, vejo as luzes. Pessoas se movendo. Ela me encaixa dentro dela e ambos ofegamos. Penso estar ouvindo vozes lá embaixo, no campo, o sussurro do vento em meu ouvido, a respiração de Tsuny. Estou pensando muito e, então, sinto-me ausente, subitamente sem pensar em nada, sem ver, apenas sentindo-a, para onde estou indo.

Quando preciso parar, rolo para o lado e puxo a calça para cima. Sento-me perto dela, mas não quero ser tocado.

— O que foi? — pergunta. — Não estamos nos divertindo?

— Eu não sei. Não sei dizer.

Ficamos sentados um ao lado do outro, e não entendo por que estou triste. Quero ir embora, mas Tsuny me obriga a sentar e pousa a mão em meu pescoço. Lá embaixo, as pessoas pararam de vasculhar o campo e voltaram a beber e a conversar. Vejo meu pai, com Lyla, olhando para cima. Algo se aperta dentro de meu peito, mas sequer consigo entender se é assim que realmente me sinto.

Pergunto-me se as luzes e o matagal durante a noite fazem meu pai se lembrar do Vietnã, ou se talvez o remetam ao hospital cirúrgico em Tan Son Nhat. Aquele lugar com palmeiras altas onde chovia sempre. Ele descreverá tudo isso mais tarde, quando eu o induzir a contar histórias sobre o calor, os insetos e sobre os maiores medos que o deixavam paralisado no meio da noite.

No presente, eu me levanto e deixo a mão de Tsuny se separar da minha. Vejo as pessoas, ouço suas vozes e imagino a bacia sendo inundada, arrastando a todos, e sei que eles voltariam. A ideia sozinha me parece maior do que essas pessoas em particular, do que este lugar em particular. Parece que há algo novo dentro de mim. Algo menos pesado, e não sei como isso entrou aqui.

— Então, estamos nos divertindo? — pergunta ela.

— Vou lá embaixo um instante — digo. — Você me espera?

— Por quê?

— Eu só quero ir até lá um instante. — Guardo meu poncho e meu skate na mochila. — Espere um segundo. Por favor. Preciso fazer uma coisa.

Deixo a mochila com Tsuny e começo a descer em direção às pessoas no quintal.

Os holofotes iluminam o céu, e ouço o grupo conversando e rindo. Quando saio do matagal, vejo meu pai sozinho com a bebê em seu braço. Sei que um dia tudo acabará. Sei que minha vida e a vida de meu pai serão levadas pela enxurrada e que todas as coisas que vejo e amo serão varridas, restando apenas o mundo. Como se pressentindo a minha presença, o rosto de meu pai se vira das nuvens e ele olha para mim, um tanto de rabo de olho, como se eu fosse alguém que ele não tem certeza de realmente estar vendo. Ficamos parados, e, então, olhamos um para o outro.

Nepal

Setembro. Os bosques o retardaram. As cores dos bordos e dos olmos distraíram Thomas, dentes-de-leão brancos flutuando no ar ao longo do caminho, tudo um convite para que permanecesse ali. Ele vinha de casa, em Linn Creek, e cruzara com outros homens no caminho — uma migração de estranhos de bicicleta ou a pé, dirigindo-se até um ponto ao sul do Missouri onde havia um castelo inacabado. Quando ele tinha quatro anos, o pai lhe falara sobre aquele castelo virado para o leste, erguido por um ricaço, em um lugar chamado Ha Ha Tonka. Seu pai, Lars, era pedreiro e viera de Montreal em 1903, um entre centenas de trabalhadores trazidos de outros países para a construção de um castelo ao estilo europeu para Robert M. McRyder. Em uma depressão na estrada, o vento rodopiava, criando um pequeno tornado de folhas em uma clareira que, não fosse por aquele redemoinho, seria tranquila, e ele se deteve ali. Portava um antigo espelho de fazer a barba, um quadrado de vidro com cantos opacos e polidos como madrepérola devido ao hábito de esfregá-lo com a mão dentro do bolso.

A uns dez quilômetros do Ha Ha Tonka, um caminhão carregado de abóboras amarelas lhe deu carona. As árvores se curvavam em direção à estrada e cobriam a trilha para a cidade. Ele usou o espelho para captar a luz através da folhagem.

Thomas era vidraceiro e tinha uma profunda fé em superfícies. Havia as superfícies conhecidas e as desconhecidas. As superfícies eram repletas de pistas. Ele gostava de ler sua história e conhecer suas características. O rapaz era alto aos dezenove anos, escandinavo. No círculo de luz solar que se aproximava lentamente, ao fim do túnel de árvores, sentiu o lugar se erguer para recebê-lo, afetuoso, como um precioso estranho.

No alto de uma colina íngreme, o castelo bloqueava a luz do dia. Feixes de luz laranja criavam halos em seus muros, e ele viu homens enfileirados diante de uma grande tenda. Ao chegar a sua vez, ele apresentou dois vitrais para um homem com um livro-razão e disse seu nome completo:

— Thomas Knut Koenig.

O homem não olhou para cima.

— O que você faz?

— Vidro, senhor. Trabalho com isso. Fabricação, montagem. Qualquer coisa.

Isso foi em 1922. Robert M. McRyder, o ricaço, morrera em um acidente de automóvel em 1906, e seu castelo fora abandonado apenas com as paredes externas construídas, uma concha sussurrando ao longo de dezesseis invernos. Esperando-o, percebeu Thomas, embora, sempre que se deparava com novidades, geralmente sentisse que estas de algum modo haviam antecipado sua chegada.

Seu pai se estabelecera em Linn Creek, onde se casara e morrera quando Thomas tinha oito anos. Sua mãe voltara a se casar havia seis anos com um pastor erudito que tinha uma filha temperamental chamada Naomi. Agora, em 1922, os três filhos de McRyder juntaram recursos para completar a construção. Enquanto o homem com o livro-razão analisava seu vitral, Thomas observou o castelo: três andares de pedra bege, dez empenas, janelas que olhavam para o mundo com régia indiferença, nove estufas e uma torre alta de água.

Ele tentou ser analítico, mas aquela súbita realidade inspirou-lhe uma calma reverência. Thomas ficou um tanto atordoado, como quando acordava de súbito no meio da noite e era obrigado a remontar seu mundo sistematicamente, recitando o próprio nome e os nomes dos objetos em seu quarto.

Naquela época, ele sonhava todo o tempo, toda vez que caía no sono: cores vivas, sonhos intensos, "frequentemente se exaurindo em sua riqueza e perigo". Então, quando acordava, sentia-se cansado, como se tivesse voltado de uma longa viagem, e, em determinadas semanas, chegava ao ponto de estar sempre cansado e sempre sonhando, sem saber distinguir realidade de imaginação.

Ofereceram-lhe sete dólares por semana, menos dois para alimentação e alojamento, para que instalasse painéis nas estufas. Não era exatamente isso o que ele queria.

Ele queria criar um vitral que obrigasse as pessoas a olharem e inclinarem a cabeça, que gerasse silêncio entre os espectadores. O vidro para as estufas já vinha cortado no tamanho certo. O trabalho não exigia habilidade, muito menos arte; qualquer um poderia fazer aquilo. Contudo, achou o campo impressionante em sua beleza e variedade "com aquela aura sagrada que têm lugares antigos e intocados de pedra e vinha".

A maior atração do Ha Ha Tonka era uma fenda na terra em formato de olho de agulha. Havia muito tempo, águas subterrâneas e superficiais erodiram o leito rochoso, formando sumidouros, cavernas, nascentes, morros, desmoronando o teto de uma enorme caverna e criando um amplo abismo de quase um quilômetro de extensão. O castelo McRyder erguia-se ao largo desse abismo, e suas ruínas carbonizadas ainda estão lá atualmente.

Thomas caminhava pela borda do desfiladeiro. Ele sacou o espelho e refletiu um pingo de luz na parede rochosa à sua frente, através do abismo. Mexeu a mão e a luz se estendeu em uma forma romboide, passando sobre a geografia do lugar: penhascos marrons crivados de sombras, como a face da lua, paredes fraturadas de ardósia cinza com mais de noventa metros de altura, tufos de antigas samambaias e troncos de pinheiro. Seu professor, um velho italiano chamado Rossitto, dissera-lhe certa vez que a alquimia do vidro tinha duas faces: a que transformava mineral bruto em superfície lisa, que era o mesmo que vir do caos à ordem, e a que coloria a luz, que significava iluminar o invisível. Que fosse. Ele simplesmente desfrutou da revelação da luz sobre a face do penhasco em um gesto quase íntimo, como se a rocha confiasse nele.

Um escocês chamado Volta era o seu supervisor. Eles eram os únicos que trabalhavam nas estufas, e Volta falava bastante. Apesar de decepcionado com a tarefa, Thomas executava suas funções da melhor maneira possível. Ele queria produzir, sem se importar em fazer pausas, montando depressa os painéis de vidro — em um ritmo rápido demais para Volta. O escocês disse a Thomas para ir devagar, diminuir o ritmo de trabalho, mas foi ignorado.

No refeitório improvisado, uma tenda com bancadas de pinho, Thomas notou uma jovem criada. Ela era baixa, de pele escura, com grandes olhos pretos e um queixo pequeno, o rosto mais largo nas maçãs da face. Às vezes, como era o caso no momento, ele não percebia estar olhando fixamente para ela.

— Ande — disse a moça. — Há outros na fila.

A tenda abrigava aromas de pimenta, alho e manteiga. Em uma mesa, sentado com outros homens, Volta contava uma piada, o rosto semelhante a uma toranja vermelha sob uma peruca preta encaracolada.

— As mulheres de St. Louis são melhores do que qualquer texana.

— Se é o que você diz. — Um homem cutucou o braço de Thomas. — Veja. Ele sabe.

Ele sorriu e se sentiu desperto, vivo. Comiam feijão-verde, batatas, coelhos e esquilos.

— Eu vi um mágico em Kansas City que tirava a própria cabeça e caminhava com ela.

Outro homem disse que escalara montanhas em quatro continentes e falou sobre o Nepal.

— É mágico. Algumas neves de lá não são brancas, mas cor-de-rosa ou azuladas.

Ele disse que viu um homem santo levitar em um templo por mais de uma hora, enquanto recitava uma palavra que ele não conseguia repetir.

Os olhos de Thomas foram atraídos de volta para a garota. No rosto dela havia uma expressão alheia, uma clara distância entre seus pensamentos e o trabalho em mãos, e as duas coisas não pareciam conversar. Empunhava a concha com gestos automáticos, e algo essencial se revelou em sua figura, uma distração fundamental. Thomas sentiu um quê de reconhecimento. A curva de suas costas cobertas por um vestido azul trouxe-lhe à mente lembranças de sua meia-irmã, Naomi, especificamente dos olhos de Naomi nas ocasiões em que ela entrava em seu quarto vestindo uma camisola com o decote aberto, recém-saída do banho, o cabelo castanho encharcado e pingando, a camisola frouxa e transparente nas partes molhadas. Ela faria uma pergunta casual, se ele vira seu pente de osso de baleia em algum lugar, mas uma perversa provocação em seu olhar e o modo como ela estrategicamente segurava a vela revelavam suas reais intenções. Então ele ficava sozinho no escuro, ardorosamente desejando que ela entrasse no quarto e o agarrasse.

De volta às estufas, Volta apontou para três homens e quatro mulheres que caminhavam ao largo do canteiro de obras.

— São os McRyder. Bill, Leroy e Kenneth.

Aqueles homens se vestiam com roupas claras e rígidas, cabelo alisado bem rente ao couro cabeludo. Eles viviam com suas famílias em um conjunto de cabanas a menos de dois quilômetros da construção.

— Eles se ausentam frequentemente. Então, Abberline assume o comando.

Abberline montava um grande cavalo marrom e portava uma pistola de cano longo amarrada à perna para que todos a vissem. Costeletas cinzentas emolduravam sua boca pequena, enrugada, e ele trajava um casaco de lã e calças que o cobriam até pouco abaixo dos joelhos. Volta disse que Abberline era inglês. Para Thomas, o sujeito lembrava um falcão que certa vez ele vira empoleirado no braço de alguém. Quando sua cabeça mexia, parecia o mesmo movimento suave do tambor de um revólver se encaixando no corpo da arma.

Os McRyder passaram pelas estufas e acenaram para Thomas e para Volta. Uma das mulheres caminhava mais atrás — uma loura muito magra que seguia o grupo, segurando uma flor. Muito urbana em seu vestido verde e boina negra, remexia nas pérolas ao redor do pescoço, aparentemente decepcionada. Quando passaram, ela olhou para Thomas, mas voltou a encarar a flor, que agora ele via não ser de fato uma flor, mas um dente-de-leão.

Na hora livre antes do jantar, os homens jogavam cartas ou dados. De quatro, Thomas se aproximou da beira do abismo, examinando a poeira e a rocha pulverizada. A terra era rica em silicatos, cujos grãos escorriam por entre seus dedos, ásperos, quebradiços, e ele imaginou um fogo de recozimento para uni-los. Todos os dias àquela mesma hora, ele via a jovem criada indígena jogando damas com uma mulher corcunda de cabelo grisalho.

Ele seguiu ao longo do abismo até chegar a uma clareira, uma das muitas que pontilhavam a região, trechos secos do sudoeste habitados por aranhas e escorpiões da pradaria. Ao pé de uma pequena palmeira, viu uma tarântula ser atacada por uma legião de formigas-de-fogo.

Ele se agachou e observou durante vários minutos, até a aranha ser apenas uma superfície de formigas se contorcendo, sua estrutura começando a desmoronar lentamente.

A maioria deles ficava em um comprido barracão de cedro com beliches alinhados rente às paredes. Uma lareira ocupava totalmente os fundos do ambiente, o ar viciado repleto de fumaça, risos, maldições, vivas. Um índio enorme com traços graníticos jogava cartas e batia com o punho contra uma parede em sinal de frustração.

Thomas desenhava, escrevia receitas de vidro. Ele ofereceu um cigarro ao montanhista e pediu-lhe que falasse mais sobre o Nepal.

Certo dia, Volta o enviou ao castelo.

— Diga para o Sr. Abberline que vamos precisar de mais mistura para a argamassa. Nesse ritmo, estaremos sem nenhuma lá pela quinta casa.

Dentro do castelo, homens que ele reconheceu instalavam painéis em uma parede e dois outros arrastavam pedras compridas, usadas para construir uma escadaria sob um vertiginoso e abobadado teto de estanho. No chão, espalhava-se um enorme candelabro, um polvo de vidro dourado. Grunhidos ricocheteavam na pedra fria. Ao atravessar um corredor, as vozes desapareceram e ele foi capaz de ouvir os próprios passos.

Chegou a uma sala vazia, exceto por uma longa e estreita janela que se estendia do chão ao teto. Por um triângulo isósceles, uma luz suave e preguiçosa invadia o ambiente. Em frente à janela havia uma mulher de pé, de costas para ele.

Usava um vestido roxo, um xale preto e um chapéu em forma de sino. Do lado de fora da janela, uma fileira de cedros empoleirava-se à beira do penhasco.

— Com licença — disse ele.

Ela se virou, e Thomas percebeu que era a mulher que caminhava atrás dos McRyder segurando um dente-de-leão. Sua pele era pálida, seu rosto de traços precisos se erguia sobre um pescoço comprido. Ela parecia delicada o bastante para ter ossos ocos, uma sensação amplificada por seus olhos grandes e redondos, que estavam vermelhos nos cantos. O que sua mãe chamava de "veia artística" se revelava no olhar prolongado e silencioso que Thomas muitas vezes dirigia às pessoas. Na interação social, a necessidade de interpretar e questionar criou uma distância dentro dele — algo que reconhecia apenas como uma espécie de fronteira mental, uma janela pela qual podia olhar. Frequentemente, ele se aproximava demais das pessoas. Ele se aproximou demais da mulher na sala.

— Estou à procura do Sr. Abberline. Sabe onde ele está?

Ela enxugou os olhos, deu um passo para trás e balançou a cabeça em negativa. Quando Thomas lhe deu as costas, ela o chamou:

— Espere. Desculpe. Acho que ele deve estar na torre da caixa d'água. Sei que tiveram um problema por lá.

Um sotaque inglês articulava e enroscava suas palavras.

— Obrigado.

Ela continuou observando seu rosto de modo criterioso. Sua mão ergueu-se subitamente, como se para tocar-lhe a face, mas ela a baixou e deu outro passo para trás.

— Você está bem? — perguntou Thomas.

Ela se virou para a janela.

— Sim. Estou um pouco indisposta hoje, nada mais. É muito bonito aqui.

— Você é inglesa?

Ele também tinha uma maneira de falar que dispensava formalidades. Dirigia-se às pessoas como se as conhecesse bem. Talvez a ilusão de familiaridade tenha contribuído para o que aconteceu depois.

Ela assentiu.

— Sou sobrinha de Elizabeth McRyder. Ficarei com ela e com Kenneth.

— Aqui é um bom lugar. Tem bons depósitos de minerais.

Ela riu e franziu as sobrancelhas, curiosa.

— Meu nome é Carmen Rogers.

— Thomas Koenig.

Ele ergueu as mãos para evitar apertar a dela.

Ela inclinou a cabeça e fixou as íris verdes no rosto de Thomas. Os olhos deslizaram sobre ele, analisando-o ostensivamente.

— Que estranho... É realmente...

Sua pele parecia especialmente fina e exibia com nitidez o rubor de seu pescoço e suas orelhas. Outra troca estava acontecendo nas entrelinhas, e ele sentiu o meio de suas costas arder.

— O que houve? — disse ele, para romper o momento.

Ao ouvir a pergunta, ela recolheu as mãos e olhou para o chão de pedra.

— Obrigada por se preocupar comigo. Não pretendo atrasá-lo.

— Madame.

Ele inclinou a cabeça, aliviado, mas também decepcionado, subitamente desejando mudar sua última pergunta. Quando ela se virou novamente para a janela, sua longa sombra se estendeu pelo chão da sala.

Depois de conversar com Abberline, Thomas voltou às estufas e viu aquela mulher, Carmen, olhando pela mesma janela, obscurecida atrás do vidro fosco, como uma boneca de pedra. Ele usou uma bolsa de camurça para recolher silicatos antes do jantar. Desta vez, a garota do refeitório não estava acompanhada.

Estava sentada em uma pedra cinza com o tabuleiro de damas sobre o vestido azul drapeado que cobria suas pernas, jogando sozinha. Uma agradável frustração tomou conta dele, como se tivesse ouvido uma melodia que não podia lembrar nem esquecer. Ele parou ao lado da mulher.

— Quem está ganhando?

Ela deslizou uma peça e não olhou para cima.

— Como vai a sua terra?

— Isso é vidro.

Ela ergueu a cabeça e, então, voltou a olhar para as peças.

— Falo sério. — Ele deixou a poeira escorrer por entre os dedos. — Aqui há vidro por toda parte. — Quando ela não olhou de volta, Thomas começou a falar a respeito de si mesmo. — Eu faço vidro. É isso o que faço.

Ela afastou o cabelo do rosto.

— Você sabe jogar damas?

A luz penetrava através dos cedros enquanto ela preparava o tabuleiro com dedos curtos e palmas diminutas. Permaneceram em silêncio. Quando ela comeu três de suas peças, Thomas perguntou:

— O que você acha do castelo?

A construção erguia-se atrás deles, incontestável, de algum modo indignada em sua massa de pedra. Ela prendeu o cabelo em um rabo de cavalo.

— Esteve ali durante toda a minha vida.

— Você cresceu aqui?

Ela não respondeu, mas se inclinou para a frente e comeu uma das peças de Thomas.

— Meu pai ajudou a construí-lo — revelou ele.

— Você faz vidro?

— Sim. — Após um instante, ele aproveitou a pergunta. — Meu padrasto é pastor. Uma pessoa da congregação dele me ensinou. — Era a única coisa que ele gostava na igreja, os vitrais. — Cresci em Linn Creek.

— Você sabe o que significa Ha Ha Tonka? — perguntou ela.

— Não.

— Águas Sorridentes.

— Qual é o seu nome?

— Astra Monro.

Astra tinha dezesseis anos, era da tribo dos osage e tinha uma voz baixa e dura, como limalha de ferro quente. Aquilo despertou algo nele. Em sua experiência limitada, as mulheres pareciam estar permanentemente arquitetando ou executando planos secretos. Sua meia-irmã em geral era petulante, cronicamente irracional e mentia como uma criança. Mas era interessante. Fascinante, na verdade. Mas a indiferença benigna de Astra parecia sem propósito e conivência.

Se as superfícies o atraíam, o extenso mistério e até mesmo a desolação que vislumbrava dentro dela o atraíam para ainda mais perto, uma bela e crua desolação, como imagens do deserto. Ele continuou olhando para o centro de sua clavícula, onde a luz do sol se acumulava em um brilhante oval. À hora do jantar, observou-a caminhar entre as árvores com o tabuleiro debaixo do braço, o sol iluminando a magra concavidade de suas costas.

O castelo cresceu, voltou a ser o que era. Olmos e cedros tenazes se aglomeravam ao seu redor. Ovelhas inundavam as colinas ondulantes, a luz azul e radiante da manhã. Ele jogou damas com ela mais duas vezes naquela semana, mas não conseguia inventar uma maneira de diminuir a distância entre os dois. Uma solução parcial veio certa noite, alguns dias depois, quando saiu do barracão.

Todo aquele barulho e fumaça se tornaram sufocantes para ele. Nas últimas semanas, o barracão vinha desenvolvendo um fedor de suor, tabaco e das muitas e pungentes emanações de homens adultos. Muitas vezes ele era obrigado a dormir com o cobertor pressionado contra o nariz untado com óleo de almíscar. Certa noite, porém, por volta das dez horas, ele simplesmente saiu com o cobertor e a bolsa de camurça, com a intenção de explorar e, talvez, dormir debaixo de uma árvore.

Ele se afastou sob uma lua branca e silenciosa, até onde amoreiras e bordos vermelhos se espalhavam por um matagal.

Astra se destacava em meio às gramíneas, usando seu vestido azul, aparentemente sem fazer nada, mas de pé. A luz emprestava uma tonalidade bronzeada à sua pele e uma coloração cinzenta ao seu vestido. Ela ouviu o farfalhar do mato e se virou para ele.

— O que está fazendo aqui? — perguntou Thomas.

— Você está procurando vidro?

— Na verdade, não.

— Há muito deste pó branco do qual você gosta naquelas pedras ao sul.

Ela o guiou para fora do matagal, através de densos pinheirais que terminavam perto de uma rocha junto a uma das cem lagoas do Ha Ha Tonka. Ele observou o tecido do vestido de Astra se agarrar a seus quadris enquanto ela andava. Chegaram a um penhasco alto de calcita opaca com bordas cintilantes de quartzo. Ao tocar um dos dedos no chão e levá-lo à boca, Thomas sentiu um forte amargor de álcalis. Astra ajudou-o a recolher os minerais.

No caminho de volta, ele lhe contou como fazer vidro, no que consistia uma fornalha, qual era o calor mínimo necessário, quais minerais usar para adicionar cor. Ele perguntou por que ela estava na floresta tão tarde.

Ela disse "veja" e apontou por uma brecha na copa das árvores para uma estrela sem brilho, de cor amarelada, que na verdade era Saturno. Ela falou sobre seus anéis e suas muitas luas. Ele não acreditou.

Então, ela apontou para o grande quadrado de Pégaso e, a nordeste, para um trecho alongado de luz difusa que era a Galáxia de Andrômeda.

— Como você sabe de tudo isso?

— Uma professora. Ela observava as estrelas e as conhecia. Muitas destas que vemos estão mortas. Sua luz se apagou. Só que demora milhares de anos para que ela chegue até nós.

— Eu não entendo.

Astra explicou, animada, usando as mãos para descrever a distância. Thomas percebeu que aquilo fora o mais próximo de uma emoção que ele já a vira esboçar. Um mergulhão gritou na lagoa e Astra parou de falar.

— Alguns fantasmas vivem no fundo da água — confidenciou. — Eles falam através dos mergulhões. Gritam através deles.

Ele refletiu a respeito desse traço de caráter, repassando em sua mente tudo o que sabia a respeito da mulher, que ela conhecia coisas sobre as estrelas e acreditava em fantasmas. Thomas começou a se convencer de que ela era inteligente, que possuía um tipo de imaginação cautelosa, que seu olhar perdido era romântico.

Passou a noite na floresta, em uma depressão rasa e macia entre as raízes de carvalho. Sozinho, sentiu-se compelido a imaginar o corpo de Astra em uma camisola. Quando finalmente fechou os olhos, tentou imaginar uma luz que já não existia mais.

Nuvens prateadas se debruçavam sobre o castelo, e quatro homens que modelavam calhas a marteladas se recusaram a trabalhar por medo de raios. As estufas erguiam-se sobre fundações de dois metros de altura feitas com pedras de rio, que suportavam, até aquele momento, 1,20 metro de muros e 1,80 metro de telhado. Acima das paredes, molduras vazias esperavam para serem preenchidas com vidro. Volta sentou-se em um balde, misturando argamassa e assobiando, enquanto Thomas trabalhava no telhado.

No meio da tarde, uma mulher o chamou. Lá embaixo, Carmen Rogers protegia os olhos e inclinava a cabeça para cima.

— Olá — disse ela.

Alguns metros mais atrás, Kenneth e Elizabeth McRyder acenaram para ele.

Thomas desceu e acenou em resposta. Volta continuou a fazer o que estava fazendo.

Carmen maquiara o rosto com blush. Seus cílios estavam carregados de preto, um tecido de seda escarlate emoldurando sua magra silhueta. Cachos de cabelo cor de damasco pendiam, errantes, ao redor de seu rosto, e, perto de sua têmpora, um arco preto firmava uma pena também preta que estremecia ao sabor da brisa.

Ela mexeu o pé e olhou para trás por sobre o ombro. Era uma mulher alta, embora mais baixa que o 1,82 metro de Thomas.

— Sinto muito pelo humor em que estava quando nos encontramos na semana passada. Eu deveria ter me explicado.

Thomas não sabia por que ela estava falando com ele.

— Não é necessário.

— Muito generoso de sua parte.

— Eu só trabalho aqui, instalo vidros.

— Eles me disseram que você trabalha com vidro.

O rapaz olhou para as estufas.

— Qualquer um pode fazer isso.

Quando ele se virou, Carmen esperava, paciente, como se Thomas ainda não tivesse terminado.

— Mas eu faço vidro. Sei como fazer. E tingi-lo. Fiz dois vitrais de igreja no lugar de onde vim. Era isso que eu queria fazer aqui.

— De onde você veio?

— Linn Creek. — Ele apontou para o noroeste. — Uns cinquenta quilômetros pra lá.

— Pra lá. — Ela sorriu. — Estou completamente encantada com o idioma daqui.

Thomas apenas olhou para ela, confuso. Em um pinheiro à sua esquerda, um pica-pau saltou e bicou com precisão, como se seu trabalho fosse necessário e delicado. O perfume de Carmen chegava até suas narinas, forte e floral.

—Você gostaria de fazer vitrais aqui? — perguntou ela.

— Sim.

— Certa vez, vi um edifício com todas as janelas quebradas, e eles juntaram o vidro em pilhas. Pareciam diamantes.

— Hum.

Ela se aproximou com a expressão sombria. O pica-pau voou para longe.

—Você sabe sobre a guerra? — perguntou.

— Sim.

— Se você morasse na Europa, você... todo homem de sua idade, quero dizer, está morto. Ou coisa pior. — Seu rosto tremia, mas, em seguida, ela riu com exagero, erguendo a cabeça. — Certo. Eu... me desculpe, por favor. Que estupidez de minha parte, vir até aqui e falar sobre os mortos que conheço.

Carmen riu outra vez. Mais atrás, Kenneth disse algo para a esposa.

— Sinto muito — disse ela. Thomas deu à mulher seu saco de camurça e ela enxugou os olhos. — Eu não sei qual é o problema comigo. Você foi educado naquele dia, e eu queria lhe pedir desculpas, mas veja só.

Ela se afastou, voltando a se juntar aos tios. Elizabeth pegou a mão de Carmen e baixou-lhe a cabeça sobre o ombro enquanto caminhavam. Thomas estava confuso e desconfortável.

— Ei. —Volta largou a colher de pedreiro. — O que foi isso?

— Eu não sei. — Thomas começou a subir a escada. — Acho que ela está triste.

***

Outubro. Mais uma vez a luz seca e vaga de outubro.

Certa sexta-feira, Astra o convidou para jantar. O pai dela caçava todo fim de semana, e ela cozinharia para eles. Thomas foi até lá com os dois pequenos vitrais que trouxera de casa.

A cabana era pequena, toras de carvalho desgastadas e desalinhadas em um terreno empoeirado. Diversas peles de víboras e cascavéis pendiam de um ramo baixo de pinheiro. Ela o esperava do lado de fora. As peles de cobra eram translúcidas, o sol pálido atravessava-as com uma cor de caramelo.

Uma janela da cabana estava quebrada.

— Posso consertar isso — disse ele.

Os olhos de Astra viraram-se para os sapatos de Thomas.

— Meu pai não foi caçar. Não poderemos jantar.

Ela trajava a única roupa que ele já a vira usar, um velho vestido de flanela azul.

— E daí? Deixe-me conhecê-lo. — Ele lhe estendeu os vitrais. — Trouxe isso para você.

Astra olhou por um instante para o vidro em suas mãos.

— Obrigada. Não, você deveria ir embora.

Era como se alguma regressão tivesse ocorrido e Thomas não a conhecesse melhor do que no primeiro dia em que a vira. Isso o fez entrar em pânico.

— Quero conhecer seu pai.

Ela pegou os vitrais, fez uma pausa, permaneceu imóvel por um instante e, então, abriu a porta e fez sinal para ele entrar.

No interior da casa, rançoso e repleto de fumaça, havia apenas dois cômodos. O pai estava sentado contra uma parede, ao lado de um fogão de ferro. Fios escuros de fumaça escapavam da chaminé quebrada e rodopiavam em torno de sua cabeça. Ele tinha o mesmo cabelo comprido de Astra, usava uma pesada camisa cáqui e era muito maior do que Thomas. Aquele, se deu conta, era o índio grandalhão que ele vira jogando cartas no barracão.

— Este é Thomas. Ele trabalha no castelo — apresentou Astra.

— O castelo.

O sujeito bufou, inclinou-se, olhou para Thomas e disse com a voz rouca:

— O que você quer? Eu não devo nada a você.

Ele ergueu um jarro de barro alto, do qual bebeu.

— Sou amigo de Astra.

O homem foi até uma panela no fogão e dali tirou algo que começou a comer. Ele mastigava enquanto olhava para Thomas, desconfiado, como se tentasse decidir de que maneira o jovem o ofendera.

— Você tem dinheiro?

— O quê?

— Saia daqui — ordenou ele.

Astra se afastou dos dois.

— Senhor?

O homem acenou com a cabeça, os olhos brilhando em seu rosto plano de tijolo.

— Se não sair, vou me levantar daqui e matar você. Vou quebrar seu pescoço.

Thomas se virou para Astra.

— Não olhe para ela! — O índio avançou em sua direção. — Saia!

Seu grito fez os dois se encolherem.

Astra abriu a porta, calma, sem reclamar. Ela parecia um pontinho no horizonte.

A porta se fechou antes que Thomas pudesse dizer qualquer coisa. A caminho do acampamento, pegou um galho pesado e foi parando ao longo do trajeto para bater nas árvores, até conseguir quebrá-lo.

Por ser sexta-feira, homens chegavam ao barracão arrastando sacos de aniagem contendo potes de álcool de cereais. Pêssego ou cereja, vinte centavos. Volta comprou três e deu um para Thomas, que lhe perguntou sobre o índio grandalhão que jogava cartas com os trabalhadores.

Volta deu de ombros.

— Mora por aqui. Joga muito mal.

— Ele é um filho da puta.

Volta sorriu e arrotou.

— E quem não é?

Então, começou a dedilhar um velho violão, cantando algo sobre uma fazenda, um cavalo e uma mulher.

Finalmente, o segundo pote de Volta rolou por sua barriga e tombou vazio no chão. Pouco a pouco, os homens se recolheram e os roncos de urso cresceram em coro. As luzes se apagaram. Thomas teve de manter um pé no chão para evitar a sensação de estar caindo.

No sábado, trabalharam até o meio-dia. Um falcão-de-ombro-vermelho fez um ninho no alto de um carvalho, bem acima de um grupo de glórias-da-manhã azuladas e vernônias cor-de-rosa. Ele observou a ave de rapina circular sobre os topos quebradiços das árvores que recortavam a linha do horizonte.

Volta reclamou.

— Não estou bem hoje. Aquela porcaria não era da boa.

No fim da manhã, Kenneth McRyder aproximou-se das estufas. Usava calça cinza e suspensórios, uma camisa branca impecável e uma bengala de madeira escura envernizada que arrastava pelo caminho. Volta o cumprimentou. McRyder balançou a cabeça, passou por ele e olhou para Thomas.

— Olá.

— Olá.

— Estão indo muito bem.

— Obrigado.

— Posso falar com você? Koenig, certo?

— Sim, senhor. Thomas.

— Você se incomodaria de caminhar comigo?

Volta sentou-se e observou-os enquanto os dois se afastavam.

Kenneth tinha trinta e cinco anos e era magro e elegante. Seu bigode brilhava e as calças ostentavam vincos bem-passados enquanto ambos seguiam ao longo de um caminho de terra na periferia do castelo, mantendo-se junto às árvores. Thomas observou os dedos de Kenneth agarrando o cabo da bengala. De vez em quando, ele ajeitava as pontas do bigode.

— Você já fez vitrais de igreja?

— Sim. Apenas dois. Em Linn Creek. Posso fazer qualquer coisa com vidro.

— Estamos pensando em instalar um vitral na parede leste, onde agora há aquela janela alta. — Ele apontou a bengala em direção ao castelo e ambos pararam de andar. — Eu tinha apenas dezesseis anos quando meu pai começou a construir aquilo. — Homens e máquinas simples se moviam ao redor do castelo em escala minúscula, como insetos. — Eles passaram um ano inteiro acumulando materiais antes de a construção começar. Sabia disso?

— Meu pai foi um dos primeiros a trabalhar aqui naquela época.

Kenneth bateu com a bengala.

— Que maravilha! Onde ele está agora?

— Há dez anos, uma parede ruiu. Meu pai era pedreiro.

— De onde ele era? — perguntou Kenneth após um silêncio respeitoso

— Do Canadá. Ele se estabeleceu em Linn Creek quando a construção foi interrompida.

— Você nasceu aqui?

— Sim.

— Então você é americano graças a este castelo — comentou Kenneth com orgulho, como se fosse obra dele.

— Acho que sim.

O homem espanou o sapato, talvez se perguntando se achava a franqueza de Thomas encantadora ou arrogante.

— Gostaria de trabalhar com vidro aqui? Gostaria de fazer um vitral?

— Sim, gostaria.

— Do que você precisa?

— Uma fornalha. Eu faria todo o vidro aqui mesmo. Como tudo mais no castelo. Apenas me diga o que quer.

— E se eu lhe dissesse para fazer o que quiser? E se você pudesse projetar o vitral?

Ele abriu as mãos como um mágico, e dois anéis de ouro brilharam em seus dedos.

A proposta precisava de algum qualificador para torná-la realista. Como se pressentindo o mesmo, Kenneth acrescentou:

— Você conhece a nossa sobrinha, Carmen?

— Eu a conheci.

Thomas não conseguia entender por que, naquela situação, era Kenneth quem parecia desconfortável.

— Muitas pessoas em St. Louis se sentem superiores por causa do dinheiro. Gosto de pensar que os McRyder não são assim. Meu pai começou a carreira dele dirigindo uma carroça de mercearia e nunca desprezou ninguém por conta de seu status social.

— Certo.

— Eu só queria que você soubesse. Meu dinheiro veio de meu pai, mas não sei fazer vitrais de igreja.

— Certo.

— Eu não estou explicando direito.

Kenneth se recostou em um olmo cujas sombras salpicavam os dois. Aves invisíveis gorjeavam.

— Carmen veio da Inglaterra. Tenho certeza de que você sabe disso. Ela passou por maus bocados. Não faz muito tempo, você sabe, eles estavam em guerra. Nós também, mas não como a Inglaterra. E havia a gripe.

— Sim.

— Estou dizendo que gostaria que você fosse gentil com ela. Minha esposa e eu nos preocupamos com a felicidade de Carmen. — Ele ergueu as mãos como se estivesse empurrando um muro. — Não estou sugerindo nada impróprio. Carmen tem uma vida para a qual acabará retornando, mas sentimos que há uma tristeza da qual ela precisa se livrar.

— Não estou certo de que entendi.

— Eu só quero que você seja amável com ela. Vamos começar o seu projeto. Você estará no castelo, fabricando vidro, e apareceremos de vez em quando. Quando viermos, basta conversar com ela. Visitar. Conversar. Só isso.

Thomas observou folhas ressecadas caídas pelo caminho.

Kenneth encerrou dizendo:

— Seria um grande favor para nossa família.

— Eu só não... Por que eu? Eu não compreendo por que você quer que seja eu.

Kenneth olhou encosta acima em direção ao castelo. Os cedros ao redor dele balançavam contra um céu azul e dourado. Kenneth se virou para Thomas com a expressão de quem via uma grande tragédia, como uma criança queimada.

— Eu acho que você a faz se lembrar de alguém.

***

Thomas só viu Astra dias mais tarde, uma vez que ela não tinha ido trabalhar no início da semana nem jogara damas antes do jantar. Ele estivera vagamente preocupado com ela, mas agora tinha novas tarefas com as quais se ocupar. Projetara uma fornalha e um estúdio — o que foi divertido —, mas vinha enfrentando dificuldades para realmente conceber o vitral.

Ela estava do lado de fora do barracão, trajando um vestido cor-de-rosa e mocassins, e carregava um pequeno embrulho de tecido vermelho.

— Trouxe um pouco de comida para você. Já que não pudemos jantar.

Então, incrivelmente, ela sorriu.

— Deixe-me pegar um cobertor.

Astra caminhava com rapidez. Com passos leves, ela o guiou em direção a rochas altas crivadas de veios de xisto. Ela continuou sorrindo até Thomas perceber que sua alegria era falsa, muito insistente.

— Depressa — cantarolou.

Sua voz soava pouco natural, como gotas de chuva no deserto.

Sem trovões ou relâmpagos, uma garoa quente começou a cair. Samambaias sopradas pelo vento chocavam-se contra as pedras e ela ria baixinho. Gotas grossas começaram a cair enquanto corriam. Astra movia-se com rapidez e agilidade. Seu vestido molhado agarrou-se à pele quando ela disparou por entre relâmpagos e as sombras do luar.

Em uma parede de granito, feldspato vitrificado cintilava, cor-de--rosa como carne polida. Astra o levou até uma caverna, o vestido molhado assumindo a cor de sua pele.

Thomas usou ramos secos e musgos para acender uma fogueira no interior da caverna. Ela desembrulhou um sanduíche de pão com geleia enquanto ele estendia o cobertor perto do fogo. As cavernas selvagens secretavam seu próprio fluido, a pedra úmida lisa como vidro oleado e a luz do fogo crepitante iluminando as paredes molhadas. Um corujão-da-virgínia entrou na caverna, asas gigantes alvoroçadas, costas molhadas. A pele de Astra brilhava como açafrão à luz da fogueira.

Ela se levantou e o vestido grudou no alto de suas coxas. Ele sentiu o sangue pulsando ao redor de seus ouvidos.

Os dedos dela tocaram-lhe o cotovelo, a curva do braço.

Astra se moveu com determinação, sem lhe dar tempo. Seguiu-se, então, um frenesi de luxúria no qual certas fantasias se materializaram, tornando-se reais, carne alarmante em suas mãos. O cabelo dela caía ao redor de seus rostos. Ela untara os lábios com geleia.

O fogo transformou-se em brasas. Da entrada da caverna, o corujão os observava, relâmpagos brilhando por trás do grande pássaro.

Ele escolheu um lugar para montar o estúdio. Um espaço ao norte do castelo com cerca de trinta e sete metros quadrados em um terreno plano, coberto por um toldo e dividido em espaços para um forno, bancadas, estações de mistura e moagem e a fornalha.

Seis homens construíam a fornalha para ele, arrastando blocos de concreto e tijolos refratários e montando-os com expressões mal-humoradas enquanto ele estudava os próprios diagramas. Um sujeito chamado Jack Alden se deslocava lentamente e só transportava cargas leves. Barbudo, com uma cicatriz rosada atravessando a testa, ele olhava para Thomas com olhos estreitos.

Toda vez que via Jack olhando para ele, Thomas desviava o olhar para seus estudos.

Desta vez, no entanto, ele disse:

— Certifique-se de que os de dezoito polegadas fiquem logo acima da base.

Alden deixou um tijolo refratário cair no chão.

— Não, senhor. Não, obrigado. Hoje não estou mais disposto a receber ordens de uma criança.

Os outros cinco pararam o que estavam fazendo.

— Basta fazer o seu trabalho — retrucou Thomas.

Alden sorriu e fez um sinal com a mão como se estivesse largando um pano de prato.

Thomas deu dois passos atrás.

—Você seguirá ordens porque isso é tudo o que você *pode* fazer.

Alden começou a se aproximar e Thomas se afastou, quase trombando com o cavalo de Abberline.

O capataz desviou o animal e olhou para os dois enquanto o cavalo escavava o chão com um dos cascos.

— Como está indo?

— Este aqui. — Thomas apontou para Alden com a voz trêmula. — Ele é problemático. Eu não o quero aqui.

— Seu filho da puta.

— Chega. — O cavalo empinou em um pequeno círculo e a pistola de Abberline brilhou quando ele se virou. —Venha comigo.

Alden não se moveu. Ficou olhando para Thomas.

— Se você valoriza o seu emprego, virá comigo agora mesmo — disse Abberline. — Não pedirei outra vez.

Alden se mexeu, encarando Thomas até Abberline exigir que ele caminhasse à frente do cavalo. O capataz inclinou o boné.

—Vamos arranjar alguém para substituí-lo.

— Obrigado.

Os outros ficaram observando. Thomas apoiou seus papéis sobre a bancada, pegou dois tijolos refratários e se virou para empilhá-los. Finalmente, desdenhosos, os homens o imitaram.

***

Kenneth chegou ao estúdio antes do meio-dia com Carmen e a esposa.

Thomas meneou a cabeça.

— Olá. — Lembrando-se do pedido do homem, acrescentou: — Srta. Rogers.

— Vim saber se você gostaria de almoçar conosco hoje — ofereceu Kenneth.

Ele esperava se encontrar com Astra no almoço.

— Tudo bem. Obrigado.

Todos se afastaram quando um sino a leste anunciou a refeição do meio-dia.

Dentro do castelo, uma sala de jantar abrigava diversas mesas de carvalho com tiras de toalhas de linho branco atravessando o tampo. Dois homens negros serviam coelho cozido em um molho espesso com truta assada, batata com alho e pão. Thomas se sentou ao lado de Carmen, que sorriu timidamente e manteve as mãos sobre o colo. Ele percebia o olhar dela com o canto do olho, no reflexo dos talheres.

— Você já se decidiu por um projeto? — perguntou Kenneth durante a refeição

— Ainda não. Mas tenho algumas ideias.

Nada do que ele esboçara parecia digno da oportunidade, e aquilo estava começando a preocupá-lo. Ele sabia as cores que queria usar, mas faltava-lhe o elemento chave: o tema. A imagem precisa lhe escapava. A tentação de simplesmente criar um mosaico de formas abstratas foi imediatamente afastada. Usar aquele tipo de patrocínio para fazer uma composição banal seria pior do que não fazer nada, e ele acreditava que a oportunidade exigia um tema forte e gracioso. Thomas sentiu que tinha dois pontos positivos em sua busca. Primeiro, confiava em seu processo criativo, sabendo que, no momento da criação, o método em si produziria uma descoberta essencial. Em segundo lugar, e mais importante, tentou usar os olhos como redes para capturar o mundo, embora seu interesse fosse pela paisagem, não pelas formas humanas. Ele acreditava que o tema de seu vitral, o universo, residia apenas nas colinas, nas árvores e na água ao seu redor, o mundo natural.

Kenneth levantou-se e puxou a cadeira da esposa.

— Talvez você tenha algumas ideias, Carmen. Mas precisamos voltar agora. Mantenha-me informado, Thomas.

Os dois se despediram e saíram da sala, seguidos pelos criados.

Ao lado de Thomas e Carmen, havia uma janela que projetava um feixe de luz sobre a mesa, e os dois foram até ela.

— Como você está? — perguntou ele.

— Posso chamá-lo de Thomas?

— Sim.

O cabelo dela era ondulado, preso em cachos louro-avermelhados acima das orelhas, das quais pendiam brincos de cristal. Seu vestido era levíssimo, franzido nas panturrilhas, e ela trajava um casaco de pele marrom.

— O que você está planejando?

— Para o vitral?

— Sim.

As sombras se aninharam em suas faces.

— Eu estava pensando em algo que tivesse a ver com este lugar, mas ainda não tenho certeza.

— Ah, algo pastoral? Bucólico?

— Isso. — Ele não entendeu a última palavra.

— Nada religioso, espero?

— Não.

As sobrancelhas finas de Carmen se ergueram e ela mordiscou o lábio inferior.

— É tão chato, não é?

Incerto de sua tarefa, ele olhou com determinação para fora da janela. Em vista de seu silêncio, Carmen perguntou:

— Você tem tempo para um passeio? Tenho certeza de que Kenneth não se importará.

— Estou supervisionando o estúdio que estão construindo.

— Por favor? Kenneth me disse que, se quisesse, eu poderia ficar com você o dia inteiro. Talvez você pudesse me dizer o nome de algumas dessas árvores. Estes homens que estão construindo o castelo não conhecem as plantas de sua própria terra.

Seus olhos verdes, tingidos de bronze, mais uma vez atravessaram o rosto de Thomas. Seus grandes olhos eram capazes de brilhar, capazes de parecer generosos e encorajadores.

Ao saírem, os trabalhadores que martelavam e descarregavam materiais olharam feio para Thomas. Jack Alden estava entre eles, empilhando pedras para uma escadaria. Alden sussurrou algo para o sujeito ao lado.

As folhas eram cores vibrantes e quentes que rangiam sob seus pés. Ele apontou para bordos prateados, freixos e carvalhos brancos e pretos. Ela continuou a fazer perguntas.

Eles seguiram um riacho, ao lado do qual Carmen caminhou sobre as pedras na ponta dos pés, passos largos como os de uma bailarina.

— Fale-me sobre o lugar de onde você veio — pediu.

Então, ele falou sobre Linn Creek, suas formações rochosas, a confluência dos rios Niangua e Osage, seus tempos de escola, seu pai.

Ela levou a mão até a parte de trás da cabeça, soltou o cabelo e balançou-o às costas. Toda vez que Thomas parecia estar sem assunto, ela o incitava com perguntas. Carmen tinha uma natureza aparentemente extravagante, mas alguma coisa estava escondida.

— E quanto à Inglaterra?

— É cinza. — Algumas folhas marrons e escarlates rodopiavam rumo ao chão. — Perdemos uma geração inteira. — Suas mãos eram finas, de dedos brancos que tamborilava sobre os quadris. — Kenneth disse que eu poderia ter sua companhia o dia inteiro.

Gramíneas floresciam na floresta aberta de pinheiros e picões-pretos. Carmen contou que sua mãe era a irmã mais velha de Elizabeth. Seu pai era dono de uma fábrica de rédeas e jugos. Ela mencionou a coleção de arte que ele possuía.

— Ele tem um Rembrandt. Você sabe quem é Cézanne?

— Não.

Ela esfregou uma folha de carvalho entre os dedos.

— É maravilhoso. Parece que ele pinta com luz.

Aquilo o animou e ele sorriu, ouvindo-a pela primeira vez.

Carmen colocou uma flor azul de sálvia atrás da orelha e afastou o cabelo.

— Luz brilhante, melodiosa.

Ela tomou-lhe o braço no caminho de volta.

Separaram-se perto das estufas. Volta, que agora trabalhava sozinho, estava em uma escada junto ao telhado.

Thomas acenou para ele.

— Como está indo?

O homem estreitou os olhos.

— Bem. Mas como faço para conseguir o seu emprego?

Para encontrar sua composição, ele sentiu que teria de estar acima de seu estado cotidiano, de seu senso de escala. Mas Thomas não sabia se isso significava pensar maior ou menor. Uma paisagem simples carecia da originalidade necessária, e o mais próximo que conseguiu foi esboçar uma revoada de pássaros, mas mesmo aquilo parecia falso, como se estivesse forçando as formas a se adequarem às cores que pretendia.

Thomas permaneceu no estúdio, desenhando, e perdeu o jantar. Astra foi vê-lo mais tarde.

— Você perdeu o almoço também.

— Os McRyder pediram que eu almoçasse com eles.

Ele buscou vestígios daquilo que ela fora na caverna, mas seu rosto estampava o vazio de sempre, um vazio inquebrável, que permitia apenas investigação superficial. Ela o levou até um penhasco em forma de arco, seu corpo fluido, compacto, e acendeu uma fogueira. Thomas olhou para ela, para os músculos de suas pernas, lembrando-se da outra noite. Desta vez, ela trouxera uma pele de urso.

Ele tentou tocá-la.

Ela o deteve.

— Agora não.

Ela ergueu os joelhos à altura do queixo.

— O que há de errado?

— Nada. Só quero ficar aqui sentada.

As mãos dele se mexeram, incitadas por sua recusa.

— Pare com isso, já disse. Pare. Por favor.

— Tudo bem.

Ele ainda estava envergonhado pela maneira como lidara com Alden, o sabor persistente da covardia, mas o que o irritava era a sensação avassaladora de que todos ali estavam jogando um jogo sem o seu consentimento. Ele estava farto de intenções ocultas e coisas não ditas.

— Então por que você me trouxe até aqui?

— Porque é bonito. Eu queria que passássemos a noite aqui. Pare, por favor.

Ele ergue as mãos.

— Eu não consigo entender você. Nunca consegui. Por que agiu daquela forma na noite passada?

Ela pareceu trincar os dentes, traindo uma espécie de constrangimento. E isso o fez querer mais.

— E então? Você faz isso com frequência? Levar homens para a floresta desse jeito?

— Fique quieto — pediu ela, quase sussurrando, enquanto observava o fogo.

— Você não faz o menor sentido para mim.

Ela atiçou a fogueira, que brilhou em seus olhos úmidos.

— Diga algo. Quem é você?

Astra se virou para ele com uma expressão indignada, como se tivesse levado um tapa. Entre os olhos pretos e úmidos, seu nariz era curto, arrebitado e achatado na ponta, e parte de seu cabelo sempre caía por entre os olhos.

— Aquilo foi algo que fiz com você. Eu não sei por que faço as coisas.

Ele podia ver que Astra vacilava. O súbito controle o irritou, a máscara dela ruindo.

— Com quantos homens você já fez isso?

— Pare — pediu ela, olhando para o fogo. — Pare de falar assim.

— Então diga algo.

— Eu só queria que você dormisse aqui comigo esta noite.

Ele se levantou.

— Sinto muito. Tenho um trabalho importante a fazer. Eles construíram um estúdio para mim, está sabendo? — E apontou para a base do penhasco. — Preciso voltar ao trabalho.

— Ninguém mais está trabalhando.

— Ninguém mais pode fazer o que eu faço.

Quando disse isso, ele percebeu que acreditava no que dissera, e descobriu que deveria ser porque era verdade. Sim, pensou, ele era mais habilidoso que qualquer um: Astra, Carmen, Alden, os McRyder e quaisquer conspirações ao seu redor. Sempre fora verdade, lembrou-se. Quando criança, ele aprendera a se convencer de que era solitário em razão de uma superioridade essencial. O pensamento de agora era apenas uma extensão dessa lógica. Ele não precisava se preocupar com nada além de seu trabalho, e isso o reconfortava.

Thomas nem estava mais com raiva, apenas sentia-se grande, adequadamente brutal, radiante de ambição e talento.

—Vejo você depois. Boa noite.

O rapaz começou a descer a colina, forçando-se a pensar no vitral que faria. Quando estava perto da base, ele a ouviu chamar seu nome.

Será que ela já pronunciara seu nome alguma outra vez?

Ele olhou para cima e viu a silhueta de Astra contra o fogo. Ela acenou para que ele voltasse, um gesto exausto. Thomas não se moveu, mas observou a menina, sentindo-se mais poderoso quanto mais a fizesse esperar.

Ele subiu a elevação e, ao alcançá-la, tornou-se enérgico. O rosto de Astra voltado para o lado, grunhidos escapando ritmicamente junto ao fogo crepitante, e, naquele círculo de calor, sentiu sua vontade encontrar a si mesma. Tudo ali, pessoas e terra, parecia necessitar dele.

Sentiu-se em êxtase dentro dela, como um rei cruel, acima do bem e do mal. Quando rolou para o lado, já nutria um vago remorso. Grogue, ele olhou para o fogo e deixou que este o induzisse ao sono.

Um denso nevoeiro coagulava o ar matinal, e ele despertou sozinho. A fogueira reduzira-se a um leito de brasas. O sol nascente brilhava às suas costas e ele se levantou, ainda satisfeito com a sensação de poder. Da borda do penhasco, Thomas olhou para o vale e viu uma sombra impossivelmente comprida, suspensa no ar sobre o abismo. Quando ergueu o braço e se mexeu para o lado, a sombra gigante também se mexeu. Era ele: um gigantesco espírito cinzento olhando de volta do vazio.

Na verdade, aquilo era um fenômeno que os cientistas chamam de espectro de Brocken — uma luz brilhante projetada contra uma névoa espessa que permite a sobreposição de diversas dimensões de sombra e que ocorre apenas em certas altitudes. Para Thomas, porém, parecia um milagre de sua autoria: tal manifestação da terra bem poderia ter sido uma realidade que ele desejara. O rapaz se virou e lembrou que Astra tinha ido embora, perguntando-se por um instante se ela fora trabalhar, mas não pensou muito a esse respeito. Ele se deslocou com a incrível sombra durante algum tempo, até o sol mudar de posição e o espectro se desintegrar.

Os tijolos refratários empilhados chegavam a dois metros de altura, e a fornalha tinha um metro e vinte de largura. Um grande fole em forma de acordeão estendia-se ao lado, e havia uma braçadeira de ferro na porta do forno. Despontando de um volumoso tambor de cobre, uma linha de gás entrava no bloco do queimador, no topo. O vitral teria quatro metros e meio por um metro e trinta, afinando-se na ponta, como uma espada.

Thomas olhou para o esboço: um carvalho desfolhado formava a base da composição. Dali, uma fragmentação de cores enquanto aves alçavam voo. Muitas aves: um gavião, um falcão-de-ombro-vermelho, uma coruja, corvos, gaios e um pica-pau. Havia uma cachoeira no canto esquerdo. As muralhas do castelo erguiam-se à direita. Entre essas duas molduras, havia uma pirâmide de sol e uma sombra escura, em forma humana, que englobava tudo. As camadas se repetiam em sua mente como uma canção, grãos de areia se agregando, tornando-se mais sólida e real a cada refrão. As grandes massas de verde estabilizariam os vermelhos latejantes, que sangrariam em amarelos diluídos, os amarelos e dourados abraçados por sutis gradações de azul e marrom, associados às formas suaves que ele usaria para os painéis maiores, o modo como tais formas se dissipariam em fragmentos e estilhaços cada vez menores para uma maior variação de cor. O vitral deveria ter o efeito visual de uma longa expiração, um suspiro óptico.

O vidro escorria por entre seus dedos, poeira apenas. Ele avaliou porções enquanto mergulhava as mãos nos sacos de minerais. Areia 56, Carbonato de Sódio 20,3, Feldspato 13,6, Cal 9,2, Óxido de Zinco 7, Bórax 5,5. Se aumentasse o carbonato de sódio e reduzisse o feldspato, conseguiria um acabamento mais limpo. Mas será que o tema não exigiria algumas bolhas e bordas ásperas, a fim de reproduzir uma atmosfera mais natural? O vitral deveria ficar mais detalhado à medida que o espectador se aproximasse, mas ainda deveria aparecer inteiro a uma distância de apenas alguns metros, cada cor existindo para todas as outras, com as divisões entre elas sutis demais para serem localizadas. Dois dias depois, ele mudou sua cama para o estúdio e começou a trabalhar.

Novas ferramentas de ferro preto jaziam à sua frente, junto a luvas prateadas de amianto. Novas pás e bandejas de lâminas para achatar o vidro. O tijolo refratário ainda estava limpo e acinzentado, mas hoje seria adequadamente queimado e ficaria enegrecido de fuligem. Latas de cromo, cobalto, cobre, zinco, antimônio, cádmio. Nomes mágicos. Thomas girou a válvula e abriu a linha de gás. Ele acendeu um pano encharcado de querosene enrolado ao redor da pá e enfiou-a dentro da fornalha. O ar se inflamou com um rugido e o fogo rodopiou e se contorceu em uma densa espiral sem corpo, circulando ao redor de si mesmo. A fornalha levou o dia inteiro para aquecer, e ele teve de abrir e fechar a linha de gás constantemente, trabalhando o fole.

A abertura do queimador estalou e chiou, e as bordas dos tijolos refratários ficaram cor de cereja. Então, todas as paredes internas da fornalha assumiram uma tonalidade vermelha e reluzente. Thomas fechou a porta e cortou o gás pela metade. Quando o queimador parou de estalar, ele esperou por um rugido constante, contínuo. No meio da tarde, três centímetros de chama azul brilhavam do lado de fora da moldura da porta, e ele não ouviu tocar o sino do almoço.

Os McRyder caminhavam com Carmen nas proximidades. Ao longe, assistiam a Thomas usando a pá, indo e voltando até sua areia. Sem camisa, sua pele suada exibia riscas de fuligem, luvas brilhando, cabelo embolado em um ninho amarelo e crespo. Após algum tempo, os três foram embora sem falar com ele. Alguns dos homens que construíram a fornalha caminhavam ao redor do estúdio, fazendo pausas para vê-lo trabalhar. Thomas não percebeu.

Os dias se passaram assim, e ele não viu Astra.

O estúdio tinha um banco de madeira onde o rapaz se sentava para vigiar o forno e desamarrar as botas. O primeiro lote estava no cadinho. Ele gostava de explicar para as pessoas que o vidro não era um sólido. O vidro era um líquido muito frio, compostos inorgânicos que, ao esfriarem, formavam um padrão aleatório em vez da estrutura cristalina convencional de um sólido. Ele olhou para o castelo e imaginou suas oitenta e sete janelas em seu estado primordial, voltando a serem líquidas e escorrendo pelas paredes, como se a estrutura estivesse chorando.

Pouco antes do jantar, Carmen se aproximou do estúdio. Trajava azul-escuro, uma estola branca sobre os ombros. Thomas se levantou, imundo, sem se envergonhar.

— Você não almoçou?

Sentindo-se radiante, ele balançou a cabeça em negativa.

Ela pareceu confusa.

— Você vai jantar?

— Deveria.

Ela observou os materiais espalhados pela tenda.

— Você vem almoçar amanhã?

Thomas não respondeu.

— Kenneth ia convidá-lo no outro dia, mas você parecia ocupado. Ele me pediu para perguntar — disse ela.

— Tentarei me limpar antes — respondeu o rapaz.

O pescoço de Carmen enrubesceu. Ela começou a dizer algo, mas foi embora em seguida.

Quando anoiteceu, ele se sentou no banco, tomou um gole de um balde de água e observou a fornalha iluminada por sua luz alaranjada. Aquilo rugia e sibilava, e as bordas da porta cintilavam. O calor pulsante retesava sua pele. Naquele lugar de propósito e segurança, teve tempo para pensar em Astra. Ela havia parado de trabalhar na cozinha e ele não a vira mais. Lembrou-se de quando correu atrás de Astra na floresta. Que sentimento o tomou que fez com que se separasse da garota naquela noite no penhasco? Em sua lembrança, ela parecia mais triste do que ele imaginara. A imagem de Astra no topo da colina, esperando por ele, agora lhe provocava uma dolorosa simpatia, uma tristeza protetora sublinhada pela noção de que ele falhara com ela. Sabia que falhara com Astra mesmo enquanto ela ainda estava lá em cima. Por que desejou falhar com ela? Algum dia ele reconheceria sua própria confusão, uma sensação contida que o levava a agir destrutivamente, sem intenções específicas. À meia-noite, o primeiro lote atingiu a fase líquida homogênea.

O azul vinha primeiro, e ele acrescentou cobalto à fusão. Corantes eram manhosos e regidos por regras evasivas. Ele não se concentrava mais nas regras como quando era aprendiz. Thomas sabia que algumas cores dependiam de impurezas na mistura, e, nesse sentido, eram em grande parte resultado de conjecturas e instinto, no que ele se sobressaía. Ergueu o cadinho do fogo e mergulhou-o em um tanque de pedra cheio de água. Vapor subiu no estúdio, espalhando sobre ele uma névoa quente e cinzenta.

Quando a fusão esfriou, ele voltou a aquecê-la para ter uma distribuição uniforme de temperatura e, então, derramou o líquido em grandes recipientes sobre uma mesa de metal. Com as pás, pressionou o vidro para baixo, alisou-o como um pedreiro com sua colher.

Ele baixou as pesadas tampas de ferro que achatariam as lâminas e aperfeiçoariam a textura do material.

Adormeceu poucas horas antes do amanhecer, um desejo por Astra meio formado faiscando no limiar de sua mente. Pela manhã, foi se banhar em um riacho de águas frias, esfregando o verniz cozido de seu corpo.

O grupo almoçou nas cabanas dos McRyder. Havia seis longas cabanas, construídas com troncos polidos. Um pequeno estábulo abrigava duas parelhas de cavalos quarto de milha. Havia dois automóveis estacionados em um semicírculo de terra diante das cabanas. Thomas parou ao lado dos veículos e admirou o metal liso, a precisão das letras nos mostradores e indicadores. A esposa de Kenneth, Elizabeth, apresentou-lhe o lugar. Antiguidades e lâmpadas de querosene decoravam a cabana, um tear antigo, tapeçarias xadrez, uma cabeça de veado com chifres de dez pontas acima da lareira.

— Não é como estar em casa, mas tentamos torná-la confortável.

Comiam bifes com creme de milho. Carmen sentou-se ao seu lado. Inesperadamente, ela estendeu a mão e afastou o cabelo dos olhos de Thomas.

— Está ficando comprido, não é mesmo?

Estava. Ele não cortava o cabelo desde julho, e os fios já se curvavam ao redor de seu rosto.

— Trabalhando muito? — perguntou Kenneth, cortando o bife.

— Sim. Eu gostaria de discutir algumas mudanças no projeto.

— Tenho certeza de que está tudo bem — respondeu o homem, inclinando-se para sua sopa.

Ele frequentemente enchia Thomas de perguntas e sempre parecia alheio às respostas.

Sua esposa, Elizabeth, prestava mais atenção. Ela perguntava a Thomas coisas específicas sobre sua educação, família e planos, e às vezes cochichava com a sobrinha na frente de outras pessoas. Enquanto observava Thomas e Carmen do outro lado da mesa, ela disse com simpatia:

— Kenneth, por que não damos um quarto para Thomas? Temos alguns quartos vagos nestas cabanas.

Kenneth assentiu enquanto mastigava.

— Boa ideia. Você não vai querer ficar naquele barracão. Disseram-me que um dos homens andou lhe causando problemas.

— Não foi nada. E, de qualquer modo, tenho dormido no estúdio.

— Bem. — Kenneth tomou um gole de vinho. — Em breve esfriará demais para você poder dormir lá.

— A fornalha mantém o local aquecido.

Quando não houve resposta, Thomas ergueu os olhos do prato e viu que todos estavam olhando para ele com expressões um tanto confusas.

Então, Carmen afastou seus cachos para trás da orelha.

— Precisamos cortar este cabelo. Você faz algum tratamento, Thomas? Óleo Capilar de Murray... Eu me lembro...

Elizabeth McRyder pigarreou e olhou feio para Carmen, que logo acrescentou:

— Lembro que muitos garotos usavam este produto, só isso. Eles traziam nos bolsos esse óleo e seus pentes. Só isso. — Ela se voltou para Kenneth, como se estivesse se defendendo. — Muitos garotos usam esse óleo.

— Você pode cortá-lo, se quiser — disse Thomas.

Carmen passou a mão por sua cabeça.

— Cortarei, cortarei. É tão grosso!

Kenneth e Elizabeth sorriram para Thomas, agradecidos. A mulher sussurrou algo e o marido limpou a boca com um guardanapo.

— É verdade. Quase ia me esquecendo. Faremos uma festa à fantasia. Uma semana após o Dia das Bruxas, o que é um anticlímax, mas o salão de baile não ficará pronto até lá. Adoraríamos recebê-lo.

— Mas será estranho fazer essa festa após o Halloween — observou Carmen.

— Bem — disse Elizabeth. — Não vejo por que ter um castelo com um salão de baile se você não promove festas.

— Obrigado. — Thomas se inclinou. — Mas eu não sei. Não tenho fantasia nem nada parecido. Quero dizer, o tipo de gente que...

— Ora, pare com isso. Estou certa de que podemos arranjar-lhe uma fantasia. Você virá. Você está convidado — disse Elizabeth, encerrando o assunto, seguida por lentos e agradáveis sorrisos entre os comensais. Instintivamente, todos se voltaram para Carmen. Ela olhava para sua sopa e não notou.

— Carmen? — Elizabeth estendeu a mão sobre a mesa.

— O que foi? Ah, eu sinto muito. — Ela sorriu. — Sinto muito. Eu não sei... divaguei por um instante...

— Nós estávamos falando sobre a festa à fantasia.

— Thomas — Carmen se virou para ele. — Você gosta de cavalos? Você gosta de montar?

— Para falar a verdade, não ando muito a cavalo.

— Nós o levaremos para uma cavalgada. Você vai adorar. Aposto que você também adoraria uma caçada. Cortarei seu cabelo e o ensinarei a montar. Sei que vai adorar. Esse é exatamente o tipo de coisa que um homem como você gosta de fazer.

Thomas inspecionou a distribuição de cor em uma lâmina marrom que criara. A cor fervera e deixara bolhas no vidro, variando de uma tonalidade de ferrugem escura a um marrom translúcido. Quando ele baixou a lâmina, Astra estava em pé na entrada da tenda.

Ele deixou o vidro sobre a mesa e foi até ela.

— Onde você esteve? Não foi mais trabalhar.

Ela tocou-lhe o peito com os dedos. Parecia preocupada, como se estivesse tentando resolver um problema de matemática em sua mente.

— Ei — disse ele.

Astra olhou para a fornalha, olhos escuros refletindo as chamas à porta.

— Parei de trabalhar.

— Por quê?

Astra não respondeu. Ela gentilmente desceu as mãos e ficou olhando para a fornalha, como se hipnotizada pelas chamas.

— Você quer ver o que estou fazendo? Veja...

Ele fez um gesto abrangendo o estúdio e mostrou-lhe as peças azuis que já cortara. Ela não se moveu, plácida como uma sonâmbula.

— Astra?

Faíscas alaranjadas brilhavam em seus olhos.

— Você iria embora comigo?

— O quê?

Ele a tomou pelos ombros e virou a menina em sua direção, mas Astra não olhou para ele.

Sua voz baixou de tom, um súbito sussurro, silencioso, intenso.

— Você faria isso? Você iria embora comigo? Há alguma forma de fazermos isso? Eu quero ir embora. Você virá?

— Como assim? Eu tenho trabalho a fazer. Aqui. — Thomas a conduziu em direção à bancada de madeira. — Veja. Tenho outro lote prestes a entrar na fornalha.

Ela se levantou e ajeitou o vestido.

— Espere. Não vá. Veja o meu desenho. — Thomas pegou o caderno de esboços. Ela se virou e começou a se afastar. — Espere. — Ele agarrou seu braço. — O que foi? Do que você está falando?

— Nada.

A mão dos dois continuou unida até os dedos de Astra escapulirem quando ela deu meia-volta. Thomas observou sua partida, o vestido azul levado pela brisa, e pensou em delicadas flores de verão sob o vento forte de uma pradaria.

Novembro. Cores desbotando, dispersadas no ar cortante.

Carmen mergulhou um pente de porcelana em uma bacia de água fria, bateu-o contra a borda e passou-o por seu cabelo. O rosto dela estava tão perto que Thomas podia ver as fendas cor de bronze de seus olhos. A tesoura emitia um ruído suave de trituração, som de cabelo caindo na água, onde rodava preguiçosamente. Ela media o comprimento de pequenas mechas entre os dedos com uma expressão concentrada. Ele entendeu que Carmen tinha ideias muito específicas sobre como seu cabelo deveria ficar.

— É da cor certa — observou ela, sem realmente se dirigir a ele.

Ela baixou a tesoura em uma mesa de canto e disse-lhe para não se mexer.

— Espere — disse ela, caminhando em direção a um quarto nos fundos.

Um ou dois minutos depois, voltou com uma lata de cera para cabelo Beechum. Ela abriu a lata, mergulhou-a na bacia e agitou com os dedos, que saíram untados com cera amarela e macia. Carmen aplicou o produto em seu cabelo, alisando o topo e as laterais. Então ela o penteou. De pé à sua frente, o decote de seu vestido branco estava à altura de seus olhos, seu colo pálido salpicado de sardas marrons.

— Que tal? — Ela lhe entregou um espelho e respondeu para si mesma. — Está perfeito.

No espelho, o cabelo de Thomas brilhava e aderia à sua cabeça como uma touca de borracha dourada. A pomada cheirava a perfume.

— Muito bonito.

Voltaria a crescer.

Subitamente, ela se abaixou e abraçou-o com força, com gratidão, como se Thomas fosse um amigo querido que ela não via há muito tempo.

Ele tinha a considerar o problema da efetiva ligação das peças. Poderia cortar o vidro em pequenos cacos de diferentes tonalidades, que depois fundiria e uniria com fitas de cobre para criar painéis individuais. Ou poderia tentar fazer o gradiente uniforme e usar peças grandes e inteiriças para os painéis. Era preciso decidir. Ele já tinha oito lâminas: duas azuis, que passavam de um índigo profundo até o azul-safira, duas vermelhas, uma verde com padrões interessantes, duas amarelas e uma que começava com um vermelho terroso e terminava marrom.

Temia estar sendo confinado pelos limites de sua imaginação. Quando o conceito do vitral lhe veio inicialmente, sentiu a energia da inspiração genuína. Mas ali estava ele, semanas depois, envolvido nos mesmos processos familiares, nas técnicas redundantes que em muito limitavam a paixão que a ideia inicial despertara. Era como se ele tivesse começado a descer uma estranha estrada com flora exótica e tempo paradisíaco, um caminho perfumado através de terras desconhecidas, e agora estivesse andando em círculos ao redor de uma pedra pela qual passara diversas vezes.

O fato de Astra ter lhe chamado para ir embora o incomodava. Visibilizava a tristeza dentro dela que ele preferira ignorar, e seus olhos desesperados impediam que ele não levasse seu pedido a sério.

Thomas achou que, caso se encontrasse com Astra, poderia voltar a pensar com clareza, uma ideia contra a qual ele queria lutar, mas contra a qual não lutou.

A floresta murmurava, escura, sem lua, o coaxar constante dos sapos. A trilha era um vestígio de luz em certos pontos do chão, mas ele se lembrava do caminho e afastou os galhos e as samambaias altas com as quais topou. Um odor úmido no ar, plantas apodrecidas, pilhas invisíveis de pétalas de flores mortas, criando explosões de aromas adocicados enquanto seus pés chapinhavam através do humo.

Acima do coaxar e de seus próprios movimentos, ouviu algo semelhante a vozes humanas. Aquilo o assustou e ele se agachou sem nenhum bom motivo.

As vozes vinham de um nível inferior, revelando-se como a conversa rítmica e descontraída de dois homens. Thomas se deslocou silenciosamente em direção ao som. Ao atravessar um arbusto de louro, percebeu que vinha caminhando despreocupadamente à beira de um barranco, quase cinco metros acima do chão da floresta.

As vozes se sucediam, trocando comentários, mas ele não conseguia entender o que diziam. Então, tornaram-se mais altas, embora ainda abafadas, e, lá embaixo, o rapaz viu a silhueta de dois homens seguindo por um caminho. O que ele tomara por ininteligível naquelas vozes revelou-se como um sotaque. A silhueta atarracada e garbosa era Volta. Risos. Sussurros. Thomas caminhou ao longo da borda, tentando seguir na mesma direção que os dois, sem objetivo definido.

O caminho que seguiam se afastava do barranco onde ele estava, e Thomas fez uma pausa em uma touceira de palmeirinhas, onde a borda do penhasco fazia uma curva. Ele era capaz de acompanhar os movimentos dos dois homens devido ao barulho e aos sutis tremores que atravessavam a escuridão quando era perturbada. Afastou o arbusto para ver o que estariam fazendo e encontrou mais abaixo uma área plana e aberta que de algum modo lhe pareceu familiar.

Ele viu as duas figuras, agora pequenas, distantes, saindo da floresta e cruzando a área aberta até uma cabana, quase invisível, no outro lado.

A porta da cabana se abriu, e a soleira foi preenchida pela grande e sólida silhueta do pai de Astra. Os homens entraram e a porta se fechou.

Thomas voltou ao estúdio.

Ele decidiu cortar o vidro em pedaços pequenos para criar uma estrutura em mosaico. Seria muito mais complexo, exigiria enorme dedicação, mas lhe daria maior controle e oportunidade para impressionar as pessoas. Mais tarde na vida, ele renegaria aquela composição, em grande parte por este último motivo, e aprovaria a sua destruição.

Em sua única referência ao vitral, ele o qualifica como "trabalho de um jovem muito ansioso para agradar, compensando sua clara falta de peso emocional através da inovação e da não conformidade estética". No entanto, essas primeiras experiências com mosaicos de vidro tiveram uma relação direta com algumas de suas esculturas tridimensionais que lhe garantiriam alguma fama no início dos anos 1960, especialmente a célebre *Ascensão do Sinai*, que exibia em seu centro um decaedro feito a partir da técnica.

Carmen levou até o estúdio um pacote embrulhado em papel pardo. Ela parecia nervosa, movendo a língua atrás dos lábios. Suas mãos agarravam o pacote contra o peito. Parecia algo fofo, leve como pano.

— O que é?

— É para a festa. Ah! E tem mais isso.

Ela tirou um pacote menor de dentro da bolsa.

— Você não deveria me dar presentes.

Carmen apertou o punho, sacudindo os pés e se mexendo demais, inquieta.

— É para o seu próprio bem. Vá em frente — disse, assentindo.

Thomas abriu a caixinha. Uma navalha com cabo de marfim, um envelope e uma rodela de sabão de barbear da Mickleson. Ela acariciou a barba loura de seu rosto, e ele sentiu a mão da mulher estremecer.

— Você precisa fazer a barba.

Seus dentes superiores eram ligeiramente tortos, o que de algum modo acentuava seu sorriso enquanto ela balançava o envelope.

— Você vai precisar disso na sexta-feira. É o seu convite. Todos estão nos esperando.

— Tudo bem.

— Oito horas, Thomas.

— Sim.

Ela se aproximou, beijou-lhe a face, pulou para trás, sorriu e saiu caminhando pelo campo.

Dentro do embrulho de papel marrom, Thomas encontrou um uniforme do exército britânico feito de lã verde-oliva, com cinto de couro e coldre, um capacete que mais parecia uma tigela de sopa e um par de *putties*, um tipo de faixa que soldados ingleses usavam durante a guerra para proteger as canelas, com botões de metal. Um pequeno bilhete dizia: *Esperamos você às oito*.

Ao pôr do sol de sexta-feira, Thomas apagou a fornalha, e os silvos do fogo ao se extinguir reproduziram seu estado de espírito.

Ele levou a fantasia para o barracão, onde os homens já vestiam calças limpas ou apenas trocavam as camisas e abriam frascos de bebida. Todos aceitaram alegremente as ordens de não se aproximarem do castelo até segunda-feira. No barracão, diversos homens deitados em seus beliches ergueram os olhos e observaram-no com expressões indefinidas. Volta estava sentado junto a uma mesa de jogo com Jack Alden, um terceiro sujeito e o pai de Astra. O índio estava sentado em uma cadeira, mas seu queixo descansava no pescoço e o cabelo caía sobre o rosto. Ele não se movia. Alden e Volta olharam para Thomas, então Volta disse algo e ambos começaram a rir. Os homens nos beliches observaram Thomas recolher suas coisas. Ele saiu enquanto a risada de Volta e Alden aumentava de volume, um deles gritando algo que ele fingiu não ouvir.

Thomas tomou banho em um riacho de águas frias. Ali, ele se barbeou e sentou para se secar ao lado de uma fogueira. O uniforme de soldado foi estendido sobre um tronco à sua frente, como se ambos estivessem compartilhando um acampamento. Depois de seco, ele foi até o tronco e se vestiu. O uniforme coçava e o capacete escorregava de sua cabeça. O castelo pairava por entre as árvores e arbustos, os muros altos e escuros guiando-o em sua direção.

Thomas abriu caminho por uma touceira de mato alto e pisou no gramado do castelo. Para os recepcionistas sob o lampião de gás junto à porta, deve ter parecido um fantasma em um uniforme de soldado, vagando através da névoa e da explosão de um distante campo de batalha e materializando-se ali, no limiar da floresta.

Havia vários carros no pátio, motoristas trajando ternos pretos e fumando cigarros. Os porteiros vestiam smoking branco e máscara de dominó. Eles o guiaram à luz de candelabros por um corredor de pedra que estava às escuras porque ainda havia trabalho a ser feito ali. As fivelas em seu traje tilintavam quando Thomas se aproximou de um espaço iluminado e barulhento ao fim do corredor.

O corredor se abria em um imenso salão, onde vozes e pessoas trajando roupas de outras eras se misturavam e dançavam. Havia tochas acesas penduradas em todas as paredes de pedra. Um conjunto musical formado por quatro homens brancos vestindo máscaras e trajes formais se apresentava em um pequeno palco elevado. Um baixista, dois trompetistas e um tocador de tarol. A música tocou o coração de Thomas, como se estivesse anunciando sua chegada.

Longas mesas de bufê alinhavam-se em paredes adjacentes. Garçons serviam canapés em bandejas de prata. A maioria dos convidados ainda não chegara, mas aquele exagero de sofisticação tomou conta de Thomas.

Um homem fantasiado de urso marrom. Dois jogadores de beisebol. Uma Cleópatra magrela, completa, com víboras, fumava um cigarro em uma longa piteira. Outros vestiam trajes formais, com capas compridas, sua única fantasia uma máscara de porcelana cobrindo o rosto.

Vestindo um sóbrio terno cinza e uma máscara dourada, o Sr. Abberline caminhava ereto, as mãos às costas, lançando sorrisos forçados para os convidados. Uma fina camada de fumaça pairava acima de todos. Thomas ficou parado no mesmo lugar por um tempo, até que alguém agarrou seu braço.

Carmen vestia o uniforme branco e azul-celeste das enfermeiras da Cruz Vermelha.

— Veja só! — disse ela, apontando para Thomas. — Eu sabia que caberia. Claro que você veste tamanho 42. Eu sabia! — Ela deu uma volta. — Gostou da minha?

Ele gostou. Especialmente das meias brancas que lhe cobriam as panturrilhas, algo que nunca vira em uma mulher.

Ela tomou seu braço e o levou até o outro lado do salão, onde, à luz de tochas, as pessoas pareciam teatrais, notórias. Carmen tocou os ombros de outro casal. Kenneth McRyder vestia o uniforme de um general confederado, com dragonas e um enorme chapéu. Elizabeth era uma pastora, Bo Peep ou algo do gênero. Seu cabelo estava enrolado sob um gorro azul, e ela suspirou e levou a luva aos lábios ao ver Thomas.

— Sobrenatural — comentou.

Carmen baixou a cabeça no ombro de Elizabeth, e as duas se abraçaram. Kenneth assentiu em sinal de sóbria aprovação enquanto as mulheres observavam Thomas e Elizabeth erguia o queixo de Carmen.

— Tão adorável. Teremos momentos maravilhosos. — Ela se virou para os homens e repetiu as palavras. — Teremos momentos maravilhosos.

Kenneth levou a mão ao ombro de Thomas e perguntou se ele gostaria de beber algo. O ponche era frutado, carregado com álcool de cereais. Uma hora depois, os convidados começaram a ocupar o salão de baile. Bruxas e palhaços tristes, reis com caudas roxas com bordas de pelo de raposa. Entre as fantasias, moviam-se figuras de preto cujo único disfarce eram máscaras brancas sem características exceto um longo nariz. O baixo vibrava, os trompetes ficavam mais altos, como um lamento, e o tarol marcava um tempo lento e constante. No salão de baile havia três sofás e vários divãs de veludo, nos quais os hóspedes se acomodavam e conversavam. Carmen corou, e ela e Thomas continuaram rindo e enchendo seus copos de ponche. O riso do rapaz parecia fluir com facilidade.

O homem com fantasia de urso urrou e usou uma bailarina para se apoiar. Kenneth e Elizabeth circulavam em meio aos convidados. Carmen levou Thomas até a pista de dança e disse-lhe para se mover lentamente para a frente e para trás enquanto pousava uma das mãos em sua cintura. Ele olhou para o leve salpicar de sardas ao redor de seu nariz. O ponche deixara um gosto de abacaxi e melancia em sua língua.

Atrás dela, Thomas viu Kenneth e Elizabeth McRyder na parte externa de um círculo de dançarinos. A mulher falava com o marido, que assentia ao ouvir as palavras. Quando Thomas percebeu que Elizabeth os observava, ela não desviou o olhar.

Mais tarde, o rapaz viu convidados cochilando nos sofás, outros fumando longos cigarros com expressões atordoadas, alguns deitados no gramado e outros em disputas pelos muitos corredores do castelo. O frenesi de movimento e bebida destilava-se então em sussurros e posturas exaustas.

A essa altura, Carmen havia tirado o chapéu, o cabelo despenteado ao redor do rosto, e seus olhos claros estavam arregalados, provocadores e esperançosos atrás de cachos cor de damasco. Ela encontrou um candelabro, agarrou o punho de Thomas e levou-o para longe do salão principal. Uma escadaria de pedra ascendia em meio à escuridão. As velas produziam sombras em seu rosto enquanto Carmen sinalizava para que ele subisse a escadaria, uma imagem de luz algodoada.

Ela o levou até um claustro de pedra onde, pendurada a uma parede, havia uma grande e velha fotografia com uma pesada moldura. Ela se agachou com o candelabro.

— Veja. Eles descobriram isso há algumas semanas.

Thomas se agachou ao seu lado. A fotografia era em tons de sépia, e as chamas a coloriam de laranja e dourado. Na imagem, homens se aglomeravam sobre uma ampla paisagem de árvores e rochas, alguns próximos, outros ao longe. Em um gramado ao centro, havia dois homens em ternos escuros e expressões sérias. Thomas demorou algum tempo até perceber que aquele era o terreno onde o castelo fora construído.

Carmen pousou a mão sobre seu ombro.

— A foto é de 1903. O homem à esquerda é Robert McRyder. O outro é Adrian Van Brunt, o arquiteto, mas veja... — Ela movimentou as velas ao longo da foto em um gesto amplo. — Todos aqueles homens trabalhando ao fundo. Será que um deles não é o seu pai?

Ele podia ouvir as velas queimando. Sua luz iluminava as partículas de poeira que dançavam lentamente ao seu redor. Ele se inclinou em direção à fotografia, seu rosto quase tocando o vidro. De perto, a imagem estava borrada. Atrás de Van Brunt e McRyder, um trabalhador empurrava um carrinho de mão cheio de pedras em direção a estreitos trilhos de trem. Outro erguia uma picareta no ápice de um golpe. O rosto de Thomas refletia fracamente no vidro. De perto, a imagem parecia remota e sem qualidade, e seus olhos se estreitaram em defesa; era

1903, o ano de seu nascimento. Ele entendeu que seu pai simplesmente trabalhara ali, um entre centenas de outros homens, e, em vez de conexão, sentiu distanciamento. Em vez de impregnar o presente com o passado, a fotografia reforçava a crença em sua própria singularidade, sua estatura única, isolada — até mesmo a fotografia estava ali apenas esperando que ele a visse. A mão de Carmen deslizou por sua nuca.

Ele se ergueu, desequilibrado, o candelabro entre os dois. O rosto dela tornou-se sinistro à luz das velas, e ela sorriu, então sua expressão relaxou e sua boca se entreabriu. Quando ele avançou em sua direção, Carmen recuou contra a parede. Então, soprou e apagou as velas, uma a uma.

Thomas a levou para casa quando já era tarde, deixando-a em frente à cabana, as silhuetas de Kenneth e Elizabeth atrás das cortinas. Em seu estúdio, ainda trajando o uniforme de soldado, caiu no sono com facilidade, imaginando outras celebrações com a participação de uma versão um pouco mais velha, mais refinada, de si mesmo: um homem imperturbável, alguém que outras pessoas admiravam e desejavam conhecer.

Pouco depois do amanhecer, ele acordou com súbita energia, como se estivesse no meio de uma fala. Um céu nublado amenizava os matizes do castelo que, no alto do penhasco, já não lhe parecia tão formidável. Ele conhecera os salões, as escadarias secretas, e seu legado diminuíra. Com o clima frio e nublado, o lugar estava deserto, ninguém à vista. Após voltar bêbado para casa, Thomas colocara seus vidros no chão, e, naquela manhã, as lâminas pareciam triunfantes, piscando de volta ao capturarem a úmida luz do dia. Tudo estava ao alcance da mão.

Mas o silêncio adormecido projetava no estúdio uma sensação de sonho. Ele rodou uma pá, deixando o áspero punho de ferro rolar sobre a palma de sua mão. Certa vez, Rossitto dissera: "A coisa mais fácil do mundo é não trabalhar." O silêncio, a ausência até mesmo dos pássaros, criava uma presença irreal — um estado de espírito que o inspirava à divagação, e seus pés começaram a se mover em meio à quietude. Ele baixou a pá e começou a andar, ainda trajando o uniforme de soldado.

Thomas não tinha intenção de seguir a elevação através da floresta, até o ponto onde, mais abaixo, inclinava-se uma cabana arruinada em meio a uma clareira de mato e poeira e peles de cobra se agitando penduradas em um ramo de pinheiro. A casa de Astra ainda tinha uma janela quebrada. Um peru selvagem, solitário e absurdo, ciscava pelo pátio empoeirado. Thomas estava se preparando para descer quando a porta da cabana se abriu.

Volta saiu. Seu cabelo preto estava eriçado, e ele se aliviou em uma árvore, gemendo enquanto urinava. Atrás de enormes samambaias, Thomas viu o sujeito arrotar e se arrastar pelo caminho da floresta. Ele pensou que talvez estivessem jogando cartas lá dentro.

Thomas bateu à porta e o pai de Astra atendeu. Ocupava todo o vão de entrada.

— O que foi? Quem é você?

— Quero ver Astra.

O índio o encarou.

— Não lhe devo nada.

Ele não entendeu a relevância.

— Posso ver Astra?

Ele tentou contornar o sujeito, mas uma mão forte como pedra o empurrou para trás.

— Você tem dinheiro? — perguntou o homem.

— O quê?

— Dez dólares.

— Eu não tenho nada comigo — gaguejou Thomas.

O índio meneou a cabeça com simpatia.

—Volte com dez dólares.

Ele bateu a porta. Thomas deu a volta na cabana e olhou através da única janela do outro lado.

Uma pátina cinza e encardida embaciava a janela, salpicada de poeira e fios de cabelo. Ele viu um quarto que parecia desagradavelmente úmido e uma cama pequena. Sobre a cama havia lençóis emaranhados e, a um lado, viu um pequeno volume em meio aos panos. Cabelo preto escapava do bolo de tecido, e Thomas viu os cobertores subindo e descendo ao ritmo de uma respiração. Ele bateu no vidro.

O volume sobre a cama se mexeu. Sob o cabelo preto e grosso, um único olho escuro virou-se para a janela. Estava intumescido em consequência de uma contusão, e o observava com indiferença em meio a um inchaço roxo-claro. O olho piscou lentamente, sem vida, para o rosto do outro lado da janela embaçada. Uma pequena mão marrom afastou o cabelo. Então, ambos os olhos não mais o encaravam, o volume voltou a se enrodilhar ao redor de si mesmo e o mofo cinzento na janela pareceu engolir toda a cena.

Thomas correu pela floresta, através de galhos e arbustos, até chegar ao estúdio e ao silêncio total que tomava conta do lugar naquele dia.

Grossas fitas de cobre esperavam, enroladas, para soldarem os painéis no lugar. Ele começou a reaquecer uma lâmina azul, com a intenção de iniciar o processo de corte. Pegou a tesoura e testou a força das lâminas. A tesoura estava um pouco cega, salpicada de manchas de ferrugem. Ele pretendia começar com um painel grande e construir ao redor. O azul tinha muitos gradientes. O vidro marrom podia parecer vermelho quando exposto à luz, e isso era algo que teria de considerar ao finalizar a montagem.

Ele usou uma lima para raspar e afiar a tesoura, flocos vermelhos e prateados caindo no chão. Thomas raspou uma vez a lâmina, viu as partículas se desprenderem e caírem e, em seguida, voltou a raspar. Acumulando-se lentamente em uma pequena pilha, como uma minúscula neve marrom, os flocos começaram a representar outra coisa para ele, algo que o rapaz sentia ou sentira, alguém que conhecera outrora.

Ele se deslocou em círculos durante uma hora, erguendo uma peça e voltando a baixá-la, rearranjando seus materiais. Em seguida, foi até o barracão.

Quando Thomas entrou pela porta, a conversa cessou. A maioria dos homens estava ali, todos esparramados em vários estados de recuperação. Dois deles sentaram-se em seus beliches. Eles o viram caminhar até uma extremidade do salão, seus passos soando solitários. Jack Alden estava picando um rolo de tabaco e também parou para assistir.

Volta estava deitado de costas, braços sobre os olhos. Ele se sentou quando Thomas se aproximou.

— Ei, filho. Divertiu-se na noite passada? — Volta rolou para olhar para os outros homens. — Agora ele é praticamente nosso chefe, sabiam?

— Ei — disse Thomas. Volta olhou para ele. — O que você estava fazendo na casa de Astra?

Volta se levantou do beliche e ficou de pé junto a Thomas, o topo de sua cabeça mal atingindo o queixo do rapaz.

— Por que você não fala com o índio, John Monro? — sugeriu Volta, sorrindo. — O cara é péssimo no carteado.

Volta olhou ao redor, todos os homens sentados. Ele deu um passo à frente e enfiou um dos dedos no peito de Thomas.

— Ou você acha que as garotas daqui são todas suas?

Alguns murmúrios atravessaram o barracão. Volta olhou para todos outra vez e falou mais alto.

—Você acha que pode entrar aqui, onde ficam os homens que trabalham para viver, homens que suam e se esgotam de tanto trabalhar? — Ele abriu os braços em uma expressão paternal. — Bem, vá se foder.

Thomas tentou socar Volta, mas ele se esquivou com facilidade e empurrou o rapaz sobre um beliche. O escocês o acertou duas vezes nos rins antes que ele pudesse se levantar. Quando Volta ficou sobre ele, Thomas chutou, atingindo sua virilha, o que lhe deu tempo para ficar de pé.

O rapaz avançou, plantou um dos pés e jogou todo o peso no punho. O nariz de Volta estourou em vermelho — respingos de sangue como teias de aranha no ar. Volta aparou o golpe seguinte, segurando-o pelo punho e apertando. Então, enfiou a mão no bolso, rosto coberto pelo líquido escuro, apenas olhos e dentes visíveis.

— Certo. É assim que você quer? — Volta puxou a mão do bolso. Um soco inglês envolvia os nós de seus dedos. — Odeio ser eu a ter de lhe dar essa lição.

Volta baixou o punho uma vez, segurando Thomas pelo braço. As pernas do rapaz lhe faltaram e deixaram-no suspenso como um saco de pancadas. O punho baixou outra vez, rasgando uma das sobrancelhas e abrindo seu lábio até o nariz esmagado. Ele ouvia homens gritando em algum lugar mais acima.

Em meio a uma névoa de dor, com sangue nos olhos, ele estendeu a mão, apertou os testículos de Volta e puxou-os para baixo. Volta gritou e o largou. Thomas tentou se arrastar para trás, cego. O escocês xingou e se curvou, segurando os próprios testículos. Sua virilha estava molhada.

— É assim? É assim que vai ser?

Thomas tentou rastejar, mas Volta se aproximou e chutou-lhe a virilha. Em seguida, desferiu-lhe pontapés na coluna e nas costelas. Ele voltou ao beliche e vasculhou a mochila.

— Tudo bem. Tudo bem — repetia.

O barracão silenciou quando Volta tirou uma faca Bowie da mochila. Ele se agachou sobre Thomas. A luz do fogão brilhava na lâmina. Volta o virou.

Thomas não conseguia ver nada. Só sentia alguma coisa se inclinando sobre ele, uma massa barulhenta na margem distante de um lago escuro no qual flutuava. Ele sentiu algo virá-lo e engasgou, percebendo que sua garganta estava cheia de um líquido com gosto de cobre. Ele estava se afogando em um lago de cobre.

Seus ouvidos zumbiam, de modo que não ouviu o tiro, apenas sentiu algo pesado tombar sobre as tábuas do chão. Entendeu que a massa escura não estava mais em cima dele, e, enquanto afundava em águas escuras, uma bolha negra irrompeu em seus lábios.

O silêncio tomou conta do lugar. Abberline estava à porta, braço ainda estendido. A fumaça do revólver rodopiava em direção ao teto, se desmanchando contra as vigas de madeira.

Duas costelas, quatro dedos, nariz e queixo quebrados. Um médico foi à cabana dos McRyder e endireitou-lhe os ossos, costurou-lhe o lábio e o couro cabeludo, pôs uma tala em seu nariz e deixou morfina e láudano com a família. Na segunda manhã, a febre ficou mais alta e todos pensaram que ele não sobreviveria.

O rosto de Thomas estava enfaixado e ele delirava em seu sono. Carmen permaneceu ao lado da cama. Na quarta noite, ela estava dormindo, e Elizabeth McRyder foi a única pessoa a ouvir Thomas finalmente despertar.

Ele começou a se remexer em espasmos, murmurando. Elizabeth chegou à porta segurando uma vela junto à barriga, viu sua forma escura lutando contra os lençóis que o embrulhavam e ouviu-o dizer "Astra" duas vezes. Na manhã seguinte, a febre cedeu.

A luz ambiente era filtrada pelas bandagens. Luz fosca, sulfúrica. Thomas podia sentir o cheiro de álcool e bálsamo em seu rosto. Ele ouviu alguém chorando, sussurrando. Gradualmente, através de uma lenta acumulação sensorial, percebeu que estava acordado. Alguém estava chorando perto dele. Uma familiar voz feminina, inglesa, disse o nome "Edward" entre soluços.

Elizabeth McRyder conversava com o Sr. Abberline à porta, enquanto, em uma janela nos fundos da cabana, Kenneth observava as folhas caídas sendo erguidas pelo vento, as curtas rajadas provocadas pela paisagem acidentada. Vez por outra, uma enorme pilha marrom se erguia, como se chutada por uma bota invisível, formando então uma espiral densa que corria brevemente em certa direção antes de as folhas voltarem a cair. Como se tivessem ganhado vida num instante e, então, morrido no seguinte. A terra inspirava-lhe as mais profundas percepções.

Uma semana depois, as bandagens foram removidas. A luz forte ofuscou Thomas, e ele não viu Carmen erguer as mãos e virar o rosto para o lado. Mas a ouviu gemer.

Ângulos estranhos com extremidades azuladas compunham seu rosto, e um dos lados do seu corte de cabelo estava mais alto do que o outro. Uma linha de pontos escuros costurava o topo de seu couro cabeludo, e outra se estendia de seu lábio até a narina direita. Kenneth estava perto dele e não disse nada. Elizabeth tirou Carmen do quarto.

Mais tarde, sozinho, Thomas os ouviu conversando em algum lugar da casa. O quarto e o corredor adjacente estavam vazios, e ele não sabia de onde vinham as vozes.

Ele não viu Carmen ao reunir suas coisas. Kenneth lhe deu alguns conselhos superficiais:

— Descanse por algum tempo. Procure-nos se precisar de alguma coisa.

Thomas escreveu em um pedaço de jornal: VOU TERMINAR O VITRAL.

— Bem. — Kenneth coçou a parte de trás da cabeça, parou e sorriu. — Bem, vamos facilitar as coisas. Isso não é importante agora.

Afinal de contas, nós já temos uma janela ali. — Kenneth verificou o corredor e conduziu Thomas pelo braço, um tanto brusco demais para parecer educado.

— Sabe, você me decepcionou.

— Por quê?

Com a mandíbula rígida, Kenneth expressou claramente sua decepção.

— Essas... *brigas*. Isso é ridículo. Um verdadeiro desperdício.

A floresta silenciosa antecipava o inverno. O caminho estava úmido, azulado pela noite, folhas se desintegrando sob seus pés enquanto ele mancava lentamente floresta adentro, deslocando-se com rigidez.

A janela da cabana de Astra ainda estava quebrada. Nenhuma luz iluminava o lugar e a porta se abriu sem resistência. O fogão estava apagado, mas a chaminé de ferro preto fazia chover flocos finos de fuligem negra em uma pequena pilha. Os dois cômodos estavam vazios. A poeira se acumulava pelo chão.

No quintal, à luz do fim da tarde, descobriu duas marcas de rodas e cascos de cavalo impressos no chão. As marcas deixavam o espaço aberto e penetravam no matagal. A vegetação estava achatada em uma linha reta que levava até uma ampla estrada de terra. Pouco mais adiante, as marcas haviam sido apagadas pelo vento e pela chuva, enterradas sob terra dura e fria.

Poucos homens permaneceram no barracão. Os que ficaram, desviavam o olhar ao verem seus pontos e seu rosto quebrado. Jack Alden esculpia um bloco de madeira balsa e ergueu a cabeça, lascas de madeira e folhas de tabaco agarradas à barba.

Com uma expressão de dor, Thomas falou com dificuldade, sem mover o maxilar:

—Vocês sabem onde está o índio grandalhão? John Monro?

Alden olhou para o rosto de Thomas e, em seguida, se virou para a madeira que entalhava. Ele balançou a cabeça em negativa e acrescentou:

—Você pode falar com Abberline. Eles estavam conversando há alguns dias. Foi a última vez que vi Monro por aqui.

Quando Thomas estava saindo, Alden acrescentou:

— Uma barba cobrirá a maior parte disso — acrescentou Alden quando Thomas estava saindo.

Ele bateu à porta de Abberline e o capataz abriu, mantendo um charuto apagado entre os dentes.

— Bem — disse ele. —Volta fez um belo trabalho em você, não é mesmo, garoto?

— Onde está o índio? — As palavras eram lentas e dolorosas.

— Perdão? — Ele parecia achar graça do tempo que levou para Thomas terminar a frase.

— Índi... John Monro. Onde?

Abberline acendeu o charuto metodicamente, prendeu a fumaça e soprou-a para cima, onde pairou em um halo cinza.

— Eu gostaria de sugerir. — Ele olhou para Thomas e voltou a tragar. — Eu gostaria de sugerir que você aproveitasse esta oportunidade para refletir sobre sua sorte por estar vivo, e talvez considerar maneiras de retribuir a amizade dos McRyder.

— Onde está Monro?

— E, devo acrescentar, você poderia demonstrar um pouco de gratidão a mim.

— Pelo quê?

A fumaça desceu sobre o rosto do capataz como nevoeiro sobre uma montanha.

— Por eu ter salvado sua vida.

***

Carmen abriu a porta e ele passou pela mulher, vendo apenas a parte de trás de sua cabeça enquanto ela se virava.

— Você sabe para onde eles a mandaram? — perguntou.

— Eu não... Quem?

Carmen manteve os olhos virados para uma cômoda. Com dedos longos e brancos, ela ajeitou uma estatueta de cristal representando cavalos a galope.

Thomas viu Elizabeth McRyder de pé no corredor, a expressão fria e imóvel de quem sabia de alguma coisa.

— Foi você? — perguntou Thomas. — Você a mandou embora?

— Não entendo uma palavra do que você está dizendo — respondeu Carmen.

— Olá. Algum problema? — A voz de Kenneth soou mais atrás.

O homem estava ao lado de Abberline no vestíbulo, com a porta da frente aberta atrás deles. Abberline observou Thomas atentamente e passou um polegar sobre a coronha do revólver. As cinco pessoas estavam de pé como as extremidades de um tenso pentagrama; Carmen olhou para baixo e acariciou a crina dos cavalos de cristal. Eram uma peça única, formas individuais lutando contra a base cristalina e irregular que os prendia. Ela não ergueu o olhar quando ele se foi.

Carmen voltou para a Inglaterra pouco depois do Natal. Em 1930, casou-se com um bancário vinte anos mais velho. Morreu em Londres, durante um bombardeio, em 1944.

Em 1936, em consequência de problemas financeiros, os irmãos McRyder arrendaram o castelo como hotel e resort de férias, gerido por uma velha matrona chamada Josephine Raliegh. Em 1942, faíscas de uma lareira incendiaram as telhas de madeira da mansão, e a construção foi rapidamente destruída pelo fogo.

Uma chuva de cinzas brancas caiu durante toda a manhã seguinte.

A Câmara de Comércio do Missouri transformou o Ha Ha Tonka em Parque Estadual em 1978 e decidiu deixar as ruínas do castelo onde estavam, apenas os muros externos chamuscados ainda de pé.

Thomas Koenig terminou o vitral, seu primeiro trabalho contratado, em março de 1923. Os pontos haviam sido retirados há meses, e seu cabelo voltara a crescer. Sem ter certeza de que iriam utilizar a vidraça, ele continuou trabalhando até o Natal, dedicando todo o seu tempo ao acabamento da superfície, à fatura e à passagem — o modo como as peças se encaixavam e suas texturas se sobrepunham.

A certa altura, pensou em inserir o rosto de uma garota no vitral. Passou dias desenhando-o até sentir que conseguira um retrato viável. Ela teria pele marrom, cabelo negro e olhos castanhos. Porém, embora tivesse desenhado a menina perfeitamente, era impossível negar que o rosto interferia no restante da composição, então abandonou a ideia.

Quando o vitral foi concluído, os McRyder gostaram muito do resultado, e ele supervisionou a instalação de seu trabalho na parede do frontão leste, onde permaneceu até o incêndio de 1942. Disseram-lhe que, durante o incêndio, o vitral se encheu de uma luz feroz e suou, as chamas criando um caleidoscópio que dançava, estremecia e chacoalhava. Então, o vidro explodiu em milhares de fragmentos coloridos, como se cuspidos pela rocha, perseguidos pelo fogo.

Seguiu-se uma vida longa. Décadas se passaram, o século XX ululando, apressando-o para que seguisse em frente. Houve esculturas nos anos 1950 e 1960, uma série de palestras e um mural de vidro para o prédio das Nações Unidas.

Mas desejo imaginá-lo naquele momento, pouco depois de completar o vitral. Quero encontrá-lo no momento em que começa a fazer perguntas diferentes.

O vitral está sendo erguido com grossas cordas de cânhamo e polias rangentes. Thomas se inclina perigosamente sobre uma plataforma de compensado que instalaram às pressas. O pináculo de vidro pesado e frágil roda e oscila até que um dos homens o agarra, enquanto outro puxa a corda e a borda chega a sua mão enluvada. Depois de o vitral ser instalado, Thomas permanece mais dois dias ali.

Ele se senta sob sua obra e observa, livre para se sentir exausto, mas então precisa se perguntar o que é aquele vitral, porque não é o que ele havia imaginado. De modo algum. E, uma vez que não é, precisa se perguntar o que é aquilo e quanto, exatamente, vale.

Thomas faz caminhadas pela borda do penhasco para vê-lo ao longe e percebe que contrasta com a pedra neutra, como uma ferida sangrando luz. Ele dorme junto ao vitral para ver como se parece ao luar.

A única certeza que admite é que o vitral não é muito bom, simples assim. Contra a pedra neutra, suas cores agora lhe parecem berrantes, escolhidas por sua brilhante estranheza, mas sem a coesão que almejara. As formas fazem com que a composição pareça confusa, indefinida. A única coisa de que gosta é do carvalho desfolhado em sua base — elegante, agradável. Aquela árvore representa para ele o que o vitral poderia ter sido. Mas, seja como for, estava claro para Thomas que não fizera um trabalho muito bom.

Como exatamente ele pensava que seria? Será que ao menos o concebera com clareza em sua mente? Enfim, teria ao menos valido a pena? É difícil dizer agora. Quanto mais ele avalia a peça, mais significativos se tornam os seus erros. Ele se pergunta o que teria de ser feito para que aquele trabalho valesse a pena. Esta é uma nova pergunta.

Ele caminha até o penhasco, o saco de lona às costas, voltando pela mesma rota que usou para chegar ali. Libélulas preenchem o ar entre os galhos em forma de garras, nodosos e frágeis, o caminho repleto de folhas encharcadas. Sombras passam sobre seu rosto, um garoto com seus dois novos talhos rosados e seu nariz torto.

Ele dá meia-volta e desaparece atrás de um grupo de árvores esqueléticas.

Fugitivo — Buscando a luz do dia em Luisiana

1.

Na aldeia de LaTourse, ao sul da Luisiana, entre Port Salvador e Travis City, onde há décadas as florestas de pinheiros haviam sido derrubadas, tornando-se incapazes de se regenerar, e as refinarias agora empregavam metade do pessoal que tinham empregado originalmente, a maioria dos oitocentos e tantos habitantes não conhecia a propriedade dos Prater, e muitos dos que a conheciam, quando perguntados, frequentemente fechavam a cara e balançavam a cabeça para a frente e para trás em um gesto de piedade. Já outros, menos simpáticos, torciam o nariz como se tivessem sentido o cheiro de algo estragado. A propriedade ocupava o lugar onde antes ficava a antiga base aérea de Chenault — alguns hectares de pastagens vazias ao sul da pista de pouso, agora rachada e repleta de ervas daninhas, e junto ao lago Quelqueshue, na margem oposta das refinarias, que à noite refletem na água a imagem de uma futura metrópole construída com metal e fogo. Outrora vivera uma família ali, mas agora o velho Burris Prater morava apenas com seu filho mais novo, Wesley, que estava em casa havia dois meses e ainda se pegava sentindo uma vaga saudade da ordem, da segurança e dos cuidados do hospital. As refeições eram controladas, setas pintadas no chão o informavam onde pisar e as pessoas perguntavam como ele estava se sentindo.

Naquela manhã, um tiro de espingarda o arrebatara de seus sonhos. Wes Prater acordou assustado ao ouvir o estrondo de uma arma de fogo, o barulho ainda ecoando além de suas cortinas amarelas transparentes. Outro estrondo tomou seus ouvidos, despertando-lhe lembranças, e ele imaginou TJ no campo, de madrugada, a forma como deve ter se ajoelhado e se apoiado no cano, como se rezasse para a arma. Ele não gostava de dormir no beliche de cima, mas não conseguia preencher a depressão que o irmão mais velho imprimira no colchão de baixo.

Wes pulou da cama e vestiu uma calça jeans. Seu pai estava sentado na varanda, em uma cadeira de jardim dobrável, de frente para o extenso matagal ao redor da casa. O velho carregou mais três cartuchos na espingarda. Uma fumaça doce escapou pela culatra, e aquele cheiro trouxe a Wes uma lembrança que ele já não mais possuía. O cabelo de seu pai ficara ralo e com uma cor arenosa, metálica, o rosto encovado e salpicado de sardas escuras. Ele usava um roupão cor-de-rosa esfarrapado que pertencera à esposa, e Wes se lembrou de sua mãe vestindo aquele robe enquanto fumava diante de uma frigideira de ovos com lombo canadense. Ao lado dos pés descalços e repletos de veias do pai, cartuchos de espingarda se espalhavam ao redor de uma garrafa de Dickel pela metade. Encostados a um canto da varanda havia dois sacos de lixo cheios de latas de High Life, perto de um tanque de oxigênio azul desgastado e sua máscara de plástico. O velho guardava seu uísque Dickel em um armário fechado e escondia a chave.

— Tem alguma coisa lá fora. — O pai usou a arma para apontar para os campos vastos de mato amarelado enquanto apertava o robe cor-de-rosa sobre o peito com a outra mão. — Não sei o quê. Um coiote. Um lince. Vi apenas de relance. — Ele ergueu o copo do chão da varanda e levou-o aos lábios retraídos. — É marrom. Castanho-claro.

— Pai...

As extremidades da fita amarela amarrada ao redor de um carvalho estavam gastas e esfarrapadas. Uma bandeira americana flácida pendia de um poste que se projetava da única empena sobre a varanda. A pintura da casa desbotara, rachara e descascara, de modo que o telhado duas águas parecia estar vestido de casca de árvore. Sobre o ombro esquerdo de Wes, um celeiro cinza e vazio inclinava-se para oeste, como se estivesse tentando ouvir alguma coisa.

— De qualquer modo, não temos nada aqui que atraia um coiote. Não temos galinhas nem nada — disse Wes.

A cabeça quadrada do velho se ergueu.

— O que quer dizer com isso? É uma provocação?

Ele baixou a arma sobre os joelhos e estreitou o robe ao redor do pescoço.

— Não — respondeu Wes. — Eu só estava...

O pai ergueu a arma e voltou a vasculhar o campo, que continuava inalterado, cor de cobre envelhecido, espalhando-se ao redor de sua casa como se tivesse vazado ou sangrado em todas as direções. O mato parecia ter sido cozido ao sol, e dava a impressão da casa estar à deriva, um barco desancorado em um mar cor de urina. A lua ainda era visível, como uma lasca de nuvem no céu da manhã. Ao lado do carvalho, no pequeno quintal de terra, havia três placas mais ou menos alinhadas. A brisa balançava aquela com os dizeres O PODER DO ORGULHO. Houve mais um estampido e Wes pulou para trás, o calor e os resíduos do disparo colidindo ao seu lado. O velho ejetou a cápsula fumegante.

— Eu não vi nada.

— Bem, eu vi.

Wes se virou e olhou pela porta da frente para os fundos da sala de estar, onde podia ver o armário de armas. Ele identificou qual delas estava faltando, a Remington de seu irmão, agora cruzada sobre o colo do robe cor-de-rosa. O pai ergueu o copo, esvaziou-o, estalou os lábios.

— Você está usando... — começou Wes.

O pai esperou, irritado.

— Estou usando o quê?

Ele levou a arma ao ombro.

— Nada.

— Você foi ao mercado hoje? Preciso de salsichas e a cerveja está acabando.

Wes assentiu e, além da pólvora, sentiu um forte cheiro de amônia que fez arder seus olhos. A cadeira em que seu pai estava sentado era feita de tiras de lona que se entrecruzavam sobre uma armação de alumínio e, mais abaixo, uma poça brilhava na varanda. Ele foi até a frente do pai e viu que o colo de seu robe estava encharcado.

— Droga, pai. De novo?

O velho olhou para a virilha enquanto empunhava a arma com ambas as mãos.

— Cale a boca. Saia do caminho. Tem alguma coisa lá fora.

Wes entrou, vestiu-se e ouviu a arma disparar mais algumas vezes, cada detonação fazendo-o se sentir mais nauseado e inseguro. Ele fez a barba e viu um fio de sangue escorrer pelo pescoço. Estava pensando muito em TJ naquela manhã. TJ no deserto, libertando a Cidade do Kuwait. TJ de volta em casa, tatuado, contando histórias sobre uma garota mexicana, um tipo de bruxa com quem ele se casara em um tipo de cerimônia. TJ puxando um gatilho e transformando sua cabeça em uma névoa vermelha na planície inútil de grama seca do lado de fora da janela. Ao sair do quintal, Wes imitou um chute de caratê e derrubou a placa que dizia CONFIAMOS EM DEUS.

O pai gritou da varanda.

— Covarde.

A F-150 já não era nova quando o pai a comprara, havia treze anos. A caminhonete saltava e chacoalhava sobre as lombadas altas na frente da casa. O supermercado mais próximo ficava a uns cinco quilômetros ao norte e, a princípio, ele sentiu vontade de simplesmente continuar dirigindo; mas escapava-lhe um destino. Uma garota chamada Clara trabalhava na caixa registradora da Cormier's Grocery, e ele achou que ela poderia ser um destino a seguir e sentiu, como alguém tropeçando em uma corda, que ela poderia lhe saciar algumas incômodas urgências. A loja tinha um daqueles letreiros antigos cujas letras podiam ser substituídas para escrever mensagens diferentes, com uma seta iluminada mais acima, virada para a estrada. Naquele dia, dizia: SOU O GUARDIÃO DE MEU IRMÃO? SIM EU SOU. As conchas no piso do estacionamento estalavam como fogo sob os pneus carecas da caminhonete.

Ele já conversara com Clara. Tanto ela quanto a dona da loja pensavam que ele estivera no Iraque. Ele dissera para Clara que acabara de voltar da guerra, que era sargento. Seus lábios eram finos e rosados, um rosto pontudo coberto de sardas douradas, cabelo louro como um lago iluminado pelo sol, e seus olhos verdes pareciam se destacar em meio a esse campo ensolarado. Um dos dois, ao menos. Seu olho esquerdo era preguiçoso, ou talvez de vidro, e vagava discretamente para um canto, como se estivesse tentando olhar para o ombro.

Clara estava trabalhando, mas a fila estava longa, de modo que Wes não conseguiu conversar muito com a atendente ao comprar dez latas de salsicha vienense, dois pães da Wonder Bread, maionese, leite, papel higiênico e um engradado de trinta e seis latas de High Life, mas isso não tinha importância porque, quando ela sorriu para ele, Wes perdeu boa parte de sua capacidade de se expressar verbalmente. Distraído, entregou-lhe uma nota de dez e, em uma espécie de torpor, saiu da loja.

A caminho de casa, pegou a Big Plain Drive em direção à cidade e abriu uma cerveja. Começou a pensar em Clara, mas, em seguida, seus pensamentos se voltaram para lembranças do dia em que a refinaria explodiu. Lembrou-se de sua irmã, Anneise, no campo, emergindo em meio ao matagal com Barret Wagner, um amigo de seu irmão. Havia pedaços de grama presos no cabelo de Anneise e, na margem oposta do lago Quelqueshue, um aglomerado de chamas alaranjadas brotou da névoa metálica das refinarias de petróleo; outro estrondo fez o solo estremecer, e os pássaros irromperam das árvores à margem. Do outro lado do lago, parte do céu estava tomada por manchas vermelhas e arfantes, cuspindo na água. O calor era intenso, e o ar estava gorduroso e repleto de partículas, tomado de gás, fumaça e calor. Seu pai e Wagner correram até o estábulo para proteger os cavalos. Um deles escoiceara a baia e quebrara a perna e o proprietário os processaria por negligência. Depois disso, o pai nunca mais hospedou cavalos, e a fazenda perdeu sua última fonte de renda. Wes e a irmã ficaram ali, observando as erupções e ouvindo as sirenes. Mais tarde, o pai explicou o que acontecera, que doze homens haviam morrido, mas tais fatos não roubaram a beleza do fogo turbulento ou a sensação única e inesperada de que algo acontecera. Algo rompera a tranquilidade das horas de luz solar. Ele se lembrou do mato seco e amarelo grudado nas costas da irmã e das manchas de grama em seus joelhos.

Naquela época, parecia que a vida não era uma coisa só; que poderia haver mais. Então, certo dia, sentiu exatamente o oposto; que a vida era uma coisa, e uma coisa apenas: uma espera.

Aos dezessete anos, Anneise fora embora de casa com Barret Wagner. Na época, Wes tinha treze anos. Não recebiam notícias dela havia alguns anos, e o pai não falava sobre a filha. Wes bebeu três cervejas enquanto dirigia em um pequeno círculo ao redor da praça, do campo de futebol, da antiga serraria e do cassino indígena na periferia da cidade. O garoto imaginou que, quando Clara fosse sua namorada, ele saberia a verdade sobre seu olho.

Quando voltou para casa, cerca de uma hora mais tarde, um Dodge Shadow verde estacionado no quintal interrompeu seus devaneios com uma sensação de profundo mau agouro.

Clara estava dentro da casa. Estava sentada na sala de estar e falava com seu pai com uma expressão levemente horrorizada.

— Ha! — exclamou o pai. — O herói de guerra voltou! — Ele riu e levou a máscara de oxigênio ao rosto.

Clara se levantou.

— Eu vim até aqui porque você me pagou menos do que deveria. O total era de dezenove dólares e você só me deu dez. Eu disse para a Sra. Marie que viria aqui buscar a diferença. Achei que você já tivesse voltado.

— Não — respondeu ele, e baixou a cerveja e os mantimentos.

— Quero ouvir algumas histórias de guerra! — exclamou o pai, e voltou a sugar a máscara. Ele girou o registro e o tanque sibilou.

— Hum — murmurou Wes.

Clara passou por ele, tímida e apressada, ajeitando uma mecha de cabelo atrás da orelha.

— Você não quer o dinheiro? — perguntou o garoto quando ela já estava à porta.

— Ah. Sim. Tudo bem. Foi que, bem, você só me deu dez. Então...

— Eu quero ouvir algumas histórias de guerra!

— Cale a boca!

— Ou posso pegar mais tarde — disse ela, abrindo a porta. — Quero dizer, tanto faz.

— Certo. Espere.

Seu sorriso saiu tão desajeitado que chegou a doer, e, pelo canto do olho, ele viu o pai sorrindo quando puxou do bolso duas notas amassadas de cinco dólares. Clara pegou o dinheiro e tentou sorrir, mas até mesmo seu olho bom o evitou, e ela correu até o Dodge como se estivesse fugindo de um crime.

Wes ficou à porta. Uma bolha de saliva se aninhava no canto do sorriso torto do pai.

— Você deveria ter vergonha de si mesmo. Roubando o legado de seu irmão.

— Eu tenho um *uniforme*. Eu *estive* no exército.

Os lábios do pai, finos como uma ferida em seu rosto, se abriram e ele gargalhou.

— Você não esteve no *Iraque*. Durou menos de dois meses. Disseram que foi dispensado. Por loucura.

Wes olhou para os campos do lado de fora da porta, para as placas no quintal, para a nuvem de poeira que se desintegrava sobre a estrada.

O pai enumerou usando uma das mãos:

— Instabilidade mental. Ataques de pânico. Transtorno de ansiedade. Dis-fa-si-a.

Os punhos de Wes se fecharam enquanto a poeira do carro de Clara flutuava sobre a estrada como um lenço fantasmagórico.

— Você não pode inventar mentiras assim — prosseguiu o pai. — Eles o rejeitaram. Isso significa que você é louco de pedra.

Wes sentiu o rosto esquentar.

— Eu me pergunto por que toda a sua família foi embora — disse ele. — Eu me pergunto por que mamãe e Anneise foram embora.

O pai ergueu a garrafa de Dickel.

— Quem deveria ter ido embora ainda está aqui.

— Todo mundo está farto de você.

O pai acendeu um cigarro.

— Você deveria se envergonhar. *Sargento*?

— Mamãe odiava você. Anneise também. TJ...

— Ah, então aquilo foi culpa *minha*. Pode me culpar, seu maldito covarde.

Wes avançou e ficou cara a cara com o velho.

— Para o que você presta além de mijar nas calças?

Gotas de saliva salpicaram o rosto manchado do pai, que pareceu estar gostando daquilo, seus olhos brilhando com a única vitalidade de que eram capazes.

— E você? Contando para uma garota que é um grande herói de guerra. Fingindo ser seu irmão.

Wes segurou as abas do roupão e ergueu o pai da cadeira.

— Você não precisava dizer nada!

— Ah, que grande homem! — O pai tossiu. — Mesmo quando era criança. Sentado lá fora nos campos. Conversando com as pedras. Seu louco filho da puta.

— Mamãe não achava que você fosse homem que prestasse, não é mesmo?

O pai golpeou com a garrafa de Dickel quase vazia e atingiu o rosto de Wes, fazendo-o cambalear para trás.

— É isso aí, seu covarde. Venha aqui para ver uma coisa.

Wes arrancou-lhe a garrafa da mão e bebeu o conteúdo enquanto o pai tateava o ar tentando recuperá-la.

— Seção Oito! Vá falar com suas pedras!

Wes ergueu a garrafa pelo gargalo como se pretendesse atingir o velho.

— Vá em frente, grande homem! — exclamou o pai, pescoço esticado, rosnando.

— Você deixou que ela fosse embora! Com Wagner! E nem tentou impedir!

O pai perdeu um pouco da rigidez no pescoço e balançou a cabeça.

— Eu odiava aquele garoto. Desgraçado. Eu o odiava.

O braço de Wes desceu.

— Sim. Eu também.

— Mas não fale sobre seu irmão.

Wes deixou cair a garrafa no chão, foi até a janela leste e olhou para o campo de mato alto e mortiço. As tatuagens de TJ foram feitas no México, depois que ele recebeu baixa. Eram símbolos indígenas estranhos e sinuosos que cobriam seus dois braços. Eram pretas e se entrelaçavam, um labirinto de assinaturas tribais. Wes imaginou as tatuagens sendo bruscamente projetadas para trás, o estrondo, uma explosão vermelha à luz da aurora.

— Não era Seção Oito — disse Wesley. — A regulamentação de dispensa se chamava AR 635-200.

— Traga outra garrafa. Está destrancado.

— Você se lembra de TJ falando sobre aquela garota que o tatuou no México? Uma sacerdotisa?

— Não.

— Não. Porque ele nunca conversava com você. "Você faz muito bem em conversar com as pedras, Wes." Era isso o que ele me dizia.

— Traga outra garrafa.

Finalmente, o pai se levantou do sofá com braços trêmulos. E voltou com outra garrafa de Dickel.

— Você encontrou o lince?

— Eu não sei ao certo se era um lince. — O velho se recostou no sofá. — Mas tem alguma coisa lá fora.

Wes se virou para a janela, seu reflexo sobreposto ao campo mórbido que o vento começava a agitar. Ele ouviu o pai engolir, o estalar de seus lábios. Ele quer morrer, pensou Wes, e ouviu o pai rir. Então, murmurou:

— Deveria ter sido você.

— Repita.

— Deveria ter sido você lá fora. Com uma arma.

Outra risada.

— Deveria ter sido *você*.

— Evitaria a todos o incômodo de terem de ir embora.

— Já lhe ocorreu que fui eu quem quis que ela fosse embora? Isso já passou por sua mente idiota?

Ele ainda olhava pela janela. A propriedade não tinha cercas, embora uma fronteira parecesse definitivamente traçada, limites determinados por elementos psíquicos, históricos. Ele ouviu o fósforo ser aceso, sentiu o cheiro de enxofre e, então, o cheiro de tabaco do cigarro Pall Mall de seu pai.

— Sabe, você não é meu — disse o velho.

Uma pausa e Wesley soube que o pai estava escolhendo as palavras que diria a seguir. Ele ouvira rumores. Certa vez, no lago, Anneise lhe dissera algo sobre sua mãe. Eles estavam tomando banho nus e Wes, então com dez anos, estava com vergonha de sair da água por causa de uma ereção.

— Não — continuou o pai. — Não poderia ser. Você não era meu e ela nem mesmo o levou. O que acha disso?

— Quem?

— Quem o quê?

— Quem era?

O pai deu de ombros.

— Como saber? Sua mãe era uma puta.

A notícia não o abalou. Wes sempre se sentira do lado de fora de sua história, de sua família, e sua solidão, consolada pelas pedras e pela grama, se acomodara a uma realidade secreta, imaginária, de modo que ele já se habituara ao status de bastardo antes mesmo de qualquer verificação.

Burris Prater deve ter sentido uma pontada de culpa, porque murmurou atrás de Wes:

— Mas não foi culpa sua. Eu disse isso para mim mesmo. Mantive você aqui porque não foi culpa sua. A culpada era ela. E eu o criei como se fosse meu.

Wes olhou para o campo. Ele abandonara a escola aos quinze anos, depois de Anneise ter fugido e muito tempo depois de sua mãe ter ido embora para seguir um sujeito que viajava com uma missão evangélica. Tinham se passado três anos, nos quais escavou valas de irrigação sob o sol. Sentado ao ar livre com suas pedras favoritas, observando as refinarias no outro lado do lago. Então, o exército e o hospital. Ele se afastou da janela e olhou sem expressão para o corpo decrépito e sardento envolto no robe.

— Eu só estou bêbado — murmurou o velho.

Wes passou por ele.

— Aonde você vai? Vai passar um jogo dos Rangers mais tarde.

O garoto não respondeu e fechou a porta da frente ao sair.

Sendo arranhado por lâminas afiadas e flexíveis, Wes atravessou o matagal e caminhou em direção ao lago. As refinarias se assemelhavam a um órgão de tubos, e não existia nada vivo no lago havia muitos anos, exceto a camada preta e púrpura das algas. Empunhando uma cerveja, ele se sentou de pernas cruzadas na margem úmida.

Assim como em sua infância, o tempo ali marcava o lugar como o fluxo da água, momentos passados fazendo observações, olhando para as coisas. Grama, pedra, água, nuvem. Cada observação demarcava o tempo e dava-lhe a posse daquilo, tornando-se algo que ele habitava. Sol e pôr do sol, água salpicada de luz. Ali, ele podia dobrar o tempo e fazê-lo passar sem sentimentos, transformar horas em um momento, sentir a pedra e desaparecer quando a luz do dia se tornasse esmagadora, grossa como cera.

Os mosquitos e um impulso irresistível de urinar o despertaram de seu transe. Algumas horas haviam se passado. Ele entrou em casa e encontrou o pai esparramado no chão, o tanque de oxigênio tombado e duas garrafas vazias de Dickel junto ao corpo. Wes passou por ele em direção ao banheiro, aliviou-se, e, em algum momento durante esse processo, se deu conta de que o velho estava morto.

Ele voltou para a sala e olhou para o cadáver. Uma piscina de vômito escuro espalhava-se sob seu rosto, mas não havia bebida derramada, de modo que concluiu que o pai esvaziara as duas garrafas no espaço de algumas horas. *Ele queria morrer*, pensou Wes. *Desde o momento em que acordou esta manhã.*

Foi um pouco como no dia em que as refinarias explodiram.

2.

Enterraram seu pai em um cemitério com vista para o Golfo do México. Exatamente cinco pessoas se reuniram sob uma lona verde que projetava uma luz da cor do mar, do mesmo modo como uma nuvem abriga uma chuvarada. Cheiro de peixes mortos. Wesley tinha a sensação de que estavam todos dentro de um aquário vazio. O jovem padre afetava um ar de drama litúrgico, pontuando frases com bruscos meneares e movimentos de cabeça. O coroinha mantinha os olhos virados para o Golfo e dois coveiros pareciam entediados enquanto observavam a simples caixa de pinho descer.

Wesley ainda pensava nele como seu pai, porque não tinha mais ninguém para encarnar esse papel. Burris Prater não tinha nome do meio, e tudo o que Wes sabia de seus avós paternos eram fragmentos que o velho sempre usara em um tom de autodefesa acusatória. "Meu pai fazia sapatos e nos deixou quando eu tinha cinco anos. Eu tinha duas irmãs e minha mãe não podia trabalhar porque estava doente. Quando ela morreu, fui trabalhar nas fábricas."

Ele se casou tarde com uma mulher mais jovem e comprou uma fazenda, mas a terra não era produtiva por causa da poluição que vazara para o lago e para os mananciais subterrâneos. Se aquilo fora uma visão, então ela tinha se voltado contra ele, virado do avesso.

Wes tinha a caminhonete do pai e o que restava dos subsídios, mas, três semanas depois, ainda estava na casa.

A chave do armário de bebidas estava na cornija da lareira e havia algumas garrafas vazias espalhadas pelas prateleiras. Wes estava no centro da sala de estar, tentando acertar amendoins no bocal de uma das garrafas e segurando a espingarda de TJ com a outra mão. Ao seu redor, repousando no sofá e sobre cada cadeira, havia grandes pedras brancas, cinco ao todo. Ele as limpara e escolhera cuidadosamente o lugar onde ficaria cada uma delas.

A porta da frente se abriu como uma pistola de largada, ele se virou e ouviu passos no vestíbulo.

A garota à porta da sala era magra e bronzeada, vestia um short curto e uma camiseta branca. Seu cabelo emaranhado estava amarrado no topo da cabeça. Esguia e simpática, tirou os óculos de sol e examinou a sala com uma expressão um tanto chocada, olhando para as pedras.

— Meu Deus, Wes — disse Anneise. — O que está acontecendo por aqui?

— Hum.

— Por que você está vestido desse jeito?

Ele começou a tentar abotoar a parte de cima da camisa de seu uniforme de soldado, mas seus dedos se atrapalharam e a arma insistia em escorregar de suas mãos. Atordoado e exaustivamente bêbado, sem saber se a aparição sequer era real, Wes disse apenas:

— Estive no exército.

Ele se deu conta de que sempre soubera que, caso esperasse muito tempo no mesmo lugar, tudo viria até você.

Era quase outono e as janelas estavam abertas. Anneise saiu do chuveiro vestindo uma camiseta roxa, longa e desbotada, que mal lhe cobria a calcinha. Ela dobrou as pernas no sofá e beberam o café que ele preparara.

— Morto. Meu Deus. É tão estranho isso acontecer agora. Pouco antes de eu chegar em casa.

— Sim — concordou Wes.

Ele se sentou na cadeira do outro lado da sala, mãos segurando os joelhos.

— Isso não é estranho? Meu Deus. Aposto que tive uma premonição e foi por isso que voltei para casa.

— Sim. — Ele balançou a cabeça e olhou ao redor, como se esperasse que alguém irrompesse de algum armário. Havia um hematoma oval e azulado na parte externa da coxa de Anneise. Ele perguntou onde ela estivera e tudo o que fizera.

— Ah, meu Deus, Wes. Como começar?

— Bem, você ainda está com Barret?

— Barret está em apuros. Barret já era. Mas você deveria me falar sobre o exército. Conte tudo, Wes. Você esteve em Fallujah?

— Não — respondeu ele.

Anneise tinha rugas ao redor dos olhos e o centro de seu peito parecia ter sido queimado de sol diversas vezes. Sua pele estava finamente enrugada, como papel crepom, e parecia avermelhada, não ruborizada.

— Mas eu estive em alguns lugares. Como sargento. Houve trocas de tiro.

— Meu Deus. Barret tinha uma arma. Você não faz ideia de quão *corajoso* ele ficava quando estava com a arma. Meu Deus. Wes, estive na Geórgia, Flórida, Alabama e no Texas. Estive em Crawford, Wes. Vi o presidente. Ele mora lá. Se eu soubesse que você estava no exército, teria dito para ele. Acabei chegando aqui em um ônibus da Corpus Christi. Wes, eu estava andando e... Você se lembra de Jimmy Dupres? Sabe quem é? Ele frequentava a nossa escola. Agora é da polícia. Eu estava andando, até que ele parou o carro e viu que era eu. Ele me reconheceu. Jimmy é um cara legal. Ele me deu carona até aqui em seu carro-patrulha. Quando estávamos na Prish Road, ele ligou os giroscópios para eu ver. Ele tem uma sirene e também tem uma arma.

— Tudo bem.

— Por que está tão nervoso, Wes? Parece que alguém está perseguindo você.

— Não estou nervoso. Eu não sei. Estou feliz em vê-la.

— Você está tão crescido. Olhe só.

Ela desdobrou as pernas, se levantou e foi até a cozinha para encher a caneca. Ele viu as bordas da parte de trás de sua calcinha vermelha e desviou o olhar.

Wes se levantou, começou a andar, e estava perto da janela quando ela voltou e se sentou.

— Não é o máximo, Wes? O fato de Jimmy Dupres ter me reconhecido? Ele se lembra de mim do ensino médio. Ele me disse que se lembra de uma aula que eu fazia.

Pela janela, os campos ondulavam, como se estivessem em meio a uma luta.

— Eu só não estou entendendo. Por que você voltou?

Ela deu de ombros e olhou para o café. Wes lamentou ter perguntado aquilo e, subitamente, percebeu que precisava ser cuidadoso com as perguntas, que aquela nova situação era muito frágil e poderia se romper por conta das histórias dos dois.

—Você quer uma bebida?

Isso a animou.

Beberam o uísque do pai pelo resto da noite. Wes falou sobre os subsídios agrícolas que lhe restavam. Ela parecia um tanto confusa quanto ao que ele estava fazendo ali, ou o que planejava fazer em seguida, e ele parecia igualmente confuso com seus relatos. Anneise contou-lhe histórias que nunca tinham fim, espiralando em outras histórias, e uma descrição incidental podia desencadear uma narrativa inteiramente nova e ela esquecer a história que estava contando anteriormente. Ela colocou uma música para tocar, um disco antigo dos Oak Ridge Boys.

Anneise falou sobre umas pessoas que viviam em um agrupamento de cabanas de praia de propriedade de um ricaço idoso, cuja banda tocava todas as noites para a comunidade; Wes parecia ter algum vínculo com os anos 1960, embora fosse um pouco jovem demais para ter vivido aquela época. Ela falou sobre Atlanta e Birmingham e sobre a estrada Dinosaur Diamond Prehistoric entre o Colorado e Utah, porque lembrava que o irmão gostava de dinossauros. Wes entendeu que ela se lembrava de coisas sobre ele que já não eram mais verdade. Ele levara todas as pedras para fora enquanto a irmã estava no banho, e Anneise não voltou a mencioná-las. Mas ele achou que ela poderia mencionar.

Anneise não queria falar sobre TJ de jeito nenhum, por isso se limitou a:

— Meu Deus, foi difícil para mim quando soube. Tive alguns meses horríveis. Vida difícil.

Ele perguntou para a irmã o que acontecera com Barret Wagner.

Nos últimos dois anos, Barret fizera parte de um clube de motociclistas, e estava se aventurando com drogas e carros roubados.

— Para encurtar a história, acho que Barret teve problemas com algumas pessoas. Ele precisou fugir, havia gente procurando por ele. Voltei para a Apollo Village, em Corpus, que é como chamam aquele lugar de praia. Após algum tempo, eu meio que comecei a perceber que precisava esquecer Barret e fiquei tipo: "Ei, Anneise, o que você está *fazendo*, garota?" Todo mundo estava nu no barracão e Felan, esse era o nome dele, tocava bateria. Então eu disse: "Certo, talvez quatro anos disso aqui já tenham sido o bastante. A quantas festas você precisa ir?" E eu não sei, talvez eu tenha sentido alguma coisa, talvez eu tenha conseguido sentir alguma coisa. Você acredita em telepatia? Você já ouviu falar nisso? Conheci algumas pessoas em Nova Orleans que faziam isso. Elas eram meio bobas. Mas talvez eu tenha me dado conta de alguma coisa em Corpus, como se algo tivesse acontecido, e senti que era hora de voltar para casa por um tempo. Então, chego aqui e ele está morto. Wes. Você acha que fui capaz de *sentir* que ele morreu?

— Talvez. Claro.

Ele abriu outra garrafa de Dickel com um cigarro pendurado nos lábios. Em um balde sobre a mesa de centro, havia um saco de gelo e uma lata vazia de salsichas vienenses cheia de guimbas de cigarro que de vez em quando ele levava para a cozinha e esvaziava na lixeira. Anneise fumava mais do que ele.

— Aposto que foi isso. Aposto que eu o senti morrer — disse ela, e Wes percebeu que, a partir de então, este seria o fundo místico de uma história que ela contaria para as pessoas.

— Ele me disse algo antes de morrer.

— O quê?

— Ele disse que eu não era dele.

— Ah. — Ela ergueu o copo e seus olhos estavam sonolentos, preguiçoso. — Claro que não era. Talvez eu também não fosse.

O garoto engoliu em seco e caminhou junto à prateleira onde o pai guardava uma antiga corneta amassada da Guerra Civil.

— Você teve notícias dela?

— Não — respondeu Anneise. — Não tive e não me importo. Ei.

Ela estendeu a mão para o irmão e ele a tomou. Anneise aproveitou o apoio para se erguer do sofá e acomodar-se entre seus braços, para dançarem a música que tocava.

— Ao menos temos a casa.

Ela estava pesada em seus braços. De perto, ele conseguia ver mais rugas e manchas de sol em seu rosto. Ela acariciou sua face, riu, eles rodaram uma vez ao sabor da música e Wes caiu no sofá. Ela riu dele e disse que iria dormir.

— Estou exausta. Vejo você amanhã. Quero dirigir até a cidade.

Ele acenou um boa-noite e afundou no sofá com a bebida em seu estômago. O cômodo ficou fora de foco e instável. A agulha atingiu o fim do disco, que continuava a girar, produzindo cliques, como um metrônomo.

Uma semana de estranha domesticidade se passou. Anneise agora acreditava ser médium e fazia perguntas para Wes do tipo: "Você estava pensando em um cão? Você estava pensando no papai?"

— Pense em uma cor — disse certo dia. — Qualquer cor. Vou lhe dizer qual é.

Ela adivinhou e ele balançou a cabeça em negativa.

— Vermelho.

Ela olhou para Wes com piedade, como se ele tivesse esquecido o alfabeto.

— Não, Wes. Verde. *Verde*.

Wes comprava mantimentos no Kroger's, na cidade, já que agora evitava o Cormier's. Comiam em frente à televisão, geralmente por volta das seis da tarde, quando um canal local exibia reprises de *Cheers*.

Certa noite, após terminarem suas tigelas de macarrão enlatado, Anneise as reuniu como se para lavá-las, mas apenas as deixou em uma prateleira ao lado da corneta amassada. Então, sentou-se com as pernas dobradas sob o corpo. Ela enfiou um cotovelo nas costas do sofá, cabeça inclinada apoiada na mão. Havia uma meia-luz preguiçosa sob suas pálpebras semicerradas.

— Wes? — chamou ela. — Venha até aqui, Wes.

Ela deu um tapinha na almofada.

Ele se levantou e sentou-se ao lado dela. Anneise virou a cabeça ligeiramente e ajeitou as pernas sob o corpo.

— Por que você não tem uma namorada?

Ele não respondeu.

— Está tudo bem, Wes. As meninas deixam você nervoso?

Ela se inclinou para pegar a cerveja da mesa de centro, seu decote afrouxando, e ele pode ver as pontas de seus seios sob a camisa. Ela voltou a se recostar e lambeu a espuma dos lábios.

— Está tudo bem — disse. — Eu só queria saber.

— Não. Não é isso. Elas não me deixam nervoso.

— Então por que você não tem uma namorada? Você é um cara bem bonito.

— Não encontro ninguém. — Ele deu de ombros, sentindo-se retraído, patético. — Onde *encontrá-las*? *Como* encontrá-las?

Anneise olhou para ele e ponderou as palavras.

— Se eu fosse você, acho que tentaria voltar para a escola. A McDeere ou algo assim. Aposto que eles têm algum tipo de programa em que você possa se encaixar.

Ele deu de ombros.

— Mas como fazer *isso*? Veja, Anneise... — Sua voz estava trêmula e ele se sentiu à beira das lágrimas. — Não consigo fazer *nada*. *Eu não sei* fazer nada.

— Ah. Wes, venha aqui. — Ela se inclinou para a frente e o abraçou, erguendo seu rosto com uma das mãos, acariciando a parte de trás de sua cabeça. — Eu vou lhe ensinar, certo?

Os olhos verdes de Anneise absorviam a sua visão, e ele teve a sensação de estar sendo levemente atraído por eles.

Um estrondo à porta sacudiu as paredes. O coração de Wes deixou de bater uma vez, e mais outra. Alguém esmurrava a porta da frente, talvez usando um martelo. *BumBumBumBum.*

— Quem é? — perguntou Anneise.

Mas isso não importava. Havia tanta urgência nas batidas que ele sabia que a única maneira de fazê-las parar era abrindo a porta. Ele abriu uma fresta, pronto para pular para longe. A porta se escancarou e um sujeito grandalhão e cabeludo, trajando um colete de couro e jeans imundos, irrompeu no vestíbulo. Sem se virar, ele bateu a porta atrás de si, balançando a cabeça de um lado a outro, agitando o cabelo emaranhado à altura das orelhas. Wes estava sentado no chão. O homem olhou para ele e uma grossa sobrancelha se ergueu, olhos vermelhos e inquietos. Ele se virou para Anneise.

— Baby, pelo amor de Deus. Baby, baby, baby. O tempo todo, baby, eu estive apenas alguns dias atrás de você. Eu ouvia: "Ela acabou de ir embora", ou "Ela esteve aqui na semana passada", ou "Ela disse que estava indo para casa" e, quando ouvi isso, pensei, bem, talvez agora ela pare tempo suficiente para eu poder alcançá-la e, baby, aqui está você. Uau.

Barret Wagner voltou a olhar para Wes e estendeu-lhe a mão para que ele se levantasse.

— Meu Deus. Droga. Desculpe entrar dessa forma. Eu não gosto de ficar muito tempo ao ar livre. Fiquei bastante vulnerável de pé sob aquela luz na varanda. Quem é você mesmo? É Wesley, certo? O velho Wesley. O "Wes Esquisito". Wussley. Wuss, o bunda-mole. Ei, cara. Ei. Caramba.

Ele apertou a mão de Wes e, com a outra mão, acariciou a barba escura do queixo. Havia barro e pequenos detritos agarrados aos pelos.

Seus braços tinham músculos inchados e tatuagens azuladas, desenhos diferentes uns dos outros e muito malfeitos, diferentes das tatuagens de TJ, que formavam um sistema de marcas semelhantes, em vez de desenhos individuais. Wes olhou por sobre um dos ombros peludos e esféricos de Wagner e viu Anneise pular do sofá, braços estendidos e olhos vidrados, expressando o mesmo fervor amoroso insaciável que ele vira certa vez no rosto das pessoas durante um culto evangélico.

— Ah, meu Deus, Barret. Será que eu sabia que você viria? Eu acho que sabia. Eu acho que *senti* que você viria.

Naquela primeira noite, Barret tomou um banho demorado, voltando a encher a banheira com água quente toda vez que amornava, e fez Anneise buscar cervejas e ficar lá dentro com ele. Quando ela saiu, a frente de sua camiseta lilás estava encharcada. Ele já se acertara com os caras que estavam atrás dele. Aquilo era notícia velha e acabou não dando em nada. Mas ainda havia uma papelada contra ele, Wagner era um homem procurado. Seria bom ficar por ali algum tempo antes de decidir qual seria seu próximo passo.

No dia seguinte, Wagner fez Wes ir até o supermercado para comprar mantimentos, incluindo algumas sementes: tomate, melancia, repolho, alecrim, manjericão, hortelã, tomilho. Ao chegar em casa, ouviu uivos vindo do quarto dos fundos, um baque e um rangido em um ritmo errático contra o chão e a parede. Wes deixou as compras no vestíbulo e voltou a sair para se sentar com as pedras junto ao lago.

No dia seguinte, Anneise acordou cedo para lavrar a terra e plantar as sementes. Barrett estava à porta dos fundos, sem camisa, o cabelo frisado amarrado em um rabo de cavalo. Ele era incrivelmente velho, de rosto bronzeado e áspero, cicatrizes interrompendo suas bastas sobrancelhas negras. Sua pele era grossa e de um colorido desigual, pescoço e braços com a mesma textura fina de papel crepom que ele vira no peito de Anneise, mas com um torso pálido e peludo, com trechos de pelos pretos e grossos. Ele acenou para Anneise, que estava na pequena área de terra do quintal. Ela empurrava um arado para a frente e para trás, como se fosse um esfregão.

— Queria ter uma conversa com você — disse Wagner.

— Por que você está plantando essas coisas? — perguntou Wes.

Ele acabara de se dar conta de que o tempo que aquelas hortaliças levariam para crescer parecia indicar que Barret tinha a intenção de permanecer ali, em sua casa, na terra de seu pai.

— Ela é do tipo que precisa de algo para fazer. Isso é uma coisa que eu sempre soube a respeito de Anneise. Ela precisa de algo para fazer. Ela é uma pessoa doce e tem muito amor para dar, mas você precisa lhe dar projetos, coisas às quais se aferrar. De outro modo, ela pode ficar confusa e fazer sabe-se lá o quê. Ela fica entediada com muita facilidade. Essa é uma das razões pelas quais sempre nos demos bem: nós dois temos mentes complexas. Mas eu sei como lidar com ela. Ela me disse que vocês têm passado dias inteiros sentados. Bebendo, ouvindo música e coisas assim. Então decidi fazê-la começar uma horta. Eu sei como lidar com ela. Dar-lhe um projeto. A mente daquela garota precisa estar ocupada, ou ela pode fazer qualquer coisa. Sempre haverá um tipo especial de relação entre uma garota e o primeiro homem que eviscerou seu peixe. Entende o que estou dizendo? Fui o primeiro a desenconchar sua irmã, ela tinha quinze anos, e isso é tudo o que ela sabe. Eu sou natural para ela, como seu cabelo, ou como suas unhas.

Anneise olhou para eles, acenou, enxugou o suor da testa e voltou a empurrar o arado para lá e para cá. Seu cabelo estava preso em um rabo de cavalo e ela usava um vestido florido largo. Wes trincou a mandíbula com tanta força que ouviu um molar estalar.

Barret amassou a lata de cerveja e deixou-a cair a seus pés.

— Certo. O motivo de eu ter chamado você aqui. Primeiro. Eu sei que você não esteve no Exército. Quem esteve foi TJ. Lembro de ter ouvido falar a respeito disso quando soube que ele se matou. E vi seus documentos ali na mesa. Dizem que você não podia continuar no Exército. Algo de errado com sua cabeça. De qualquer modo, é só para você ficar sabendo. Anneise ainda não sabe, mas eu sei, só para você ficar sabendo. Dois. A partir de agora, precisaremos dividir esses subsídios. Por três. Duas partes para nós e uma para você. Afinal de contas, você sabe que não são seus. Você nada fez para merecê-los, e se o homem do imposto ou quem quer que seja descobrir que seu pai morreu, você os perderá de qualquer modo. Três. Você é bem-vindo para ficar aqui se quiser, mas, às vezes, um homem decide que é hora de parar de vagar e criar raízes. Pensei que, tendo encontrado Anneise aqui e sendo este o lugar de onde viemos, e com a casa vazia, quero dizer, com seu pai morto, me parece muito certo que devo me casar com ela e enchê-la de bebês. Você não gosta de nada disso, eu entendo, mas guarde para si mesmo. Vou tolerar sua presença, Wes. É isso aí. E não tente jogá-la contra mim porque isso não vai acontecer. Como eu disse, os buracos, tanto no corpo quanto no coração de sua irmã, estão moldados ao redor do meu míssil de cartilagem, e ela sempre me seguirá para onde quer que eu a leve.

Ele cuspiu no chão, coçou a barriga e virou o rosto para o sol.

— Enfim. Eu só queria deixar isso bem claro.

3.

Wesley ficou ligeiramente atrás de Jimmy Dupres, investigador policial, e entre dois dos cinco carros com giroscópios ligados que cercavam sua casa. Dupres falava a um megafone:

— Você precisa sair agora, Barret! Manter a garota como refém não adiantará nada! — Ele olhou por sobre o ombro, ainda segurando o megafone estendido. — Você disse que há armas na casa, certo?

— Sim. Temos espingardas. Eu estou lhe dizendo. Ele é completamente louco.

Lá de dentro, ouviram o grito de Wagner:

— Ela não é refém!

— Bem, então deixe-a sair, Barret! Isso não tem nada a ver com ela.

A casa ficou em silêncio. Os outros policiais, cinco ao todo, estavam com as pistolas em punho, dedos inquietos ao redor das coronhas. Dupres era alto, de ombros largos. Vestia um uniforme marrom impecável, mas, infelizmente, tinha um queixo recuado e, em vez de uma linha da mandíbula, seu rosto mais ou menos se estreitava em direção ao pescoço, dando-lhe a aparência de algo que fora espremido para fora de seus ombros. Ele olhou ao redor e constatou que seus colegas policiais, todos usando óculos escuros, estavam claramente descontentes por estarem ali parados. Três dos carros estavam estacionados em meio ao matagal, outros dois na frente da casa. Eles tinham atropelado a horta recém-plantada por Anneise e esmagado as três placas que seu pai mantinha na fachada.

— Ei, do que ele está sendo acusado, exatamente? — perguntou Wes.

— Um dos mandados, do Texas, é por narcotráfico e assalto. O outro, de Oklahoma, é por atentado ao pudor e destruição de propriedade. Não sei toda a história deste último. Algo a ver com móveis de jardim.

A porta da frente da casa se abriu, os investigadores se ergueram e apontaram suas armas, mas era apenas Anneise, de mãos para cima. Ela usava short jeans de cintura alta e uma frente única vermelha. Um dos investigadores assobiou. Ela olhou de um lado a outro, absorvendo tudo, e sorriu timidamente para os policiais enquanto andava com passos delicados em direção a Dupres, mantendo os braços erguidos durante todo o tempo.

— Oi, Jimmy — disse.

O investigador da polícia acenou para ela e disse:

— Você pode baixar os braços, querida. Ele está sozinho agora?

— Bem, sim. Oi, Wes. Mas ele está preocupado. Ele queria saber se vocês poderiam dar um jeito, ou algo assim. Ele me enviou meio que para negociar.

— Acho que não faremos nada disso — respondeu Jimmy, antes de tomá-la pelo cotovelo e guiá-la para trás da formação.

— Ah — disse a mulher. — Bem, o que vai acontecer?

— Veja, Anneise, você precisa ser honesta consigo mesma a respeito de algumas coisas. — Ainda segurando seu cotovelo, ele a virou delicadamente em sua direção e franziu a testa com simpatia. — Você se meteu com um bandido, querida. Não é culpa sua, não mesmo. Tenho uma vaga lembrança dele. Wagner sempre foi problemático, e seu pai deveria tê-lo mantido afastado de você, mas isso não aconteceu. Ele é um bandido procurado. Como autoridade policial, é meu dever levá-lo à justiça.

Quando disse a última frase, Dupres ergueu o rosto, olhando para cima e para longe, e, caso ele tivesse um queixo, aquela teria sido uma pose nobre, marcial.

— Ah — disse Anneise.

Ela olhou para Wes. O investigador Dupres ergueu o megafone sobre o capô do carro, abraçou-a pelos ombros e a manteve junto a si.

Ele falou em uma cadência entrecortada.

— Sinto muito que você tenha de testemunhar tudo isso, Anneise. Eu gostaria de poupá-la. Um lado amargo da justiça é quando ela atinge os inocentes. Mas estou limitado pelo meu dever. Você entende isso, Anneise?

Ele a puxou para mais perto.

— Ok — disse ela.

— Fique feliz por seu irmão nos ter dado a informação. Desta forma, pudemos vir até aqui e tirá-lo de sua vida. Você ainda tem tempo de começar de novo. — Ele tocou o rosto de Anneise. — Melhor pensar nele como alguém morto.

— Espere aí. Foi o Wes? — Ela se virou subitamente para o irmão, o rosto enrugado de raiva. — Foi Wes quem o denunciou? Você delatou o Barret, Wes?

Wes deu de ombros e recuou um passo.

— Bem, veja...

Anneise avançou e começou a bater nos ombros do irmão.

— Como você pôde fazer isso, Wes? Ele o *adorava*. Como a um *irmão*! Maldito seja você, Wesley! — gritava.

Dupres a afastou e ela escondeu o rosto em seu peito enquanto ele lhe dava tapinhas nas costas.

— Veja — disse o homem. — Nunca tive muito respeito por delatores, especialmente quando delatam alguém que é praticamente da família. Há uma covardia nisso que acho difícil de aceitar. Uma dureza de coração. Mas, apesar do que isso nos diz a respeito do caráter de seu irmão, ainda é meu dever estar do lado da lei.

Anneise abraçou o investigador e ergueu o rosto molhado para olhar para ele.

— Eu *sabia* que algo assim aconteceria. Eu *senti*.

Ouviu-se um disparo e todos se agacharam. Dupres jogou Anneise no chão e a protegeu com o corpo, como um casaco. No eco do tiro, um dos policiais gritou:

— Fui eu, senhor!

— O quê? — gritou Dupres por sobre o ombro, sem sair de cima de Anneise. — O que foi isso?

— Pensei ter visto algo, senhor. Naquele campo. Parecia um gato grande ou algo assim.

— Meu Deus. Guarde sua arma no coldre. Não, espere. Não faça isso. Mas você é um idiota, Kilpatrick!

— Sim, senhor — respondeu o policial.

— Ei! — Todos ouviram a voz abafada vindo da casa. — O que está acontecendo aí fora?

Dupres finalmente se levantou e ajudou Anneise a se erguer.

— Vai ficar tudo bem, Anneise. — Ele se afastou dela e limpou o rosto. — Mas agora temos um fugitivo armado e perigoso encurralado em sua casa, e é meu dever prendê-lo.

Anneise fungou e segurou a mão de Dupres, olhando para seus óculos de sol espelhados e para a barba por fazer em seu queixo recuado.

— Eu senti que tudo isso ia acontecer, Jimmy. Eu posso sentir as coisas.

Barret voltou a gritar da casa.

— Eu não vou para a cadeia!

— Muito bem, rapazes — disse Dupres. — Vocês ouviram. — Ele ergueu o megafone e acrescentou: — Como quiser, Barret!

O investigador ajustou os óculos e gesticulou para que Wes e Anneise recuassem.

— Mantenham-se afastados. Tudo bem, rapazes. Avançar.

Os policiais correram em direção à casa, os cinco se dividindo entre a frente e os fundos. Um arrombou a porta, esquivou-se para o lado, e os demais invadiram o vestíbulo. Alguém gritou e, então, uma saraivada de tiros preencheu a casa, as janelas iluminadas pelos disparos. Atirando pelas portas da frente e dos fundos, os investigadores descarregaram suas armas dentro da casa. Dupres observava enquanto segurava Anneise junto ao peito, dizendo:

— Shhh. Não olhe, querida.

Wes ficou sozinho, cheirando a fumaça pungente que exalava da casa e se espalhava pela grama e sobre os carros. Quando ele se virou, Anneise estava agarrada a Dupres.

— Eu sempre *soube* que acabaria com o coração partido — disse ela.

Eles transformaram o corpo de Barret em algo horrível, como se ele tivesse sido explodido, e foi Wes quem raspou e esfregou o sangue e a carne das paredes e do teto, jogou fora o tapete, e, de quatro, esfregou o chão da sala de estar com palha de aço e sapólio, o que deixou o assoalho de madeira áspero e desbotado. Os policiais arrancaram as balas, mas os buracos permaneciam nas paredes. Anneise não podia ficar lá depois do que acontecera. Um dos policias recolheu seus pertences e os levou para ela, e, antes de a ambulância chegar para recolher os restos mortais de Barret, a mulher já tinha partido para o trailer de Jimmy Dupres, que disse que ela poderia usá-lo pelo tempo que quisesse.

Duas semanas depois, a casa estava limpa, com exceção dos buracos de bala e algumas pequenas manchas escuras que Wes se esquecera de limpar. O Dickel acabara.

Ele levou a velha cadeira de jardim de seu pai até o matagal, arrastando-a atrás de si enquanto apoiava a espingarda de TJ sobre o ombro.

Ele se sentou na cadeira, a grama áspera agora mais alta do que sua cabeça. Era meio da manhã, o sol ainda estava baixo, e uma brisa suave fazia cócegas em sua pele, a cadeira rangendo sob seu peso. Ele ergueu a espingarda e firmou a coronha com os pés. Wes recebera uma carta na véspera. Sua irmã reivindicaria a propriedade da casa. Disse que ela e Jimmy Dupres se mudariam para lá após se casarem.

O mato sussurrava como um pergaminho, como sementes dentro da casca de uma espécie de planta do pântano cujo nome ele não conseguia lembrar. Cada talo de grama tinha um ponto brilhante na extremidade, como se fossem cometas. Corvos invisíveis grasnavam nas árvores, um tanto histéricos. Wes pensou em TJ. Em suas tatuagens. Será que ele viu o sol nascer? Teria o irmão visto o sol nascer, deixando que aquilo funcionasse como algum tipo de sinal?

Wes se inclinou para a frente e puxou a arma em sua direção, até seu queixo descansar sobre o cano. Esticando o braço, enganchou o polegar no gatilho. O ângulo do sol mudou e, subitamente, os talos tornaram-se velas cujas chamas ficavam cada vez mais intensas e brilhantes, e parecia que ele estava cercado pelo fogo. Ele sabia que tinha de fazer aquilo. Fechou os olhos, apertou o gatilho, encolheu-se e gritou ao mesmo tempo. O gatilho não se moveu, e ele foi obrigado a destravar a arma.

Trêmulo, Wes soltou a trava, e, quando ergueu a cabeça, a criatura olhava para ele por uma fresta no mato à sua frente. Estava perto, talvez a menos de três metros de distância.

Castanho-amarelado, da cor do trigo, poeira e fumaça de lenha ao entardecer, cabeça como uma ponta de seta, nariz achatado e cor-de-rosa acinzentado, o lince deu um passo para fora da grama, caminhando em sua direção, passos tão silenciosos quanto cinzas caindo no chão, sem produzir nenhum som. Seus olhos eram duas moedas de bronze, totalmente sem piedade ou respeito, apenas observando com frieza, quase sem interesse, mas ainda assim observando. Wes prendeu a respiração e seus dedos tremeram. O mais suavemente que pôde, ergueu a arma e se inclinou para a frente até o cano estar voltado para a criatura. O felino começou a circundá-lo devagar, cada um de seus movimentos sugerindo poder e velocidade reprimidos. Wes acompanhou o movimento do animal com a arma, a cadeira rangendo. Ele se virou quando o felino estava atrás dele, e continuou circulando, os olhos inexpressivos e quase desafiadores, percebeu. Sua respiração entrecortada ecoava em seus ouvidos, e agora ele sentia o gosto do suor que encharcava seu rosto.

O felino completou um círculo e voltou a ficar à sua frente. A criatura o estudou e, então, se virou e caminhou lentamente de volta ao mato iluminado, quebrando os talos secos, até suas cores se misturarem e desaparecerem em meio ao campo e ele não poder mais vê-lo. Ouviu-se um estrondo ao norte. Wes correu para fora do matagal e olhou para o outro lado do lago enquanto rajadas de fogo coroavam o topo das refinarias e a densa fumaça negra se erguia, oscilante e torta, em um fluxo inclinado que se estendia através do quente céu azul. Finas labaredas erguiam-se e caíam em arco, chiando ao tocarem a água, quando se transformavam em vapor. Um vento abrasador soprou contra o rosto do garoto e dobrou as hastes altas do matagal.

Virando-se, ele viu a estrada, onde agora uma nuvem se erguia, um rabo de galo de poeira erguida por um carro que se aproximava. Um veículo vinha em direção à casa. Outra explosão e o calor desabou sobre ele; Wes podia ver os estalos laranja e amarelos, ouvir as sirenes, e enquanto a fumaça escura se erguia no céu e a poeira avançava na estrada, o garoto se sentiu em meio a fluxos, tanto indo quanto vindo, ficando e indo embora ao mesmo tempo.

Tumbas de luz

Às vezes, Mike Fuselier via Paul Calder no Moonie's, bebendo Wild Turkey com Pabst. Certa vez, Mike o vira roncando ao sol no Royce-Anne Park, sob o memorial da Segunda Guerra Mundial. Com frequência, ele via Calder simplesmente vagando pelas ruas de West Medora com uma expressão confusa, ausente, como se tivesse esquecido alguma coisa em algum lugar.

Mike consertara o Subaru que o homem compartilhava com a esposa, um problema de injeção de combustível, e, quando conheceu sua mulher, ele invejou Paul Calder. O nome dela era Lara, uma mulher diferente de qualquer outra que Mike já tivesse visto na cidade. Elegante, de pele escura, cabelo exuberante da cor do bordo em outubro, vestia uma saia curta e botas altas de couro. Ela disse algo em francês para Mike ao pagá-lo por seu trabalho, algo como "muito obrigada", e a voz dele ficou presa na garganta. Ele nunca dera muita atenção a mulheres mais velhas, mas Lara Calder tornou-o de súbito consciente das diferenças entre uma menina e uma mulher. Ele pensou em sua Marie, que de algum modo pareceu-lhe patética. Pensou em suas pernas grossas e na expressão idiota, bovina, com que comia chocolate enquanto assistia à televisão. Imediatamente, Mike compreendeu que nada do que se pode dominar o tornará realmente feliz. De algum modo, Lara Calder foi uma lição a esse respeito, e, enquanto o carro se afastava, Mike ficou atrás do balcão em uma espécie de silenciosa reverência, como um menino esperando receber a eucaristia.

Agora, quando ele via Paul Calder na cidade, perdido em plena luz do dia, Mike compreendia quão perigoso era cobiçar as coisas, e acreditou na veracidade daquilo que seu pai lhe dissera certa vez, que um homem tinha de ser grato pelo que possuía enquanto ainda o possuía, embora seu pai não tivesse sido uma pessoa muito grata.

Felicity Morris também via Paul Calder. Não tinha como evitar, uma vez que morava cinquenta metros mais abaixo, no outro lado da County Road 25. O pessoal da universidade geralmente não comprava casas por ali, e a deles pertencera a um veterinário conhecido, uma casa de campo construída em uma colina com vista para a pedreira de calcário. Agora Felicity via o professor com uma garrafa em seu quintal tomado de ervas daninhas, às vezes com jovens da faculdade — suas alunas, ela sabia. Felicity imaginou que ninguém se importava com aquilo. Em sua mente, ela sempre o chamava de "o professor", lembrando-se de quão orgulhoso parecia quando ele e a mulher se mudaram para lá. Paul estava muito mais magro do que o habitual, e, talvez por isso, parecesse menos arrogante. Ele já não mais se barbeava, mas, para Felicity, ainda havia, mesmo agora, um sentimento de orgulho em sua pose, um certo *ar*, como se a sua tristeza o colocasse acima das outras pessoas. Eles não acenavam um para o outro quando Felicity ia ou voltava a pé da cidade e o via em sua varanda, erguendo a sua garrafa, olhando com olhos tão frios e distantes quanto a luz cinzenta daqueles campos.

Ela lembrou que a mulher dele caminhava por ali como um pônei, como se o mundo fosse seu por direito. Como se esperasse que todos olhassem para ela.

Certa manhã, logo após os Calder se mudarem para o outro lado da rua, a neta de Felicity só voltou para casa ao amanhecer. Janie usava o carro sempre que queria, e dirigia muito rápido. Felicity sabia que ela era igual à mãe. Janie e o filho dos Sleaux pegaram o Festiva de Felicity sem autorização, e agora ela gritava com a avó no quintal. Gritava sobre ter direitos, e durante todo o tempo o jovem Sleaux ficou sentado no banco da frente com seu bigodinho gorduroso, rindo, pensando que aquilo era algum tipo de espetáculo. Felicity olhou para além da gritaria de Janie e viu o professor de pé na varanda de sua casa de campo, observando a todos. Ele ainda estava lá quando a neta saiu em disparada com o Festiva, a mão do filho dos Sleaux do lado de fora da janela batendo no teto do carro, apenas olhando enquanto a nuvem de poeira cobria a avó e sua camisola e o carro acelerava pela estrada.

Felicity viu o alvorecer tomar os campos como gasolina pegando fogo, a luz empoçada no reservatório da pedreira, as tatuagens no braço de Mitchell Sleaux, e o professor ali, de pé, observando como se todos fossem ratos de laboratório. Ela permaneceu do lado de fora para que ele a visse. Ficou de braços cruzados, olhando fixamente para ele, até Paul Calder lhe dar as costas e entrar em casa.

Agora Janie e o Festiva tinham ido embora e Felicity precisava caminhar quase dois quilômetros até a praça quando precisava de alguma coisa. Nessas ocasiões, geralmente via Paul Calder em sua varanda. Pensava: *Vá em frente, encha a cara agora que descobriu não ser melhor do que ninguém*. Só que, a julgar pela maneira como se portava, parecia que ele ainda não tinha entendido aquilo. Como se Paul fosse a única pessoa a sofrer neste mundo.

Os cerca de seis mil residentes de West Medora dividiam-se quase igualmente entre universitários e pessoas que trabalhavam no centro de distribuição do Walmart, na fábrica de tijolos ou nas pedreiras. A maioria dessas pessoas vivia no lado oeste da Jefferson Boulevard, montanha abaixo, em trailers ou em casinhas com o revestimento rachado e pequenos gramados repletos de pneus velhos, automóveis enferrujados e estátuas religiosas. Com exceção daqueles que vinham de Bloomington ou Indianápolis, a maioria dos professores da faculdade morava perto do campus, em algumas subdivisões de casas vitorianas restauradas que eram permutadas dentro da universidade. Mas Paul e Lara Calder tinham escolhido uma casa um tanto remota, no campo, ao largo da CR 25. Paul dissera a Toby Greer, seu colega no Departamento de Inglês, que estavam se mudando para fora da cidade, que ele e a mulher haviam decidido *sair* da cidade. Toby ficara um tanto desapontado quando os Calder compraram a casa de campo. Ele não se dera conta disso, mas esperava que ficassem com uma casa de quatro quartos que um doutor do departamento de antropologia tentava vender na rua onde ele morava.

Após o primeiro jantar do departamento naquele ano, a mulher de Toby, Vanessa, acusara o marido de ter seguido Lara Calder a noite inteira, como um cachorrinho. Ele não concordou; só conversara com ela sobre traduções de um poeta chileno do qual gostava. Vanessa o imitou quando voltaram para casa, usando um de seus moletons, cabelo preso em um nó, e o bebê começou a chorar por causa dos gritos.

Agora Toby via Paul com Amy Churchill, uma estudante de teatro de vinte anos. Ele a via tentando suportar o peso do professor com sua frágil constituição física, levando-o para fora do Moonie's. Ela era bonita, mas não chegava nem perto de Lara.

Ele pensava nela, era capaz de admitir.

Toby e o restante do comitê de recrutamento concordaram em dar um leitorado para Lara Calder quando contrataram seu marido como professor assistente. Ela falava quatro idiomas e ministrava uma oficina de tradução. Na festa, Toby percebeu estar se apegando a alguns fatos: ela estava com o marido havia menos de dois anos, eles não tinham filhos, e ela gostava de Nicanor Parra.

Agora, Toby despertava no meio da noite e sabia que sonhara com ela, embora não conseguisse se lembrar do sonho. Ele olhava para Vanessa dormindo, rosto inchado, roncando. Então fugia e ia até o quarto de David para vê-lo arrulhando em seu berço. Ele atravessava o corredor entre os dois quartos em silêncio. Finalmente, ia até a cozinha, servia-se de uma bebida e ficava ali roendo as unhas, ainda tentando se lembrar do sonho.

Para começo de conversa, Paul Calder achava que ventava muito.

Indiana. O ar nunca estava tão imóvel quanto parecia. Outra coisa era o vazio, a desolação. Aquilo o irritava e implicava em algo que ele não conseguia definir. Talvez fosse porque crescera no Sul, entre basta vegetação, prados, rios e pântanos. As planícies abertas pareciam urgentemente erradas, de uma forma pré-consciente. O sol brilhava distante. A luz era muito branca e não produzia calor suficiente.

Na primeira vez em que dirigiu até lá, para a entrevista, viu pela janela do carro um homem de macacão jeans, de pé no meio de um daqueles campos vazios. Usando um chapéu largo e achatado, o sujeito observou o carro de Calder passar.

Paul viu um machado pendurado em uma de suas mãos e, na outra, uma cabeça decapitada pendurada pelo cabelo.

Era apenas um toco de árvore que o sujeito segurava pelas raízes. Mas, ainda assim, havia algo naquele lugar — Calder sentia que *poderia* ter sido uma cabeça.

Mesmo com essa primeira impressão, ele e a mulher achavam que West Medora tinha um ar mais fresco que o de Chicago. Sua mulher brilhava ali. Ele se orgulhava dela.

Aos seus olhos, as outras mulheres do lugar, até mesmo suas alunas, pareciam buldogues, mulheres grosseiras do Meio-Oeste trajando roupas fora de moda. As mulheres ali pareciam vagamente envergonhadas. Calder percebia seus olhares, e se orgulhava daquilo.

O vizinho mais próximo era uma velha que morava com a neta insubordinada, mas, afora elas, eram apenas Paul, sua mulher, as árvores e a vista do reservatório da pedreira, as rodopiantes cores aquáticas sobre a pedra. Após nove meses em West Medora, ele e a mulher voltaram a se amar intensamente. Para Paul, era como se tivessem alcançado um lugar comum entre eles, um lugar que nunca antes existira. As coisas nem sempre foram fáceis. Casaram-se apressadamente, após quatro meses de namoro, e foi como nos antigos poemas — febre, perda de apetite, sexo insaciável, mas, já no primeiro ano, descobriu que a mulher podia aborrecê-lo, e localizou um vago ressentimento dentro de si. Uma sensação de que talvez não tivesse ficado com a mulher ideal. Mais tarde, atribuiria tal sentimento ao fato de que, assim que se casaram, muitas mulheres tinham começado a parecer atraídas por ele. Garotas bonitas se aproximavam. Ele era sensato, engraçado, espirituoso. Para ele, era como se finalmente tivesse encontrado a si mesmo, e sentia-se no direito de nutrir esse sentimento.

Mas o que ele não havia considerado então, e só veio a admitir mais tarde, era que as outras mulheres só se sentiam atraídas pelo que Lara despertava nele. Por aquilo que uma grande mulher traz para um homem.

Agora, ele ainda conseguia seduzir certo tipo de garota, porque era um sujeito trágico. Porque tinha um livro, bebia e era trágico.

Chicago quase os matou, mas em West Medora tornaram-se amigos de verdade, parceiros em corpo e espírito. Ali, às vezes Calder a via — digamos que passando manteiga no pão, sacudindo o cabelo, caminhando pelo corredor, sentada no sofá e coçando a orelha de Rosco — e pensava, atordoado: *Veja como minha mulher é linda. Veja como ela é legal.*

Lara sentia o mesmo, percebia Calder, e ela também notava isso nele. Às vezes ele se sentia humilde de gratidão. Parecia-lhe tão engraçado, tão incerto, o fato de duas pessoas poderem encontrar uma à outra, que aquilo pudesse ser tão fácil.

Outras vezes, porém, não muitas, mas outras vezes, ele se perguntava: *Quem é essa pessoa* e *O que foi que eu fiz?* Não era incomum, mas ele às vezes a avaliava, e coisas como uma covinha atrás da coxa da esposa fazia com que uma pergunta obscura, inarticulada, circulasse o limiar de seus pensamentos. Ele se perguntava se ela era boa o bastante para ele.

Paul não ficava feliz com esses pensamentos, e disse para Amy Churchill que achava que muitas pessoas simplesmente não eram capazes de acreditar que podiam possuir algo que valesse a pena. As pessoas querem acreditar no amor, mas simplesmente não conseguem. Elas sabem demais sobre a vida. Era como Deus, como querer acreditar em Deus, mas sabendo demais para crer. Você fica dividido pela dúvida.

Agora, Paul Calder evitava o interior de sua casa e bebia demais.

Ele bebera muito em sua última noite juntos e amassara o para-choque do Subaru ao dar ré na saída do bar. Passavam suas noites de sexta-feira no Moonie's comendo batata frita com queijo e bebendo cerveja barata, que ele misturava com uísque. Ela não bebia como ele. O álcool a deixava sentimental e exausta. Quanto mais ele bebia, mais confiante se sentia, mais certo do futuro, e sempre bebia cada vez mais rápido, até ela ficar cansada, sua visão se turvar e ele querer ficar acordado a noite inteira tocando música. Paul dirigiu para casa em meio a uma ligeira nevasca, um dos olhos fechado, os flocos de neve leves e dispersos como dentes-de-leão. Ela estava rindo e disse:

— Eu costumava me imaginar em Paris. Todos os meus ex-namorados cometeriam suicídio.

— Eles ainda podem cometer — respondeu Paul, estreitando os olhos para a estrada.

Ela apalpou a ereção que ele tinha sob a calça, e, quando chegaram, começou a despir a saia a caminho da porta da frente, deixou-a cair na varanda, olhando para ele por sobre o ombro enquanto desaparecia nas sombras do interior da casa.

A neve branca ao luar.

Algum tempo depois, Don e Peg Ramsey, pais de Lara, contrataram Duane Consadine, de Indianápolis. Os Ramsey estavam insatisfeitos com a investigação do xerife de West Medora. "Lá pra baixo não é exatamente como o CSI", dissera o Sr. Ramsey. "Eles não têm um departamento de pessoas desaparecidas."

Naturalmente, Consadine começou a investigar o marido, mas logo o descartou. Certa manhã, no início de abril, ele entrou no longo acesso de veículos ao largo da CR 25 e encontrou Calder dormindo na grama alta do quintal da frente, ao lado de seu golden retriever. Eram nove horas e Calder estava enrolado em um edredom gasto e manchado. Ele explicou a Consadine que tinha dificuldade para ficar sozinho dentro de casa. Suas mãos tremiam e seus olhos estavam tão molhados que Consadine se sentiu culpado por perturbar o sono de um homem para quem estar consciente parecia ser algo tão intolerável. Lá dentro, o detetive preparou um bule de café e viu Calder caminhando a esmo, esfregando os braços, até Consadine lhe servir uma xícara e fazê-lo se sentar.

Ele explicou quem era e para que fora contratado. Pediu para ver o computador de Lara, porque queria verificar seus e-mails e registros financeiros. Ele esperava alguma reação, mas não houve nenhuma. Calder disse que ele podia levar o laptop. Por favor, dissera.

Então Consadine observou-o se levantar da mesa e pegar uma garrafa de Middleton na bancada. Duas lágrimas escorreram pelo seu rosto enquanto entornava a garrafa. Ele falava com rapidez, e o grande cão amarelo ganiu baixinho sob a mesa.

— Eu já a imaginei caída de cara em uma vala. Imaginei-a com um amante secreto em Paris, Nova York ou no México. Eu a imaginei com amnésia, caminhando por uma estrada rural. E, para mim, essas pessoas... — Ele limpou a boca e apontou para o mundo no lado de fora da casa. — Essas pessoas me parecem parte de alguma conspiração. O xerife. Ele acha que ela me abandonou. Mas, se isso fosse verdade, ela teria levado o cachorro, certo? O bicho é dela. Ela teria telefonado para os pais. E por que preparar uma lista de compras?

Consadine ouviu-o por quase duas horas, até Calder ter bebido o suficiente para voltar a dormir, e ele deixou o homem no sofá com o cão enrolado a seus pés. Aquilo era algo terrível de testemunhar, uma espécie real de danação. Quando ele fechou a porta da frente, o laptop debaixo do braço pareceu-lhe denso, pesado como pedra.

Quando Consadine analisou as fotografias de Lara Calder, leu sua correspondência e escrita, começou a sentir a profundidade do choque e da tristeza do marido. Obviamente, ela era uma bela mulher, mas havia uma peculiaridade em sua expressão, um toque de perspicácia, e ele supôs que ela não fora bonita quando menina, que só ficara assim mais tarde. Em sua experiência, as pessoas nascidas belas tendiam à falta de caráter, e ela não era assim. Ele podia ver aquilo nos vários tons de Lara — brincalhona, engraçada, agressiva —, o rigor da sua inteligência, o modo como era formada por uma bondade básica e uma curiosidade genuína a respeito das coisas. Ela seria o tipo que assombrava ex-namorados, e ele os imaginou tentando manter contato, com esperanças de reconciliação. Subitamente, o detetive sentiu o cheiro de sua ex-mulher, na Flórida; o cheiro de seu hálito pela manhã pairava no ar. Ele se informou a respeito da escola secundária de Lara em Hillsboro, uma cidade verde e solitária apenas ligeiramente maior do que aquela em que ela desaparecera. Fotos antigas o confirmavam — ela era desajeitada, estudiosa, tão sem curvas quanto uma adolescente. Ele começou por sua trajetória na Universidade da Carolina do Norte — seu aniversário de vinte anos e, de repente, ela se tornou estonteante — até o ano que passou em Paris por Stanford e, então, chegou ao tempo que passou em Chicago como professora da Northwestern, onde conheceu Paul Calder.

Consadine pensou em rastrear os ex de Lara, aqueles dos quais ouvira falar. Seu instinto lhe dizia que seu desaparecimento de algum modo envolvia um homem. Ela parecia o tipo de mulher que os homens assediariam ardentemente: sedutora e inteligente o bastante para confundi-los e frustrá-los.

Mas três meses de investigação depois, Consadine não chegara a lugar nenhum, e quando os pais de Lara não puderam mais lhe pagar, ele manteve suas fotos e documentos à mão. Mesmo depois, quando guardou aquilo e conheceu sua nova esposa, Duane Consadine ocasionalmente verificava o site mantido pelos pais e compreendia que a ideia de Lara Calder ficara presa em sua mente. Ela se tornara um caco de desconhecimento. Uma dessas coisas com as quais você precisa conviver.

Na manhã seguinte após ter se embebedado no Moonie's, após ter amassado o para-choque do Subaru, Paul Calder despertou sozinho. O horror o dominou. Sentia-se oprimido pelo medo esmagador de que Lara tivesse partido, de que tal separação fosse permanente. Ele pulou da cama e correu pelo corredor, gritando por ela.

A esposa estava na cozinha, bebendo suco e fazendo uma lista de compras. Ela vestia roupas de ginástica: calça de elastano e uma regata curta, que expunha seu diafragma. Rosco olhava para ela, olhos arregalados e língua de fora porque sabia que sairiam para correr. Quando Paul a encontrou, finalmente se deu conta de sua ressaca priápica. Ela olhou por sobre o ombro, riu para o marido e perguntou como ele estava se sentindo.

Ele se aproximou por trás dela, fedendo a bebida.

Lara se deitou sobre a mesa, com as pernas ao redor de sua cintura, a calça de elastano enrolada no tornozelo. A mesa arrastava no chão, riscando o linóleo, e ela ria como uma louca, uivando para ele.

Paul se lembrava da mesa batendo na pia e, em seguida, no balcão. Rosco latia, pulando ao redor, o som de suas unhas arranhando o piso. Ele se lembrava de Lara puxando seu cabelo.

Paul tombou no chão quando terminaram e Lara simplesmente ficou ali deitada. Quando olhou para cima, o professor viu a si mesmo escorrendo para fora dela sobre a mesa. Ele se lembrava do cabelo de Lara espalhado em todas as direções, a camiseta enrolada acima dos seios. Ela corava como um mapa de sangue — Lara tinha a pele sensível e era possível observar seus estados de espírito em seu corpo. Ela riu. Parecia muito satisfeita. Ele se ergueu e começou a lambê-la.

Sentiu-se um penitente.

Cerca de uma hora depois, ela finalmente saiu para correr com o cão. Paul estava animado porque agora poderia tomar uma bebida, o que o ajudaria com a ressaca.

Ele sempre se sentiu grato por terem feito amor naquela manhã, grato por terem compartilhado aquilo.

Em algum momento, Paul adormeceu no sofá e só acordou depois das três da tarde. Uma tarde luminosa. Ele saiu de casa. O carro estava na garagem. Ele chamou Rosco. O medo que sentira mais cedo tinha retornado, embora mais forte, mais completo. Estava amedrontado como uma criança, como se houvesse uma sirene em sua cabeça.

Paul pegou o telefone e tentou o celular, mas o aparelho tocou dentro da bolsa no quarto. Lara não o levara. Ou ela voltara enquanto ele estava dormindo e saíra outra vez com o cão para fazer algo que não exigisse uma bolsa, ou talvez só não tivesse voltado ainda. Ele disse para si mesmo que devia se acalmar.

Paul tomou um banho e passou as duas horas seguintes com pequenos goles de Jameson, fez anotações para seu próximo livro, um grande romance que jamais escreveria.

Passava das cinco da tarde e Lara ainda não voltara.

Ele notou o para-choque amassado do Subaru, no lugar onde batera no poste na noite anterior. Paul saiu com o carro e viu a velha observando-o do outro lado da rua. Parecia que era tudo o que ela fazia desde que a neta fora embora, quando o carro em seu quintal desaparecera. Ela ficava do lado de fora de casa, esperando o retorno do carro, e agora Paul sentia simpatia por ela, por sua imobilidade.

Ele dirigiu pelo parque, seguindo as trilhas por onde Lara costumava correr. Era uma noite cinzenta, com nuvens marrons. Ele dirigiu pelo campus e ao longo das pedreiras de calcário, passando pelo Walmart e pelas quadras de tênis, quase chegando a Crawfordsville.

Paul disse a si mesmo: mais uma hora já se passou. Ela estará em casa quando eu voltar.

Ele precisava muito que ela estivesse lá, como nunca precisara antes. Nada se assemelhava àquele medo, nem mesmo quando ele era criança e vivia amedrontado. Mas ela não estava em casa. Havia uma mensagem na secretária eletrônica, e seu estômago deu um nó quando a ouviu.

Era uma medievalista de seu departamento. Ela disse: "Paul? É Louise Formicella. Encontrei o seu cachorro."

Ela disse que encontrara Rosco vagando perto do tribunal, com a coleira e a guia arrastando no chão. Ele estava sozinho. Ela disse que o reconheceu e levou o cachorro para casa.

O coração de Paul se apertou. Era como se ele já soubesse o que aconteceria. Como se soubesse desde o momento em que acordou naquela manhã. Ele se deu conta de que aquilo estivera no fundo de sua consciência durante todo o dia. Como se ele tivesse passado o dia inteiro tentando negar algo que já acordara sabendo.

Que sua mulher desaparecera da face da terra.

O outro sujeito não notou quando Paul Calder entrou no Moonie's, mas Mike Fuselier sim. Ele vinha pensando em Calder desde que vira a fotografia da mulher dele no noticiário, em março, desde que começou a vê-lo cambaleando pela cidade. Mike estava bebendo no fundo do bar com seu tio Ray, que era dono da oficina, e observou Calder pedir um uísque com ambas as mãos apoiadas no trilho do balcão, como se estivesse se segurando para não cair. Mike pensou em Marie, no que ele faria caso ela desaparecesse, e não conseguiu evitar uma onda de alívio subjacente ao pensar naquilo.

Ele viu Paul Calder olhar para o outro homem e levar sua bebida até o reservado onde o sujeito estava sentado sozinho, bebendo cerveja. Ergueu a cabeça quando a sombra de Calder projetou-se sobre o cinzeiro. Tio Ray estava falando, mas Mike manteve os ouvidos voltados para o reservado. Calder estava muito magro, maçãs da face salientes sobre uma barba irregular. Ele ouviu o outro homem dizer:

— Paul. Meu Deus, cara. O que se pode dizer?

Calder não respondeu. Ele passou o dedo na borda do copo e olhou ao redor.

— Como fazer com que os cômodos não pareçam caixas? — perguntou.

— O quê? — falou o outro sujeito. — Você quer uma bebida?

— Como fazer com que os dias não pareçam caixas? — continuou Calder.

As palavras despertaram algo em Mike Fuselier, algo que de algum modo vinha sentindo, como se o outro tivesse descrito algo que ele entendia. E Mike não sabia por quê, mas começou a pensar em Marie, e então na maneira como pensava nela.

Paul Calder massageou o queixo e olhou para o outro homem. Então ele afastou o copo e disse:

— Eu me pergunto, Toby. Por que minha mulher desaparece, mas eu vejo *você* sair de uma reunião do comitê às lágrimas porque sua mulher o expulsou de casa? Por que *isso* está acontecendo, Toby?

O sujeito tomou um gole de cerveja e baixou o copo sobre a mesa.

— Acho que isso é problema meu, Paul.

— Você deveria vir para minha casa, Toby, você precisa de um lugar para ficar. Eu tenho muito, muito espaço.

Os dedos de Toby se agarraram à borda da mesa, e ele inspirou profundamente.

— Tenho visto você por aí com Amy Churchill, certo? Quantos anos ela tem, uns vinte?

— Ei, Toby. — Calder se inclinou sobre a mesa. — Você quer me dizer alguma coisa?

— Mas que diabo, como assim?

— Vá em frente. Apenas diga. Eu me lembro de você dando em cima dela.

— Estou tentando ser civilizado e compreensivo, Paul.

Agora dava para ver que o outro homem estava ficando nervoso, se remexendo em seu assento.

— Rimos muito por causa disso. Eu e ela. Eu e Lara. Você achava que teria alguma chance?

Toby emitiu um "foda-se" quase gaguejado, o que fez Mike se sentir constrangido por ele.

Paul Calder projetou-se sobre a mesa. O cinzeiro voou para longe, espalhando cinzas para todo lado, a garrafa rodopiou e caiu no chão e, antes que o outro sujeito se desse conta de que estava em meio a uma luta, as mãos de Calder já estavam ao redor de seu pescoço.

— *Diga. Diga o que aconteceu* — rosnou Paul.

O barman gritou com os dois, e Mike e seu tio pularam de seus tamboretes, porque o rosto do outro homem estava ficando roxo e seus olhos estavam esbugalhados, e era óbvio que Paul Calder pretendia matá-lo. Mike ouviu-o dizer:

— *Di. Ga.*

Eles conseguiram afastar Paul, e Mike disse:

— Sr. Calder! Calma, Sr. Calder!

Quando ele parou de se debater, todos viram as lágrimas que escorriam por seu rosto, seus lábios trêmulos, e, quando Ray o soltou, Calder caiu de joelhos.

As pessoas no bar simplesmente olharam para o outro homem, Toby Greer. Ele limpou a poeira da roupa, esfregou o pescoço, e parecia envergonhado demais para encará-los. Ele se levantou e saiu cambaleando pela porta dos fundos. Então, Mike e seu tio apoiaram Calder no bar. Todos sabiam quem ele era, e o barman serviu-lhe um café.

Ele agradeceu e se sentou com a cabeça baixa, olhando para o trilho. O tio de Mike se virou para falar com Jim Prentis, e Mike percebeu que eles estavam fazendo a gentileza de ignorar o Sr. Calder. Mas Mike *queria* falar com ele. Pensou que poderia ser possível contar para Paul Calder sobre aquele dia em que sua esposa fora buscar o carro, que poderia haver uma forma de dizer ao professor que ele a admirava, não de uma maneira desrespeitosa, e que também o admirava. Mas ele se sentiu ridículo ao pensar nisso. Então, diria algo amigável, algo inofensivo, mas isso também pareceu-lhe estúpido, e ainda assim ele sentia que *precisava* dizer algo, de modo que descreveu um lugar que conhecia no interior, no canto sudeste do lago Raccoon. Um quadrado de terra escondido em meio ao matagal.

Mike disse para Paul Calder que volta e meia encontrava lugares como aquele, lugares onde o mato não crescia, retângulos de terra. Calder observou-o com olhos cansados, embora intensos, prestando atenção, de modo que Mike continuou, dizendo como seu pai lhe mostrara aquele lugar pela primeira vez, um monte de terra estéril, e explicou que aquilo era um túmulo. "Uma sepultura secreta." E enquanto dizia isso para Paul Calder, ele também pensava em Marie, em quão triste ela parecia estar naquela manhã quando ele saiu para o trabalho. Mike fora ríspido com ela, mas Marie apenas manteve a cabeça baixa, voltada para a mesa do café, e continuou comendo uma rosquinha. Agora, ao pensar nisso, ela parecia tão triste que seu coração se partiu. Ele a viu como aqueles trechos ímpares de terra que encontrava escondidos nas florestas e pradarias, aquelas sepulturas secretas a respeito das quais falara para Paul Calder.

O tio e Jim Prentis perceberam que ele estava falando e pararam para ouvir.

— Mike, o que diabo você está dizendo? — interrompeu o tio Ray. — Deixe esse homem em paz.

Mike perdeu o fio da meada, ou a razão para estar dizendo aquilo. Ele perguntou para Calder se havia alguém que ele pudesse chamar para buscá-lo, e o professor lhe deu o número de uma garota. Mike ligou e ela foi até o bar. O nome dela era Amy. Era uma bela loura e parecia mais jovem do que Mike e Marie. Ela amparou Calder porta afora.

Mike ficou no bar para tomar mais algumas cervejas. Continuou pensando em Lara Calder e naqueles pequenos retângulos de terra nua onde a grama não cresce. Terminou a terceira cerveja e foi até um telefone público perto do banheiro. Telefonou para Marie.

— Liguei para saber como estão as coisas — disse.

— Que surpresa — respondeu ela.

Enquanto isso, Amy Churchill levava Paul Calder para casa no Honda Accord que ganhara dos pais quando se formou na Washington High School. Ela gostava mais das aulas de Paul quando ele não discutia os seus próprios escritos, mas o trabalho de alguém que admirasse. A paixão e a emoção em sua voz, o desdobramento complexo de sua mente. Através dele, ela conheceu Wharton, Porter e Munro. Ele ainda conseguia falar sobre livros. Era uma boa maneira de tirá-lo da toca.

Ela sentiu pena do professor e de sua mulher. Quando Amy viu Lara Calder pela primeira vez, a forma como ela se vestia e se portava, sequer conseguiu sentir ciúmes. Achou que Lara era o tipo de mulher que ela gostaria de vir a ser, e esperava algum dia possuir aquele tipo de confiança e equilíbrio, mas tinha discernimento suficiente para saber que o caminho para tais realizações era a experiência. Ela sentia que Paul poderia ajudá-la naquilo, que ele poderia ser um tipo de ensinamento. Ele estava perdido e exausto, mas ainda era um homem e tanto, um homem talentoso com uma alma profunda, receptiva, que precisava ser trazido de volta à vida. Será que esse tipo de experiência não contaria? Salvar um homem como aquele não seria um tipo de material privilegiado?

Quando entraram na rua de Paul, passaram por uma velha caminhando pela estrada empoeirada. Paul percebeu, endireitou-se no assento e olhou para a mulher.

— O que foi? — perguntou Amy.

Ele não respondeu.

O professor tomou um banho quente enquanto ela aquecia uma pizza congelada e dava comida para o cachorro. Quando finalmente saiu do banho, a pizza estava fria e ele disse que não estava com fome. Tinha uma toalha ao redor da cintura e olhava para o chão.

— Aquela mulher — disse ele. — A que estava descendo a rua. Ela tinha um carro. E uma neta. Mas eu não vejo a neta nem o carro desde que Lara desapareceu.

Amy não entendeu o que ele queria dizer. Às vezes, ele dizia coisas, criava teorias sobre a esposa, e tais coisas nem sempre faziam sentido. Era mais do que uma leve paranoia.

Ele se serviu de uma bebida e disse para Amy que adormecera na banheira. Disse que sonhara. Sua voz tornou-se monótona e muito distante, como se ele estivesse se afastando, e seu tom mortiço e artificial a magoou e irritou de um modo que a garota não foi capaz de entender. Paul disse que, em seu sonho, viu um trecho de terra nova e nua em um campo de grama alta. Ele disse que havia um único dente-de-leão morto naquele local, e disse que ele sabia como a planta morrera.

— Morreu quando suas raízes se estenderam na terra nova e macia, em busca de nutrientes — disse ele. — Como os dedos de um ladrão. Atravessou solo, rocha e ossos até suas raízes atingirem o anel de jade no dedo de um cadáver. Minha mulher. — Ele abriu a mão no ar, como um mágico. — E as raízes simplesmente pararam. E morreram.

Ele não disse mais nada sobre o assunto, mas, para Amy, o dia ficara mais sombrio. Mais tarde, ela se aborreceu sem saber bem o motivo, mas voltou para passar a noite em seu dormitório.

Logo após o sonho, uma mudança começou a tomar conta de Paul Calder. Ele tinha uma sensação. A de que acontecera um acidente. Antes disso, ele de algum modo pensava que ainda voltaria a vê-la.

Paul não sabia exatamente quando, quais foram as precisas dimensões de sua adaptação, mas certo dia ele conseguiu realizar pequenas tarefas e pensar além do momento presente. Amy o ajudou a encaixotar as coisas de Lara e guardá-las no quarto de hóspedes, e parecia grata por estarem fazendo aquilo. Mais tarde, ele chegou a conseguir manter fechada a porta daquele quarto.

Ao se afastar da mulher, começou a se ressentir dela e compreendeu que nunca a amara corretamente. Ele não tivera tempo para aprender a amá-la corretamente. Sentia-se mal por isso, porque ela o amara.

Lara havia se tornado uma alternativa para sua vida, uma ramificação de tempo que continuava em outro lugar, fora desta existência. Aquele ramo, o ramo no qual ele estava, fora podado.

E, em sua incessante generosidade, ela o deixara com um presente final. Lara o marcara, lhe dera uma definição que determinou dimensões muito específicas em sua vida. Ela o tornara trágico.

Agora, não havia necessidade de lutar, escrever ou aumentar suas parcas realizações profissionais. Aos olhos de todos, ele perdera algo muito grande, e, se quisesse, nunca precisaria se recuperar.

As pessoas compreenderam. Deram-lhe dois anos sabáticos.

Ocorreu-lhe que ele esperara a vida inteira por aquele tipo de fracasso.

Paul sempre achou que poderia ter se saído melhor do que se saiu, mas simplesmente escolheu o contrário.

Ele realmente não conseguia ver sentido naquilo.

Felicity Morris supôs que ele voltaria a viver dentro de casa, já que chegava o tempo frio, mas ela o viu mais uma vez no outono. Ele estava com uma garota no jogo de futebol. Aquele fora um ótimo ano para o West Medora High. As pesquisas dos jornais os indicavam como prováveis ganhadores do título estadual da segunda divisão. Quase todo mundo estava interessado naqueles jogos.

Ela só ia porque era algo a fazer nas sextas-feiras, e também porque Bruce Chenault a levava. Desde que Janie fora embora, ele dava caronas para Felicity em sua caminhonete Toyota sempre que ela precisava. Bruce era viúvo, e Felicity conhecera sua esposa. Todos frequentavam a Primeira Pentecostal. Ele era mais velho que ela, tinha quase oitenta anos, mas era ativo, lúcido e uma boa companhia quando ela preparava muita comida ou queria assistir a um filme em Plainfield. Seu rosto era plano e enrugado, com um tom de pele brunido e temperado. Se ele não estivesse na igreja ou em um restaurante, sempre usava um boné estilo caminhoneiro, mas ainda tinha um tufo de cabelos brancos coroando o couro cabeludo. Ele olhava muito para os próprios sapatos. E a ouvia.

Seus lugares ficavam umas cinco fileiras arquibancada acima, perto do corredor, e eles observaram as equipes se aquecendo no campo. Era fim de outubro e Bruce levara uma garrafa térmica de café. Ele lhe serviu o primeiro copo e ela soprou a bebida fumegante enquanto observava as líderes de torcida levantando as pernas junto à cerca. Alguns homens assobiaram.

O time local estava ganhando de 5-0, e ela se sentiu bem por aqueles garotos, pela maneira como seu feito orgulhava a todos nas arquibancadas, dando-lhes a certeza de que fizeram algo certo, porque aqueles eram os seus garotos, de sua cidade, e Felicity sorriu ao pensar nisso. Bruce a pegou sorrindo e, como se tivesse algo mais a fazer, desviou o olhar e tomou um gole de café, fazendo uma careta ao sentir o calor. Ele ainda cuidava sozinho de sua propriedade, e, no outono, cheirava agradavelmente a madeira queimada.

No início do segundo quarto, os visitantes marcaram o primeiro ponto, quando o time da casa permitiu que um *receiver* recebesse um passe longo sem que houvesse alguém atrás dele. As arquibancadas foram tomadas por expressões de decepção, vaias, lamentos, mesmo que estivessem quatorze pontos à frente. Então, Felicity ouviu, todos ouviram, um homem gritar. Ele estava gritando, xingando, berrando. Dizendo coisas horríveis.

Mike Fuselier estava lá, e ele também ouviu. Estava sentado ao lado de Marie, a barriga da mulher apenas começando a despontar, e ela se encolheu dentro de si mesma enquanto a voz atrás deles continuava a gritar. Como a maioria das pessoas, Mike se virou para descobrir a origem da gritaria.

Toby Greer também se virou. Ele estava lá com o filho pequeno, David, e a mulher, Vanessa. Ela o aceitara de volta algumas semanas antes. Toby viu Paul Calder de pé junto à fileira superior, balançando um copo grande de alguma coisa, gritando com todas as forças. Ele amaldiçoava os árbitros, a outra equipe, a própria comissão técnica da WMH.

Ele disse coisas que Felicity nunca ouvira antes, e não parecia estar gritando apenas para quem estava no campo, mas também para as pessoas nas arquibancadas, todas elas. Cambada disso. Vão tomar naquilo. O céu atrás dele estava preto e repleto de estrelas.

No passado, Felicity sentira vontade de falar com Calder, mas não tinha como. Ela viu os dois policiais abrindo caminho arquibancada acima em direção a ele, viu a jovem ao lado de Paul se encolher, puxando-o pela cintura, tentando fazer o homem se sentar.

Ele certamente sabia como se fazer de coitado, pensou Felicity. Ainda assim, no passado, ela desejara falar com ele.

A mulher dele fora embora, assim como sua própria neta, que fugira com Mitchell Sleaux em seu Festiva. Então, quem era aquele homem para esperar por justiça, para beber e gritar como um maníaco por não a obter? Justiça, quando havia mulheres como a esposa desaparecida, mulheres que, por direito de nascença, já haviam se apoderado de tudo o que valia a pena possuir. Felicity sentia que as coisas negadas a sua neta foram dadas em abundância para aquela outra mulher. Sendo assim, a ideia de justiça era conversa-fiada, não tinha valor perto dos fatos básicos da vida.

Mesmo assim, às vezes ela queria falar com Paul Calder, porque os dois estavam sozinhos. E, fosse lá o que tivesse acontecido, tornaram-se sozinhos no mesmo dia.

Felicity continuou virada para trás e viu quando os oficiais se aproximaram de Calder. A garota que estava com ele tentou argumentar. Quando um deles agarrou o professor, ele deixou cair a bebida, e Felicity viu o líquido se espalhar no ar noturno, brilhando contra as luzes e congelando momentaneamente como um lenço flutuante.

Ele a viu. Seus olhos se encontraram.

Então, ele parou de se debater. Paul baixou as mãos e, enquanto os policiais o levavam pelos punhos, ele não olhou para eles, apenas para Felicity, que continuou observando quando o levaram em direção ao corredor.

Ela deve ter levado a mão à boca, porque Bruce a tocou com delicadeza e seus dedos secos roçaram seus lábios.

— Sinto muito que você tenha sido obrigada a ouvir esse tipo de palavreado, Lissey — disse ele.

Ela estava tremendo, e ele lhe entregou sua jaqueta.

Felicity fez pouco caso do incidente, mas sentia-se envergonhada enquanto observava Paul Calder ser retirado dali. Mike Fuselier, Toby e Vanessa Greer também observaram enquanto Paul era levado para fora, seguido por Amy Churchill.

Quando Bruce a levou para casa naquela noite, ele pegou sua mão e perguntou se podia entrar.

Ela também o desejava muito, mas estava pensando no professor, na mulher dele e em sua neta. Alguma sensação apocalíptica parecia estar tomando conta dela, uma sombra ou escuridão, algo que ela viu refletido no rosto de Bruce, a profundidade de suas rugas, os vasos sanguíneos estourados em sua pele. A ideia de que tudo que fazemos, não importa o que, é em vão.

Ele deve ter visto isso nos olhos dela.

Felicity disse que estava cansada e caminhou sozinha até a porta, vestindo o casaco de Bruce. Era um blusão verde-oliva que agora, semanas mais tarde, ainda estava ali, pendurado em seu vestíbulo, esperando que ele voltasse para buscá-lo. Sentada em sua cadeira de balanço na sala de estar, observando a forma oca e flácida do casaco pendurado, a sombra que lançava contra a parede, ela sentiu raiva de Paul Calder.

O comportamento dele parecia-lhe altivo. Altivo e pretensioso. O modo como agia.

Como se ele fosse o dono do abandono.

Como se fosse a única pessoa no mundo a ter perdido alguma coisa.

1ª edição	ABRIL DE 2021
impressão	CROMOSETE
papel de miolo	PÓLEN SOFT 70G/M²
papel de capa	CARTÃO SUPREMO ALTA ALVURA 250G/M²
tipografia	BEMBO